# 野性的证明

## 性的

## 证明

[日] 森村诚一　著

何培忠　等译

群众出版社·北京

图字：01-2011-7533

**图书在版编目（CIP）数据**

野性的证明／（日）森村诚一著；何培忠等译．—北京：群众出版社，2017.6

ISBN 978-7-5014-5516-4

Ⅰ.①野… Ⅱ.①森… ②何… Ⅲ.①侦探小说—日本—现代

Ⅳ.①I313.45

中国版本图书馆 CIP 数据核字（2016）第 069613 号

## 野性的证明

[日] 森村诚一 著

何培忠 孟传良 冯建新 译

出版发行：群众出版社

地 址：北京市丰台区方庄芳星园三区 15 号楼

邮政编码：100078

经 销：新华书店

印 刷：北京普瑞德印刷厂

版 次：2017 年 6 月第 1 版

印 次：2017 年 6 月第 1 次

印 张：11.375

开 本：880 毫米×1230 毫米 1/32

字 数：285 千字

书 号：ISBN 978-7-5014-5516-4

定 价：39.00 元

网 址：www.qzcbs.com

电子邮箱：qzcbs@sohu.com

营销中心电话：010-83903254

读者服务部电话（门市）：010-83903257

警官读者俱乐部电话（网购、邮购）：010-83903253

文艺分社电话：010-83903973

# 导
# 读

　　《野性的证明》是日本当代著名作家森村诚一的长篇小说代表作。在这部小说中，森村诚一为读者描述了一个被独裁者统治的现代城市——羽代市。虽然它所处的时代是战后的日本，享受着民主、自由的现代社会制度，却由于种种历史的和现实的原因，实际上成了一个专制王国。在这里，大场一成便是实际上的国王，他不但是大场家族的族长、羽代市的市长，而且还通过自己的手下控制着羽代市的议会、警察、报纸、电台、银行、学校、医院等各个要害部门，从而使自己的权利远远超过了自己的职权。

　　由此，虽然作为读者看不到大场一成本人如何作恶，但是羽代市里发生的一切罪恶却莫不与他息息相关。因此，当主人公味泽岳史为了一件简单的骗保案而四处忙碌时，便已在不经意间成了整个羽代市的敌人。保险公司宁愿息事宁人，也不愿意招惹骗子背后的势力。警察本身便是骗保案的同谋，自然恨他多管闲事。而普通的市民们呢？在大场一成的独裁统治下，整个羽代市的特权阶层与平民间达成了一种"不稳定的平衡"：表面上，羽代市里的人们安居乐业，而私底下却暗流涌动，无数的罪恶在不断地侵蚀着大众所创造的财富。可是，大多数人却被蒙在鼓里，或者是视而不见，浑

1

浑噩噩地享受着特权者丢给他们的残羹冷炙，并自以为得计地欣欣
然着。

在这样的社会中，奋起反抗的人们便往往显得既自不量力，又
苍白可笑。而其可悲之处，更在于其自身的孤独。就像鲁迅笔下的
夏瑜，一面为着民众的利益牺牲，一面又被民众所嘲笑，以致牺牲
后的鲜血，竟被当作治疗痨病的灵药而被同类所吞吃。味泽岳史也
正是在这样一种氛围中与大场家族进行斗争的。凭借他的努力和正
义感，他不断地寻找着同志，又在不断地失去着同志，直到最后，
他依然是一个人，进行着与黑恶势力的困兽之斗。

虽然他最终打倒了大场家族，但却在最后被送进了疯人院。而
那个在最后关头送武器给他的警察，也被诊断有精神问题。这样的
胜利，实在是无法让我们欢呼！

我们不能确定，森村诚一以这样的方式结尾，是否有所暗示。
然而，当一个人以一己之力与一个完整的社会体系作斗争时，即使
胜利了，他本人又会是何等的结局呢？尽管那个社会体系也许并不
完美。

而作为一部社会派推理小说，在它已经宣判了一个社会的死刑
之后，还能宣判谁的死刑呢？

# 目录

1

# 目录

2

# 第一章　空荡荡的孤村

## 一

　　眼前一片美丽景色。四面群峰耸立，海拔都在一千公尺以上。峡谷深邃，群山叠嶂，秀丽的林木遮掩着重峦，清冽的流水穿林绕树。

　　高原上一大片清一色的白桦树，山坡上落叶松林蒙着一层淡淡的紫色。峡谷间现出一个小小的村落，有五六户人家。这里，平坦的耕地极少，都是在山坡上开出的梯田，种着稗子、豆子。梯田越往上越陡，直到山顶才算是有了很小的一块平地。

　　那看上去富于诗情画意的风景也好，翻山越岭担肥上山的种田人的辛苦也好，对于过路人来说，都无非是一种触景生情的想象罢了。

山坡过于陡峭，不从下面埋上桩子支撑住，梯田的土就会流走。耕种这种斜坡地需要熟练地使用镐头，要摆出一种独特的姿势，攥着短镐头的把儿，弯下腰。这看上去似乎算不了什么，可是，让不熟练的人去干，土就会全部坍落下来。在这里，只有会在梯田上抡镐头，才被看作是个够格的农民。

朝阳的好地都开成了田，住房全被挤到低洼背阴儿或摆弄不好的赖地上去了。房屋几乎全都是杉树皮铺顶、小窗户。这样开窗户，似乎根本就没有考虑到采光。

一条小溪从屋旁穿过。以这条溪流为动力的水动捣谷机啪嗒、啪嗒地重复着单调的声音。

村里就像没有人住似的，了无声息。不过，从杉树皮屋顶上升起的一缕缕淡淡的轻烟来看，村里似乎还是有人的。可是，村子四周看不到哪里拉着电线。

从全国来说，这一带也是人口密度最低、人烟极其稀少的地区。年轻人对这么个连电都没有的村子，再也不抱什么希望，不断地离开这里，因而人口过稀的趋势一年年地严重下去。

年轻人没有那种热情——凭自己的力气，把眼看就要荒废了的故乡维护一下，把它变成一个新村。

村子太荒凉、太闭塞了，以致对它不能再抱幻想，也看不出有任何前途。实际上，一年之中，它有大半年埋在雪里，既没有电，也没有姑娘嫁到这儿来。这样的村子实际上已经不可救药了。

只要不死守着这块贫瘠的土地，而是跑到城里去，就能轻而易举地赚到钱。在城市里，可以得到物质文明的享受，还有女人、美酒，以及其他形形色色包装精美的、陈列在橱窗里可以满足欲望的商品。

不管买得起买不起，总归可以看看花样、闻闻味道。于是他们就从那即将沉没的、空荡荡的"废船"上，换乘到不知开往何处的、拥挤不堪的"城市"这趟列车上去。

乡村中美丽的大自然、辽阔的旷野、新鲜的空气，以及未被公害污染的水，这一切的一切，都没有挽留青年人的力量。

年轻人流入了城市，村里只剩下老人、孩子。这些孩子长大成人以后，也都会抛弃这个村庄。

老年人几乎都有病，不是高血压，就是半身不遂、心脏病、肠胃病、肝炎等等。长年累月地过度劳累，以及恶劣的饮食条件，从内部摧残着他们那成天土里滚、太阳晒的躯体。

尽管村里人减少了，但只要这个村子还在，就得维持。修整堤坝、渠道、桥梁、道路，打扫公共建筑上的积雪，在村道上把雪开路等等，当地的这些官差全都落在留下人的肩上，多走一个，就得多摊一份。

即便是拖着衰老多病的身子来勉强维持，也终归有限——村子眼瞅着就要荒废下去。

耕种的面积，已经减到只能糊口的程度。为了节省灯油，天一黑，人们就早早入睡。

这里是个穷山窝，就连高度发达的现代物质文明也单单地绕开了这个地方。就因为这一点，城里人倒觉得此地很珍贵，因此，除了冬天交通断绝的时期以外，时常有些旅行者借"寻找日本原来的样子"这股风，从城市闯到这里来。

这些旅行者并不了解这个村子面临的严重事态，而且也没有必要了解。城市的生活他们已经厌倦，只要能在清新的大自然中浸润一下身心，就已心满意足了。

溪流上哼着单调曲子的打谷机、杉树皮屋顶的农舍、层层的梯田、夜晚的油灯，这一切对他们来说，并不是严酷生活的写照，而是被当作日本山村的优美田园诗来装点这些旅行者的影集。

枫树叶大都落了。从山谷各处的树林中，徐徐升起烧炭的淡紫色烟雾。这时，村里来了一个年轻的单身女旅行者。

她年龄在二十二三岁，既像职员又像学生，是个城市派头的女子。她用竹筒从溪流里舀起水润润喉咙，然后惬意地观察起这幽静的山村景象。在秋阳照射下，这座山村"内在的烦恼"都淹没在阴影之中了，没有什么明显的荒凉感。毋宁说，在灿烂的阳光下，大自然的美反倒更突出了。

这个女旅行者似乎是独身一人，没有旅伴。她很像个惯于独身旅行的人，那副肩背旅行袋的徒步旅行者打扮，更说明了这一点。

"多美的村子啊！"

她眯起眼来，看着杉树皮顶的房屋上飘荡着的淡淡的轻烟，把背着的旅行袋朝上颠了颠。照地图来看，这个村子正好是在她旅行路线的中间地段。村子里一个人也没有，静悄悄的。女旅行者穿过村子时，一脚踩上一个软绵绵的东西。

她只觉得脚下一软，扑哧一声，心里感到一惊，忙朝脚下看去。原来是棵圆白菜扔在路上，菜叶子成了褐色，帮子已快烂了，一股恶臭扑鼻而来。看样子不像是自然腐烂，而是得了什么病。她抬头一看，周围田里种的圆白菜也都烂了，颜色显得脏乎乎的，全都遭了殃。

"这是怎么搞的？"

她惊诧地自言自语着，没想到从不远的地方传来了话音：

"软腐病！得上这个病，圆白菜就全得这么烂掉！"

顺着声音望去，不知道什么时候来的一位白发苍苍的老太婆，正弯腰站在那里。她背上背着柴火，挂着拐杖，勉强站着。那腰弯得就像要跟下身叠在一起，让人感到似乎柴火的重量直接由拐杖支撑着。看样子，她是上山捡柴回来的。连这么大年纪的老太婆都得

上山干活儿，这表明村子的实际情况是多么糟糕。

可是，女旅行者只关心老太婆说的话。

"软腐病？那是什么病呀？"

"是圆白菜、大葱、白菜得的病。也不知道是什么东西祸害的。好不容易种的菜，一得这个病，村里人就没的吃了！"

老太婆满头的白发颤动起来。可是，她那悲哀的神情，却被久经风霜的皱纹掩盖住了，不很分明。

"啊！那太可惜了！不能撒点儿农药预防一下吗？"

从生活优越的大城市来的这位女旅行者，对老太婆的话尽管同情，却没有深切的感受。"饥饿"这类字眼儿，在她的词汇中恐怕是没有的。

"等一发现就晚了。"

老太婆似乎觉得跟一个过路的游客讲这些话毫无意义，就把柴火朝上颠了颠，走进最靠近路边的一所棚子似的房子里去了。两人只交谈了这么几句便分了手。这位女旅行者心里想的已不是村子里圆白菜、大白菜的病害，而是自己的后半段旅程了。

一直到中午，天气依然晴朗朗的，丝毫不必担心变天。高空中飘着的几片云，像刷子刷出来的似的，预示着好天气将持续下去。

出了村，沿着小溪是一片乱树林。四周一片寂静，空中似乎有点儿风，吹得树梢沙沙作响。流水的声音让风一吹，有时听起来像是人在谈笑。

路，沿着一条慢坡儿一点点地高上去，使人觉得天空有些狭窄。这大概是由于已来到了溪谷的尽头，两侧山岭齐上齐下地夹着的缘故。沿着这条路再走上一段，不久就来到一个小山包上。

女旅行者的脚不时在落叶堆里踩空。这一带的树上还有枫叶。在午后阳光的辉映下，红黄相间的树叶衬着背后的蓝天浮现在眼前，光彩夺目。由于她在林中穿行，浑身上下沾满了落叶。

她身上冒出汗来，稍微有点儿喘，心里很畅快。一个青年女子单独在这样的山里旅行，丝毫也没有不安的感觉。

她身边的许多人都劝过她："太危险，还是不要自个儿去徒步旅行吧！"可是她相信山里人。她很乐观，认为城里人就是跑到山里来，山里人也不会起歹心。

到山里来一趟，人的本性当然不会改变。她到山里来，是为了清洗一下在城市里污染了的身心。她认为，任何人一来到山里都能够冲刷掉身心的污垢，哪怕是片刻工夫也好。

过去，她从来没有经历过危险和不安，这也助长了她的乐观情绪，偶尔树梢、草丛唰啦一响，她也会受到惊吓。不过，大都是些山鸠或别的小动物。有时也会遇到樵夫、炭夫、猎人，这些人都很热情，爱跟她打招呼。倒是跟她一样的那些旅行者，在了解到她只是单独一人时，就会用毫无礼貌的好奇目光看着她。

可是，这也未曾使她感到不安。

水声一下子听得清楚起来，因为风突然止住了。水声使四周更显得沉寂。就在这时，前面树林里"刷拉"响了一下。可能是兔子或猴子跳动发出的声音吧——她这么想着，朝声音发出的方向看去，不由得心里猛然一惊，仿佛心脏被猝然抓住似的。林子里竟走出一个怪物来。

那怪物全身发绿，乌黑的脸上两只白眼像刀剑一样闪闪发光。怪物手里好像拿着一条大棒，两眼直勾勾地死盯着她。双方正好打了个照面，躲也躲不及了。

她想跑，可是由于恐惧，全身就像套上了紧箍，动弹不得，连喊都喊不出来了。那怪物猛然看见她，似乎也吃了一惊。

怪物摇摇晃晃地朝她这边走来，一边走一边伸出手来说：

"有什么吃的，给我点儿！"

原来那怪物是个人，不过跟她以前在山里见过的所有的人都不

同，浑身上下透着一股残暴的杀气。听那怪物说出了人话，女旅行者身上恐惧的紧箍才松脱开，恢复了活动能力，只是恐怖还在持续着。

"救命啊——"

声带的功能也恢复了，她本能地尖叫了一声。这意外的反应，使怪物吃了一惊。

"别喊！"

怪物惶遽地朝她扑过来。她扭头就跑，心想能跑到刚才穿过的村庄就会得救。

"站住！"身后的怪物在喊。她觉得怪物好像追上来了。

让怪物抓住就没命了！恐惧和拼死保命的本能，给她的两腿增添了平时想象不到的速度。沿着溪水，穿过乱树林就是村子！

只要跑到那里，只要坚持到那里就会得救……

她和死神之间殊死的竞赛维持了一阵。万幸的是，那怪物动作迟缓，似乎身上什么地方受了伤。

刚刚路过的村庄已经在望了。然而，在她眼里却是一段让人绝望的距离。怪物已经追上来了，甚至后脊梁都感到了那怪物急促的喘息……

"来人哪！救命呀！"

她拼命朝村里呼救。然而，村里连个人影也没有。这个村子，好像压根儿就没有人，在秋天明净的阳光下与人间的喧闹隔绝开来，自成一个安稳的世外桃源。

二

十一月十一日上午十一点左右，岩手县警察本部宫古警察署收到了一份骇人听闻的报告。报告说，岩手县下闭伊郡柿树村，有个叫"风道"的小屯子，住着五户人家。屯里的居民全被人杀死了。

发现人是个女巡回保健员。

当时，她看到屯里有成群的野狗，还有大群的乌鸦在上空盘旋，便起了疑心。进屯一看，果然发现出了事。

风道屯没有电，当然更不会有电话。年迈的女巡回保健员吓得快要瘫了，硬挺着身子跑了二十里路，到柿树村派出所报了案。

柿树村派出所的警察立即上报警察署，然后又取得消防队和青年队的支援，火速奔赴风道屯进行现场调查。

女保健员只知道出了人命，详细情况一概不知。风道屯现有居民十三名，如果他们全部被杀，那就成了无头巨案。

这一带是北上山区的中央高地，素称"日本的西藏"，在全国人口密度最低的岩手县，也算是人烟最为稀少的地区，每平方公里只有几户人家。

特别是近年来，风道屯的居民不断全家外迁，所以，人口过稀的趋势与日俱增。

由于这个屯干农活儿累人，生活艰苦，根本没有姑娘嫁进来，屯子里的年轻姑娘都往城里跑。

年轻人都担心这样下去，用不了多久，风道屯就会完全荒废。于是，他们都想暂时离开屯子，到城市里找个工作，搞个对象。有些人家的大儿子跟父亲商量说，进了城就容易找对象了，婚后生个一男半女，女人就会死心塌地地回到屯里同丈夫过日子。他们就是抱着这种打算进城的。

然而，肉包子打狗，一去不回头。他们一旦顺利地找到对象，就在城市里安顿下来，不再回屯了。

城里是个花花世界，而故乡至今仍是一个缺少娱乐、生活单调的地方。在那块贫瘠的土地上，只能过填不饱肚子的日子。一个人过惯了舒适的城市生活，就再也不想回故乡了。于是，全家人也就

去投奔进城的大儿子，离开了村庄。

人口越来越少，屯里的经济本来就很困难，现在更加拮据了。医疗卫生、福利事业、文化教育、防灾、修路、筑堤等，都无法维持。眼下，风道屯的居民连自个儿的健康管理和生命安全都难以保障了。

作为应急的医疗措施，女保健员每月去风道屯巡回医疗一两次，所以这个事件就被她发现了。

过去，这一带出现的案子，无非是些偷鸡摸狗的事，其余的也只不过是些城里来的脚夫或游客们的打架斗殴罢了。

人一少，案件自然也少，性质也比较简单。然而，这次却是全屯人遇害。这种案子即使不发生在这人口极其稀少的地区，也会是件骇人听闻的巨案。

宫古警察署非常重视这一案件。他们一边与县警察本部取得联系，一边动员署长以下可以出动的人员，全部开赴现场。

他们到达现场时，已是下午两点多了。柿树村派出所的警察、消防队员以及青年队员一行十人，已经提前到位，正在保护现场。

"你们辛苦啦!"

村派出所的警察举手行礼，表示欢迎。从警察们一个个严肃的面孔上，署长看出报告是真实的。

"还有活的吗?"

署长至今还抱着一线希望。

"都死了。"

"小孩儿也被杀了?"

"您亲自查看一下吧!"

村派出所的警察们垂下眼帘。

风道屯变成了一个大屠场。根据村公所的户籍记载，这里居住着五户人家，共十三口人。

户籍的记载是这样的：


长井孙市（五十三岁）、长井吉（五十一岁），农
民兼猎户；长井正枝（十五岁），中学三年级；长井赖
子（八岁），小学二年级。

内山增三郎（六十六岁）、内山千代（六十二
岁），农民。

大泽麻佐（七十二岁），农民。

濑川寅男（五十九岁）、濑川渡根子（五十八
岁），农民；濑川留男（十岁），小学五年级。

手塚新平（六十五岁）、手塚须惠（六十五岁），
农民、烧炭；手塚未子（九岁），小学四年级。


从前，这个屯子有三十户人家，八十多口人。由于人口不断外
流，目前就剩下这么多了。而且，现在的这五户人家，成年的孩子
也都跑到城里去了，留在家里的仅仅是些年老力衰的长辈和年幼的
儿童。

风道屯从北往南数是长井家、内山家、大泽家、濑川家、手塚
家。从屯中的小河上游往下数，左岸是内山家和大泽家，右岸是长
井家、濑川家和手塚家。有一条一米宽、南北走向的道路从屯中穿
过，和小河交错穿插着。由风道屯出来往北走，直到山梁那边都没
有人家。

长井家的两个女人、内山夫妇、濑川渡根子、濑川留男、手塚
新平共七人是在屋子里遇害的；长井孙市和正枝则横卧在房屋与小
河之间的田地里；大泽麻佐倒在自己房子背后的小河边，半拉脑袋
在水里；濑川寅男死在自己家门口；手塚须惠他们娘儿俩在小河与

房屋之间野生的柿子树下丧生。

他们的脸上、头上、背上、腹部伤痕累累，好像是被锤子、柴刀、斧子、砍刀一类的厚刃凶器胡乱砍伤的。一群饥饿的野狗把尸体撕咬得越发不像样了。

看样子，长井家、内山家和濑川家正在吃饭，饭桌四脚朝天，屋里满地是稗子饭、萝卜汤、荞麦丸子等一些粗劣的食品。

从饭食来看，估计他们正在进晚餐。如果是中午，孩子们都会到学校去，而且屯里的人也不会全在家里。还有，除了大泽麻佐一家外，其余四家还掌着灯。

看来是穷苦的人们劳动了一天之后，正团聚在一起吃晚饭。突然间，一个凶神恶煞般的人旋风般地偷袭了这个山村。全屯人几乎没有抵抗，就像虫豸似的被杀光了。这些尸体表明这场飞来的横祸是多么凄惨！

也许人们还没有来得及感到害怕就横遭了浩劫，还来不及弄清楚横祸为何降临就置身于刀斧之下了。

任何人连做梦也不会想到，一个没有任何东西值得抢夺、穷得叮当响的屯子，竟然遭到如此惨绝人寰的袭击。尸体分布的情况如实地表明，一向深信这屯子是日本最贫穷、最安全的屯民们在遭到袭击时出现的惊慌与混乱状态。从伤口上分析，用的像是同一种凶器。因此，估计这场大屠杀是一个人干的。

据现场情况推测，凶手首先闯进了长井家和内山家，一转眼工夫就砍死了正在吃饭的两个女人；孙市和正枝勉强逃出门外，结果还是在门前被追上了；在袭击大泽麻佐家时，大泽麻佐很快察觉到危险，便跑了出去，可是凶手赶上前去，在屋后结果了她的性命。

接着，凶手袭击濑川家。户主寅男不知发生了什么事，刚一出门马上就被砍倒了。然后，正在屋子里吃饭的濑川母子也惨遭毒手。凶手最后转向手塚家。

　　这时，手塚一家终于发觉情况不妙，手塚新平让妻子先逃，自己同罪犯进行了殊死的搏斗。他的伤口几乎都在胳膊上和脸上，这就是他反抗的痕迹。可是，这位风烛残年的老人，由于事先毫无准备，赤手空拳，所以，经不起两三个回合，就被凶手制服了。

　　手塚母子逃到屋外，在柿子树下双双丧命。

　　这就是整个案情。

　　这是一场空前的大屠杀事件。在案情飞报警察本部的同时，现场一带也开始搜寻凶器和罪犯遗留的物品。

　　县警察本部搜查一科及机动搜查班、宣传报道组陆续赶到了风道屯。这块被人遗忘的穷乡僻壤顿时不合时宜地热闹起来。

　　负责侦查这件凶杀案的搜查一科的警察，面对这惨绝人寰的作案现场，也不忍正视。

　　围在死尸周围的野狗被赶跑了，可是，死尸上已经爬满了蛆虫，臭气笼罩着整个屯子。尸臭招来的乌鸦，有的振着双翅，让那不祥的黑色身影在天空中盘旋；有的落在附近的树杈上，窥视着地上的情景。

　　"好臭！"

　　搜查员背过脸去，抽动着鼻翼。

　　"死尸成堆嘛！"

　　"不，不！不光是死尸的恶臭，还有一股怪味，一种植物腐烂的怪味。"

　　"噢！怪味儿原来在这儿呢！"一名搜查员指着旁边的菜地说。

　　"那是白菜吗？"

　　"是白菜，而且是圆白菜。"

　　"白菜怎么啦？"

　　"是啊！颜色跟普通的圆白菜有点儿不一样。这叫软腐病，是白菜和圆白菜特有的一种病。只要一染上这种病，叶子就变色，出

窟窿，实际上是烂掉了。听说这是一种什么埃尔维尼亚①的病菌搞的鬼。我有个亲戚种高原菜，他的菜闹过这种病，因而我略知一二。这么个穷村子种点儿菜居然也闹起了软腐病，可真是雪上加霜啊！"

"什么？一个全村人被杀害的村子，还有软腐病？"

搜查员们面对着这个被日本遗忘了的山村所遭受的双重打击，不禁黯然相觑。

县警察本部和宫古警察署经过联合调查，断定受害者大约已经死去十七到二十二个小时。也就是说，凶手是在前一天下午五点到晚上十点左右作的案。

在长井家和内山家之间的那座桥下的小河中发现了凶器，是把斧子，可能是当地人使用的一种农具。斧柄上沾满了血迹，辨别不出可以对照的指纹。

在勘查尸体和现场时，又发现了新情况。

"队长，真怪，少了一具尸体！"

搜查员向警察本部担任现场搜查指挥的村长②警长提交了一个奇怪的报告。

"尸体少了？人数不是正好吗？"

村长警长一时茫然，显出一副摸不着头脑的样子。这位警长对待工作历来都很严肃认真，他为人质朴、沉默寡言，但干起破案工作来，却有一种超人的毅力。在搜查科内，大家都称他"村长"③。

"尸体确实是十三具，和屯里的居民数相符。不过其中一具死尸不是本屯人。"

---

① 作者想象出来的一种病菌。——译者注
② "村长"是日本人的一个姓，读作"muranaga"。——译者注
③ 此处的村长读作"soncho"，即"一村之长"，和上文用来作姓的"村长"不同。——译者注

13

"不是本屯人？这么说，还有外来的？"

"对！因为数目相符就一时疏忽了，有一具尸体的服装显然与村里人不同。"

"我看看！"

村长跟着手下的搜查员来到那具尸体跟前。刚才只是大致看了一下。由于现场太凄惨，目不忍睹，所以没有注意死者身上的服装。

那是具女尸，倒在长井家附近的田地里。最初，搜查人员认为是长井正枝。鉴别小组正围在那里验尸。

"由于尸体沾满了腥臭的泥血，我们满以为她是本地人，后来才弄清楚，她是外地来的。"

经过仔细查验，发现她是一个二十三四岁的年轻女子。

她穿着白毛衣、棕色夹克和喇叭裤。

看样子是在逃跑时被人从背后砍死的，后脑勺已被打碎，肩膀和背上裂着几道血口子，凝聚着血浆。尸体脸朝下倒在地上，身上沾满了血和泥土。正因为这样，才一时没辨别出她不是屯里人。

"好像是来徒步旅行的。"

"莫非旅行者也被一股脑儿干掉啦？"

"如果真是个旅行者的话，也该带点儿行装吧！"

"有这么个玩意儿，掉在河边发现凶器的田里了。"

一个搜查员拿来一个满是泥污的旅行袋，里面塞着盥洗用具，还有一团换洗的内衣。

"看来已经被翻弄过了，包口开着。"

"好像光把吃的拿走了。没有什么可以证明身份的东西吗？"

"裤兜儿里装着钱包和月票。"

"那就满可以把死者的身份查明。赶快发个通报，如果是来旅行的，怎么连个伴儿也没有？"

"是一个人来的。"

"如果连累了一个外来的旅行者，那么，屯里的人就少了一个。这个人会是谁呢?"

"刚才查看了一下，没有发现那个名叫长井赖子的八岁小女孩。"

"昨天从学校回来了吗?"

"正在和学校联系，马上就会知道的。"

"哪怕有一个活着的也好办些。"

风道屯距柿树村有二十里路，村里的学龄儿童每天到柿树村本村的学校走读。眼下，柿树村学校的学生也减少了，按标准学级已经不好编班。风道屯一带的道路很差，学校的班车开不进来。孩子们上学，不得不步行往返四十里崎岖的山路。冬季雪厚，走读更是困难。即使不是冬天，有时台风一来，刮起大风，山崩树倒，道路也会堵塞。

孩子们上学有时遇上变天，就回不了家，只好在柿树村本村的亲戚或朋友家里住上一宿。最近这一星期，天气一直很好，道路也没有堵塞，赖子或许是由于身体不舒服而住在本村了吧。

如果长井赖子确实由于这种情况昨晚没有回村，那可真是"塞翁失马"，侥幸捡了一条小命。

不管什么原因，少死一个人总是好事。村长心里在默默祈祷。

这个凶手确实残忍至极，简直是个恶魔。他不管妇女小孩，一概下斧子。如果长井赖子在场的话，也绝免不了惨遭这个恶魔的毒手。

但是，与柿树村学校联系的结果，说是长井赖子昨天下午两点左右，和风道屯走读的濑川留男、手塚未子两个孩子一起放学回家了。他们三个人的年级、班次虽然不同，但是由于路途遥远，不论上学、下学，三人总在一块儿。

可是，濑川留男和手塚未子已经死于非命，唯有长井赖子杳无踪迹。

作为一种假设，也许是赖子在放学回家的路上与伙伴们分手，到别的地方去了，或者凶手单单把她拐走了。

三个孩子中，长井赖子的年龄最小，很难想象在放学回家的途中独自一人到别的地方去，看来被凶手拐走的可能性最大。

那么，为什么只把长井赖子拐走，这还是个谜。只要没有发现她的尸体，总归还有一线活着的希望。

三

尸体检查过后，为了进行解剖便统统运走了。消防队和青年队先把尸体运到柿树村本村，然后用警察署的运输车拉到盛岗。

由宫古署、搜查一科、机动搜查班、现场验尸班混合组成的这支队伍深入搜查了现场，结果又发现了另一个可怜的受株连者——一条秋田①混血狗。狗的头盖骨被打得粉碎，死在村北大约五百米远的乱树林里。看来凶器笨重，和屠杀屯里人所用的钝器一样。

情况可能是这样：这条狗勇敢地追逐杀人犯到了此地，但未能复仇，反遭其害。

验尸科的工作人员详细检查了狗的尸骸，从血肉模糊的狗嘴里发现了人的指甲，其形状很像是食指或中指的，指甲根上粘着肉皮，呈现出撕咬的痕迹。

指甲根上还有清晰的"白月牙"。指甲厚实坚硬，看来是狗追上罪犯后，在被杀死之前咬住了罪犯的手指，把这块指甲咬了下来。这块指甲是罪犯唯一的遗留物，也确确实实是件难得的遗留物，它是忠诚的家犬为报主人惨遭杀害之仇而拼死咬下来的。罪犯

---

① 秋田是日本的一个地名。——译者注

屠杀了十三人之后，又被狗咬掉了指甲，浑身必定已是血迹斑斑了。

搜查员为这条狗的殉难大为感动，他们慎重地保存起指甲，心中暗暗发誓，绝不辜负它用性命换来的这件宝贵证据。

由于这一带出现了空前的大屠杀案件，全县同时布下了搜查网，但事件已经过了整整一天，罪犯完全有时间远走高飞。

第二天，十一月十二日夜里十一点半，县警察本部的搜查一科由侦探部部长挂帅，挑选了六十一名干练人员，组织了"柿树村大屠杀案件"搜查本部。尽管已是深更半夜，但还是立即召开了第一次搜查会议。侦探部部长讲话之后，立即讨论了日后的搜查方案。讨论的焦点集中在罪犯的动机上。

袭击一个毫无价值的穷村，罪犯什么也不会捞到。事实上，屋内也没有被翻弄过的痕迹。唯有那位惨遭株连的徒步旅行者例外，她的旅行袋里的东西，倒还有被抢劫的可能性。

那也是因为她是来徒步旅行的，想必会带些食品。至于实际上袋里是否装着食品，就不得而知了。袋里的东西虽说有翻弄过的迹象，但不能就此断定有东西被抢。旅行者的钱包里装有大约一万八千日元的现款，原封未动地放在那里。由此可以判断出，罪犯的目的并不是抢夺钱财。

受害者中，年轻的女子只有旅行者和十五岁的长井正枝，尸体上没有被强奸的痕迹。其余死者都是些老人和孩子。杀人的方式极为残忍，所有的尸体都惨不忍睹，但是根本没有奸污和凌辱的痕迹。

所以，也不能认为罪犯是由于性欲冲动而杀人。于是，有人提出这样一个见解：莫非受牵连的不是旅行者，而是村里人？也就是说，罪犯一开始的目的就是想杀这个旅行者，偏巧行凶时被屯里人看到，所以就把全屯人干掉了。不过，这个说法也未免有些牵强。

如果说要杀的是旅行者，那么，周围杳无人烟的山地有的是，为什么偏偏在有人的地方行凶呢？真是令人百思莫解。况且，为了杀一个人竟把十三个无辜的人一股脑儿地干掉，这也太不现实了。

这样一来，就要考虑神经病患者由于突然发作而杀人行凶的可能性了。

讨论完行凶的动机和长井赖子的去向之后，基层警察署参加搜查本部的年轻探员北野提出了新的意见。

"我有一个疑点。"他在本部的上司面前提心吊胆地说。在这种场合，下级年轻探员是很难发表意见的。一看到众人都在注视自己，他越发有点儿慌乱。

"你说嘛。什么意见都可以谈！"村长故意用浓厚的地方口音说。北野受到这一亲切语调的鼓励，便继续讲了下去。

"那狗是在村北五百米远的乱树林里被杀死的吧？"

"是呀！"

"这么说，罪犯杀了村民之后逃向北边的乱树林，在那里被狗撞上，他就把狗杀死了。大家认为杀狗和杀人所用的凶器一样，而凶器又是在桥下的小溪里发现的。这么一来，情况就成了这个样子：罪犯杀了村民之后，曾一度逃到村北的乱树林，在那里把狗杀死又回到村里，把凶器扔到桥下。我觉得这种行为很让人费解。"

"反过来考虑一下如何？"声音从另一个方向传来。说话的是搜查一科的搜查员佐竹，他是个面目冷酷的人，部里数他精明能干，人们在背后称他是"鬼竹"。

"反过来？"北野战战兢兢地反问这位在本部赫赫有名的探员。

"我们不能草率地认为是先杀人后杀狗，说不定先丧命的还是狗呢！"

这确实是个新的看法。由于狗是后来才发现的，所以作案顺序也就按发现顺序的先后考虑了，这可能是来自先入为主的偏见。

"那么，那条狗不是为了报仇……"

"这也可能是先入为主的臆断吧！咱们并未弄清那条狗是不是家犬呀！说不定还是山里的野狗袭击了罪犯，被罪犯杀死的哩！在连人都填不饱肚子的穷屯子里，哪会有余力养狗？而且屯子里不是哪儿也没有狗窝之类的东西吗？"

"那么，杀狗的凶器又该如何解释呢？凶器是斧子，是屯里人的农具。这岂不成了罪犯先进村拿出斧子，砍死狗之后再去袭击村里人了吗？"

"你怎么能断言狗是用斧子砍死的？"

佐竹翻着白眼珠子看了看北野。这种时候，他的神情变得极为冷酷，不愧是个"鬼竹"。

"那，你是说……"

佐竹在部里被称为"头号干将"，在他咄咄逼人的目光下，北野渐渐地失去了自信。

"咱们只是推测狗身上的伤和村民身上的伤是用同样的凶器砍的，并未断定就是同一种凶器。那种伤，即使不用斧子，用砍柴刀、铁棍或是带棱角的石头也能造成。况且，假定狗是先被杀死的，不也可以设想，罪犯是一怒之下袭击了屯子吗？"

"您不是说是条野狗吗？"

"你认为是村里养的狗喽？也许真的是村里养的狗。可现在还没弄清究竟是野狗还是家犬。"

北野不作声了，虽说并没有心悦诚服地同意佐竹的说法，但又没有足以驳倒对方的有力论据。而且，佐竹的论据虽然不充分，但总算揭示了一个可能的杀人动机的可能性。分析出这个动机，无疑比什么动机也没琢磨出来前进了一步。

"要是被狗活生生地咬掉指甲，负了那样的伤，还能有力气杀死十三个人吗？"

村长提出了这样一个疑问。由于年轻探员好不容易琢磨出来的设想被佐竹无情地压服下去，村长想多少照顾一下他的面子。

"咬掉一个指甲算得了什么！我想这对激起罪犯的怒火反倒起了很大的作用。"

佐竹用冷冰冰的口吻一口咬定。

第一次搜查会议决定了以下几点：

一、调查旅行者的身份。

二、搜查长井赖子的去向，特别要注意带着七八岁小女孩、食指或中指受伤的人。

三、化验被狗咬下来的那块指甲。

四、解剖遇害者的尸体。

五、调查精神病患者、神经异常者、行为不端者。

六、调查现场附近的迹象。

七、调查现场附近的小贩、旅行者、登山者、工程人员、邮递员、送奶员、送报员等定期来往人员。

八、调查遇害者的人事关系。

九、调查风道屯的外流人员。

由于案情重大，对东北管区侦探科、临近各县都作了部署。

另一方面，在东北大学法医学教室里解剖了遇害者的尸体，验尸的初步印象全部得到了证实。还有，化验了狗咬掉的那块指甲，断定是右手中指的指甲，血型为"AB"，很可能是三十至五十岁、身体健壮的男性的指甲。

年轻的女旅行者身上带着从 F 县羽代市到 F 市的国有铁路的月票，以及 F 市本町通五区住江通商公司的职工身份证。她名叫越智

美佐子，二十三岁。

警察向住江通商公司询问了一下，了解到越智美佐子是该公司的电话接线员。她从十一月十日起请假三天，外出旅行了。她在公司工作认真负责，人缘也好，受到了上司和同事们的信赖。

不过，她不喜欢和人来往，不爱和人深交，休息时总喜欢一个人悄悄地抱本书看或打毛衣。

她喜欢旅游或徒步旅行，而且总是独自悄悄行动，很少和人搭伴出去。她也不参加公司的文艺小组活动，要是邀她参加，她也只是应酬一番。除此以外，她总是离群索居。因此她在公司里，无论是男是女，都没有特别亲近的朋友。

男人中，有的被她的美貌所吸引，去接近她，但是毕竟还无人攻下这个"堡垒"。她在 F 市内的短期大学毕业后，就进了公司，现在已经三年了，作为接线员，也算是个老手了。

这些就是越智美佐子在公司工作的大致情况。

越智美佐子住在位于羽代市西南区的材木町，和老母、妹妹生活在一起。父亲是个记者，创办了该市唯一的革新报《羽代新报》，在国内颇有名气。不幸的是，他去年因车祸离开了人世。

妹妹朋子去年从姐姐上过的那所短期大学毕业后，进入了父亲创办的羽代新报社。据说，她比姐姐小两岁，和姐姐长得一模一样，宛如双胞胎。可是，妹妹性格比姐姐刚强。她和别人一样，通过考试才进入了父亲的这家报社，这就足以表现出她性格的一个侧面。

警察决定让越智美佐子的妹妹朋子从羽代市赶来认领姐姐的尸体。

事件发生后的第三天，十一月十二日上午八点左右，岩手县岩手郡黑平村的蟹泽屯，有位农民发现了一个七八岁的女孩呆呆地站在村边。蟹泽屯在风道屯北边，离风道屯有六十里，也属于北上山地，是个只有三十几户人家的小屯子。虽说还不像风道屯那样人口稀少，但也是一个为人口过稀而犯愁的地方。

那个小女孩浑身上下都是污垢，身体相当赢弱。问她从哪儿来，女孩只是紧闭双唇，一声不响。

那个农民把她领进家，给她东西吃，她便狼吞虎咽吃个不停，好像饿坏了。等到吃饱以后，小女孩才断断续续地开口说起话来。把她说的那些断断续续的话总括起来，好像是说"一个穿绿西服的男人"领着她，在山里走了几天之后，把她丢在这里走了。

问她叫什么、住在哪里，她根本说不清。这时，发现女孩的那个农民的妻子猛然想到风道屯大屠杀事件，就对丈夫说：

"你说，这个小傻瓜会不会是从风道屯来的？"

"你说什么？"丈夫怔怔地瞪大了眼睛。

"好像报上说过，一个小学二年级的女孩子被罪犯拐走，至今下落不明。"

蟹泽屯和风道屯不属于一个行政区，虽然相距很近，却很少往来。风道屯大屠杀事件发生后，屯里人充满了恐惧和不安，生怕袭击风道屯的杀人魔鬼再来袭击自己这个屯子，夜里有的人连觉都睡不踏实。

小女孩连自己的名字和住处都记不起来，除了记得一个"穿绿衣服的人"带她来的以外，什么都忘记了。

黑平村村公所立即向搜查本部报告，说发现一名女孩，很像长井赖子，面容和身体特征都和长井赖子一模一样。长井赖子的班主任从柿树村小学校赶来，同搜查员一起到了黑平村，认出这女孩的确是长井赖子。

长井赖子虽然身上没有挂一点儿伤，但显得极为虚弱，因而，决定让她先到黑平村诊疗所治疗一下，然后再领回柿树村。但即使回柿树村，父母和姐姐也已被杀害了。

于是，警察决定把赖子暂且安置在柿树村长井家的远房亲戚家里。但是，将来究竟怎样安置她，却完全心中无数。

　　长井赖子渐渐恢复了体力，搜查员想从她那里了解一些情况。

　　可是，赖子对搜查员的回答只是一个劲儿地说，自己被一个"穿绿衣服的男人"领来，此外的具体情况仍然一无所知。

　　"晚上你在哪儿睡觉呀？"搜查员耐着性子诱导她。事件发生后的三个夜晚，她是和那个"穿绿衣服的人"在山里度过的。

　　"在树林里睡，冷极了。"

　　"你们吃什么？"

　　"我饿得不得了，穿绿衣服的人给我摘野果子和柿子吃。"

　　"你干吗跟那个穿绿衣服的人走哇？"

　　"嗯——我也不知道，也不知什么时候就和他在一起了。"

　　"那你爸爸妈妈和你姐姐怎么啦？"

　　一问到亲人，小女孩刷地绷起脸，再也不作声了。诊疗所的医生说，可能是由于亲眼看到亲人惨遭杀害的恐怖情景，造成了她心灵上的创伤，使她暂时失去了记忆。

　　最后，从长井赖子的话里只能了解到罪犯是穿绿衣服的男人，至于他为什么会杀害风道屯全屯的人、为什么只留下长井赖子一人，就完全不得而知了。

　　赖子在盛岗国立医院神经科进一步做了周密的检查，诊断结果说是由于极度恐惧造成了心理上的创伤，抑制了记忆，因而失去了对过去全部的记忆，患了健忘症。不过，据说即使失去对过去生活经历的记忆，也仍能保持自己的习惯和脾气。

　　亲眼看到父母惨遭杀害，这对一个年幼而纯洁的心灵来说，无疑是个难以想象的打击。如果说这个打击夺走了这个女孩的记忆——难道就不能再恢复了吗？只有这个女孩亲眼见过杀人场面和罪犯呀！搜查员一个劲儿地询问医生。医生说，通过治疗，记忆力会一点儿一点儿地恢复过来。要是有某种巧合，记忆力也许会一下子全部得到恢复。不过，医生也不敢断言肯定会恢复。

检查了神经后，又检查了全身，赖子只是多少有点儿虚弱，并没有什么疾病，也没有受到奸污。看来罪犯带她走也不是为了发泄性欲。总括赖子的话，那个穿绿衣服的人对她似乎一直很体贴。

虽说发现了长井赖子，但是，搜查工作仍无进展。另一方面，越智美佐子的遗体已被她妹妹朋子认出来了。

"我姐姐性格孤僻，节假日总是独自待在自己的屋里，看看书，听听音乐。除此以外，一年单独出去旅行三四次，这也就算是她的爱好了。我劝过她多次，说年轻女子单独旅行太危险，可她毫不介意，笑着说，和男子一起去，那才危险呢！这次旅行也是她老早就计划好的，所以，姐姐兴致高极了。到底是谁惨无人道地杀害了谁也不招不惹、老老实实、小心谨慎地生活的姐姐呢？"

和越智美佐子长得一模一样的妹妹一边抽泣着一边诉说。通过妹妹的话，警察弄清了美佐子确实连个特别亲密的男朋友也没有。

这样，大体可以确定下来，越智美佐子确实是受牵连的人。

越智美佐子的这条线索也没有打开新局面。

事件发生后"第一阶段"的二十天转眼之间就过去了。尽管搜查员东奔西跑，但案情仍无明显进展。

罪犯旋风般地突然袭击了村庄，屠杀了全屯人之后，安全钻出了全县及临近各县布下的法网，消失得无影无踪。

搜查完全陷入了僵局。

四

柿树村大屠杀案件成了一个谜。尽管搜查本部作了极大的努力，可是仍然没有发现明显的嫌疑人。虽说也有几个可疑的人，不过一追查，全都清白无辜，与案件无关。

因为是一起空前的大屠杀案件，所以搜查本部依然保留，但人员已大大减少。舆论攻击警方笨拙无能，挖苦他们是"只会指挥交通的岩手县警察"，市民中间对警方的不信任感也与日俱增。

专门留下来的搜查员在四面楚歌声中继续顽强地搜索罪犯的线索，像蚂蚁似的四处奔忙。罪犯肯定与风道屯有某种关系！根据这一设想，警方对风道屯的外流人员逐个地、毫不放松地进行了追查。外流人员中，有的已音信皆无，那就追查他们的亲戚、朋友或有关人员，哪怕发现了只有一线希望的线索，也要从那里抠出点儿材料来。有的费了九牛二虎之力追查到了，可那个人早已病死他乡。还有的沦为流浪汉，成了残废。留在荒废了的故乡的人惨遭杀害，背井离乡的人也极少有人走运。

他们虽然逃离了贫穷的故乡，但仍然处在永远无法摆脱的穷苦命运之中，就像掉进了贫困的深渊，离乡实为无益的挣扎。这种追查简直无法再搞下去了。

在搜查员当中，有当地警察署的北野。北野一直在不懈地继续着毫无成效的搜查，不过他最近感到有个轮廓在心中慢慢地形成着。

总的来说，东北管区的警察动作不算敏捷，但有不屈不挠的韧性，即便是茫无头绪的案件，有时也会坚韧不拔地追查下去。

北野就是这种典型的东北侦探。尽管他没做出什么突出的成绩，却一直在那些旁人不注意的细节上扎扎实实地追查罪犯。他这个侦探给人以这种感觉：罪犯在自鸣得意、满以为犯罪活动已无人知晓时，猛一回头，就会看见北野已跟踪而来。

北野心里暗暗坚定起来的想法，就是在第一次搜查会议上提出的"杀害越智美佐子为犯罪目的"的说法，也就是当时提出的那个假设：罪犯的本来的目的是想杀死越智美佐子，结果牵连了风道屯的农民。不过这一假设曾被否定了。

北野虽然也一时接受了否定的意见，但随着时间的推移，那个假设又浮现在脑海里。

那个重又抬头的想法逐渐在他心里占了上风。一天，他把头脑里形成的想法告诉了村长警长，因为他觉得，要是在搜查会议上说出来，还会像上次那样受到"鬼竹"的讥笑。

"能不能再改变一下越智美佐子是受牵连的推断呢?"

"我并不轻视对越智美佐子的追查。不过，从越智这条线上，恐怕是不会有收获的。"

"的确，从越智美佐子的身上没有发现任何与案情有关的情况。可是，是否可以设想罪犯杀错了人呢?"

"杀错了人？他要杀的到底是谁?"

"她妹妹。越智美佐子有个比她小两岁的妹妹。在她来认领尸体的时候，我见过一面。她们简直像一对双胞胎。"

"你是说罪犯把她和她妹妹搞错了吗?"

村长几乎要跳起来，这可是个不着边际的设想。如果这个设想对头，那么以前的搜查就全都成了捕风捉影。风道屯的人既然是属于受牵连的，那么追查风道屯的外流人员简直毫无意义。

由于搜查方向上有重大分歧，对越智美佐子进行了特别谨慎的调查，不过，姐姐成了妹妹替身的这种说法，从前谁也没有想到过。

"我最近在琢磨，我们应当设想一下，可能是罪犯企图杀她妹妹，结果把一模一样的姐姐当作妹妹给误杀了。而咱们压根儿就没有调查过她妹妹，这恐怕是个漏洞啊!"

"就算是杀错了人，也没有为杀一个人而把全村人都杀光的道理。即使是这样，村里人究竟是否看见了他行凶，这还是个未解之谜。"

"有的地方还无法解释清楚，不过，忽略了越智美佐子妹妹的这条线索，我认为也是一个漏洞。警官，请允许我来调查一下越智朋子吧!"

北野抱着一线希望看着村长。

# 第二章　独裁王国

## 一

　　味泽岳史有一套特殊的本领，他身型如立地金刚，按理说要是找个更好的工作也是易如反掌，可是他却偏偏挑选了这个行当，而且一干就是近两年。这是因为这一行与他以前所干的截然相反，而更主要的是他打算折磨自己。

　　中途，他曾几次想撒手不干，但每当这时，他都咬紧牙关忍耐下来。其实，也没必要非忍耐不可，干现在这一行，都是无情无义之人，非但谈不上情义，连公司也把他们当消耗品使用，不时招收一些新的工作人员。

## 野 性 的 证 明

味泽岳史是羽代市菱井人寿保险公司羽代分公司的外勤。当人寿保险公司的外勤,是他作为"第二次人生"而挑选的职业。说他干这一行的动机是同以前的工作唱对台戏,那是因为他以前的职业与人寿保险格格不入,也就是说,只要干以前那行,就不能加入人寿保险。

以前那一行是生命不保的危险工作,现在挑选的正好与其相反。可是,虽说没有生命危险,遭受的屈辱却是到了无以复加的程度。

眼下,没有一户人家欢迎人寿保险公司的人去劝诱访问,只要一听到"保险"二字,就说"够啦!够啦!",给你来个闭门羹。

进门给个闭门羹尚且算好的,最近,许多人家门前挂出了"谢绝推销"的"禁令牌",根本"不许进门"。这种人家连电铃也按不得。

在居民区、公寓里要是有一户挂出这种"禁令牌",其他居民立即效仿,这也说明推销员如蝇蚁之多。当然,推销员若是因"禁令牌"就垂头丧气、偃旗息鼓,那就根本做不成买卖了。

如果无视禁令登门拜访,有时就会被兜头泼冷水。

于是,保险公司指示外勤人员改变战术,放弃直通通的劝诱,使用调查卡或征求意见等迂回方式接触。可是,凭这点儿小伎俩,如今的客人是不会俯首上钩的。

为了劝诱人们加入保险而漫无计划地"闯入"陌生人家里,是种事倍功半的笨拙办法。初出茅庐的外勤员首先走访的地方,照例是亲友家。在亲戚、朋友、熟人中串一串,凭面子可以请他们加入保险。但不出三个月,亲友就串遍了。经亲友们的介绍,能开辟新的战区固然更好。不过,过不了一年,这类外勤员就会像磨烂了的破鞋一样被弃于路旁。

在这个城市里,味泽本来就举目无亲,一开头就不得不施展

"闯入"的手段。不过，这倒使他老早就养成了耐性。

因为一旦把亲友走访完，这些推销员也就气数已尽，渐渐被公司罢免。其中好歹能苟延残喘下来的，就是从开头就投身于"闯入"的寒流中，名副其实地闯开了路子的人。

在过分的屈辱下，有时感情一冲动，真想干掉对方，而味泽所以能抑制住感情冲动，不妨说是对自己以前干的那个行当的反击。

闯进去被赶出来，再闯进去又被赶出来。开头那段时间，有亲友的同行们都功誉满载，而味泽却两手空空。分公司的部长对他冷嘲热讽地没个完。

"要是就此撒手不干，自己就完了。"味泽这样激励自己。

一天，味泽顶着"禁令牌"贸然闯进了一家，在那里接受了一个意想不到的委托。那家主妇好像没在家，出来的是位四十来岁的男人。也许他正在午休，披着睡衣来到门口，一听是来动员加入人寿保险公司的，就破口大骂起来。

味泽惶恐万状，狼狈不堪，转身正要溜走，不知何故那个男人又从背后叫住了他。

味泽扭头一瞧，那人和方才简直判若两人，脸上堆出了颇为尴尬的笑容，对味泽说："有件小事，能否劳驾一趟？"

"干什么呀？"味泽一问，那人用食指和拇指比画了一个圆圈说："去药房。喏！买这玩意儿。"

"那是什么？"

"你到药房这么一比画就行了，一千元足够，钱你先给垫着。"

真是莫名其妙的差使。味泽姑且来到药房，照他说的那样一比画，药房的店员立即心领神会地点点头，递过一个包好的小盒。

这时味泽才恍然大悟，那人让自己干的是个美差。这次跑腿，竟是买避孕工具！想必是那男人要和妻子同房时，发现避孕工具用完了，偏巧这时味泽登门来访，自然成了及时雨，便托付给他。这真使人哭不得、笑不得、气不得。

把那盒东西给他后，那人掏出一千五百元钱和一张名片说："本人虽然已加入了足够的保险，不过你还可以来公司给我介绍一下你们的保险。"名片上印着羽代市大名鼎鼎的夜总会总务科科长的头衔。

这件事成了开端，味泽头一遭争取到了保险合同，但凭这样的机会是远远不能达到公司的苛刻定额的。

某公寓住着一个女人，大概是个私匿的情妇，养着一条爱叫唤的德国尖嘴狗。味泽看出她有加入保险的意思，就三番五次地登门动员。那女人含着别有用心的微笑说：

"我正要求您一件小事呢！"

"什么事呀？只要我能做到，一定效劳。"味泽尽量装出恭维的笑脸回答说。

"真的？你可别骗我！"

"要是我办不到就不好说了。"

"简单得很哪！你办得到。"

女人用娇滴滴的目光上下打量着味泽，味泽有了某种预感。听老外勤员说，有的女人日子冷清，禁不住欲火如焚，常在暗中与男外勤员寻欢作乐。

只要双方守口如瓶，顾客就有了理想的情夫伴侣，而对外勤员来说，用肉体赚来的主顾也是最踏实不过的了。对味泽这样健壮的男子来说，也可以把积蓄的欲望发泄出来，这真是一举多得的妙法。

眼前这个女人，体态丰盈，确实招人喜欢。味泽所以热心前来走访，也不单是为了工作。

听那女人说"你办得到"，这话正合了心中的鬼胎，味泽浑身越发痒痒起来。

"我想让丘比特①在您那儿待四五天。"

"丘比特?"

"是呀!我要和我的那位出门玩儿去。不过呢,总不能带着丘比特呀。可是,又没个地方能长期寄存,真愁死人了!您要是肯帮忙,我想,丘比特也跟您熟了,不会出差错。"

味泽这才弄清对方未明说的意思:"丘比特"这个听起来怪吓人的名字,其实就是女人那条心爱的狗的名字。她的意思是,打算在和男人出门旅行期间,把那条心爱的狗交给味泽代养,这和他琢磨的好事差了十万八千里,味泽不由得苦笑起来。

"噢!那就拜托啦。吃的嘛,我给您留下它喜爱的食物,您每天喂它两三顿就行了。我想,绝不会给您添很大麻烦。"

女人仿佛把味泽的苦笑看成了应诺的表示,生拉硬扯地交代开了。

"还有,您每天得带它出去散一次步,好吗?现在市公所、保健所对小宝贝的大小便都管得挺严,所以您别忘了带塑料袋。对您的报答嘛,等我们回来的时候,可以考虑您那保险的事。"

女人越发放肆起来。

那女人旅行一回来,就说服男人,加入了一百万日元的保险,遇到灾害,保险金是二十倍,保险金领取人当然是女人自己。味泽对那女人的生意经惊叹不已,但总算又取得了一份合同。

不过,这类合同还附带了日后的服务项目。打那以后,那个女人一出门旅行或外出,就把狗寄放在他那里。

不光如此,还产生了一些副产品。那女人可能到处作了宣传,到味泽这里寄猫存狗的人与日俱增,有人不仅外出时前来寄放,就连领狗出去散步也让味泽代劳。

---

① 罗马神话中的爱神。——译者注

不过，由于这一招，味泽的工作也渐渐有了起色。

当人寿保险公司的工作多少有了些眉目的时候，味泽外出了几天，对公司只字未提。回来的时候，他领来一个十来岁的小女孩。味泽把小女孩送进了市内的小学，和她一起生活起来。

小女孩是个孤儿，寄养在母亲的远房亲戚家里。以前，味泽曾对那房远亲说过，想把女孩作为养女领走。女孩的这个亲戚，家境贫寒，没有余力养活这个几乎没有一点儿血缘关系的远亲之女，所以他们很欢迎味泽把她当养女领走的古怪要求，根本没去怀疑味泽说自己是父系亲属的那套话。能减少一张嘴吃饭，也就使他们心满意足了。

小女孩老老实实地跟着味泽来到了羽代。她名叫长井赖子，今年十岁，两年前父母被人杀害以后，就忘记了自己所经历的事情。

后来，她慢慢地会写自己的名字和住址了，在学习上记忆力还行，智商数也是优等，因此，上学念书也顺利，并没什么妨碍。

味泽领来了女孩，慢慢安顿好在羽代的生活后，又秘密地跟踪起一个人来。就在这种跟踪工作如同虫豸爬行那样缓慢进行的时候，想不到天赐良机，让他一下子就和那人接触上了。

二

爸爸创办的《羽代新报》，内容已完全变了质。在越智朋子看来，那不是变质，而是堕落。羽代市已完全腐败了，就像一块充满臭气的污泥。爸爸曾孤身抨击过市政的腐败，那种朝气，在报社里已荡然无存。现在的《羽代新报》已经彻头彻尾地变成了那位主宰羽代市的大场家族的御用喉舌。

也正因为成了他们的御用喉舌，才得以保存至今，而且，不仅

仅是保存下来，还发展成县内首屈一指的地区报纸。

大场一成是现在的一族之长，也是一市之长。以他为核心，市议会、商工会议所、警察、市立医院、市立学校、银行、报刊、本市广播电台、大的地方企业、交通部门等市内的要害部门，全都由大场家族及其手下的喽啰牢牢控制着。

羽代市位于山国F县的中部，是F县政治、文化、商业、交通的中心，四面群山环抱。这种地理环境，使它成了一个与世隔绝的中心，形成了独特的文化和自给自足的经济圈。

江户时代初期，羽代①氏在这里兴建城邑。后来，经过历代藩主的惨淡经营，发展成为近世的城邑。明治初期，这里还是中部养蚕区的一个中心，盆地里的蚕茧都集中到这里，兴建了缫丝工业。从大正到昭和年代"羽代生丝"在全国市场一直占有特殊的位置，这对城市的发展起了很大的作用。

太平洋战争末期，市内的街道遭受了战火的浩劫，大部分被夷为平地，但战后很快就恢复起来了。现在，面貌已焕然一新，成为一座现代化城市。

战后，大规模地开发了埋藏在地下的丰富的天然气资源，从而打下了矿业发展的基础。

而且，还引进了机械、化学、造纸、精密仪器等许多企业，羽代市完全变成了现代化的工业城市。

县公署所在地虽然让给了县南部的F市，但在经济、文化、交通的规模方面，羽代市依然占据着县中枢的位置。

过去，大场家族世世代代都是羽代藩的下级武士，连藩主的面都没正式见过。明治时期的废藩置县，给了大场家族出头露面的机会。

---

① 日本人的一个姓。——译者注

以前，羽代藩对萨长二藩心怀不满，在戊辰战争中，投靠了幕府方面，因而在实行废藩置县时，羽代藩便彻底瓦解了。照理说，应该是建立"羽代县"的，但羽代反而被并入了 F 县，县城也移到了 F 市，就是因为有这么个缘故。

由于这种藩政改革，现在的族长大场一成的祖父大场一隆便不再当武士而沦为了农民。但事隔不久，竟从他的土地上发现了天然气，这个地下资源是取之不尽的。

大场一隆雄心勃勃，根本不去安分守己。他没有放过老天爷对他偶然微笑的机会，马上把天然气企业化了。不久，搞天然气的开发和利用的企业便成了市内的中心企业。他还靠其利润积累起来的巨大财力，把手伸进市政机关，控制了全市。

他控制了丰富的天然气资源，而这一资源又成了发展羽代市的动力，于是他便接二连三地派生或引进了与此有关的企业，牢牢掌握了羽代的财政大权。因此，人们在背后纷纷议论说，羽代市的藩主，不过是由大场家族接替了羽代氏而已。事实上，羽代市里，谁要是成了大场家族的眼中钉，谁就休想活命。所有的市民都在某个方面同大场家族有着联系，即使自己本身没有直接联系，家里人或亲戚也会有人和他们有联系。

不管你到学校，还是到医院，不管你在哪儿工作，都会有大场的影响存在。大场的势力甚至伸展到了县城 F 市。要想完全摆脱他的影响，除非远遁他县。

不过即使脱身县外，倘若是邻近的县，他的势力还能把你追上。现在他通过提供资金这种门道，已经和中央的政界拉上了关系。大场的好几个傀儡国会议员，盘踞在政界的重要职位上。

战争也加速了大场势力的崛起。他巴结军部，钻进军需工业，战后又马上摇身一变，改成了和平工业。当时的族长已经是现在的这位大场一成了，他蝉联至今，其变身术实在是高明极了。

战火也未能使天然气资源受到损失，而是完好无损地保存了下来。从侧翼支援大场家族发家的是中户多平。多平是羽代藩的小喽啰，与大场一隆关系密切。废藩置县后，中户多平失了业，成了地头蛇，在羽代立一门户，构成一霸，逐步网罗党羽，扩张势力。

中户家势力一大，党羽一多，所需资金也要按比例增加，没有钱，就维持不了这一门户。从财政方面给中户撑腰的是大场一隆。

大场一隆有自己的如意算盘，他想豢养私人部队以防万一。

战后，许多堕落的退伍军人、流浪汉涌进了羽代市。他们把幸免于战火浩劫的羽代车站当作巢穴，搞抢劫市民和旅客的勾当。

因此，市民和旅客无法放心大胆地在市内行走、搭乘火车。

警察完全束手无策，于是大场一成就委托中户多平的儿子中户多一任市内警卫。这么一来，中户就被公然任命为羽代市的"特别自卫队队长"了。

从那以后，警察在中户家的势力面前再也不能耀武扬威了。不管堕落的退伍军人在市内怎样猖獗，警察也无可奈何，而中户家的人马一赶到，马上就风平浪静。这么一来，警察自然威信扫地。

中户家从大场一成这位名副其实的城主那里领到了"特许"，就在车站前面开办市场，以此为基地，一步步向外扩张势力。

那些曾经当过市民保镖而深受欢迎的无赖，不久便现了原形。他们在光天化日之下，在市场里公然开办了赌场。赌棍和黑市商人在这里成群结伙，市场完全变成了无法无天的世界。警察的巡逻队根本不靠近这里，因为赌徒的头子和警察本来就穿着"连裆裤"，这里等于是"官办赌场"。

中户这一伙人，还替大场家族行凶作恶，凡是大场不好亲自出头露面之事，都由中户一伙人包揽下来。他们还豢养了许多打手。

年轻的无赖之徒认为被选上当打手，就能成为"好汉"而趾高气扬。人们明明知道中户家是大场家族豢养的私人部队，却也只好佯作不知。

对于大场家族把羽代市霸为私有的状况，偶尔也曾出现过有勇气的市民起来反抗，但用不了多久，他们或是遭遇车祸，或是跳楼"自杀"，要不就是掉到河里淹死了。警察只把这些案子作为事故致死草草了结。尽管没有一人认为是事故致死，但谁都缄口不言，因为人们很清楚，若是道破内情，下一次就该自己"死于事故"了。

越智朋子的父亲越智茂吉，当年在市内经营一家印刷所。他把车站前的市场叫作羽代市的"黑暗斜街"，把中户家同警察的暧昧关系写成报道，毫不留情地揭露出来，刊登在十六开本两张对开的小报上，每月分发给市民一两次。

他生来就有强烈的正义感，因而忍无可忍。开始办报的时候，从取材、撰稿、版面设计、校对、印刷到分发都是他自己单枪匹马地干。

这下子可激怒了大场一成。虽然越智还没有明确点出大场的名字，但公开抨击警察当局对"黑暗斜街"的熟视无睹，那就是对警察背后的大场市政的严厉批判，明目张胆地打出了造反的旗帜。

从来还未有人胆敢挺身而出，旗帜鲜明地反抗大场，就连全国发行的大报纸的分社，也生怕一旦被羽代市记者俱乐部赶出去就无法取材，而对有关大场的报道极为小心谨慎。

中户家的打手杀气腾腾地闯进他家，把屋里砸得一塌糊涂，连印刷机里也撒进了沙子。这伙暴徒扬长而去以后，警察才磨磨蹭蹭地赶到。

但是，越智茂吉并不屈服，他那充满勇气的报道，得到市民中占压倒优势的人的支持。订户直线上升，市内想帮助越智的青年都云集在越智的身边。

多年来，在大场的"高压"下，市民们也是重足侧目、怨声载

道。越智又买来轮转印刷机，还增添了人员，俨然具备了报社的样子。

越智茂吉毅然决然地从正面向大场市政发动了攻击。独裁政治越强，就越是从内部出现反抗分子。越智的人马比比皆是，《羽代新报》虽然没有加入记者俱乐部，但却刊登出大批的、俱乐部"官样文章"上所没有的、痛击市政致命处的新闻报道。

大场方面慌了手脚，赶紧保护机密，却不知机密是从哪里泄露出去的。市民们群情激昂，拍手叫好。长期以来，市民们对大场体制的愤懑都闷在心底，《羽代新报》的报道，正好发泄了他们的积愤。

越智茂吉被市民们的支持所激励，掀起了驱逐暴力、整顿市政的大规模宣传活动。这是刀刃下豁出性命的大规模宣传活动，袭击和恫吓成了家常便饭。

越智的家自然不在话下，连工作人员的家也遭到各式各样的挑衅和威胁。有的职工担心家属的生命安全，把家里人单独"疏散"到别处去了。

市民的支持的确是有增无减。首都的新闻界也风闻了这一大规模宣传活动，一些大的电视台专门派人前来采访。

当越智艰辛的宣传活动刚要结出果实的时候，他却在市内惨遭车祸，一命归天。那一天是数九严寒，路面上了冻，越智正穿过马路时，一辆外地来的汽车一打滑，就把他碾在了车轮下。肇事的司机说，他头一次开车从南方来到此地，不知道上冻的路面会这样容易打滑。

不能断定这是有意加害，司机受到了违反交通法和操作失误致死的惩罚，越智茂吉失去了生命。

越智茂吉一死，好不容易才高涨起来的驱逐暴力运动也就像泄了气的皮球一样，自然而然地瘪了下去。

越智茂吉被搞掉就全完了，这种无法挽救的失望和灰心丧气的情绪控制了市民。越智茂吉手下有骨气的职工，也一个个被抽调出去，大场一成的喽啰们则取而代之，窃取了席位。《羽代新报》很快就失去了锐气。

在神不知鬼不觉当中，报社的大多数股票落入大场一成的手心，《羽代新报》完全堕落成了大场家族的御用报纸。

越智朋子进报社时，报社已完全沦入大场之手。在大场方面看来，录用朋子，也算是对"敌将之女"的一种优待。

进报社时，朋子还抱过幻想。报社是爸爸亲手创办的，倾注了他全部的热情与心血。她仿佛觉得，在爸爸同邪恶势力斗争的这个堡垒里，还留有爸爸的影响。

可是，那些影响已经被大场清除得干干净净了。爸爸筑起的城池早已陷落，现在盘踞城池的是那些敲骨吸髓、大腹便便的仇敌。

朋子自己也染上了市民那种无可奈何、灰心丧气的情绪。姐姐一死，这种情绪就更强烈了。

姐姐的死，似乎和大场没有关系。姐姐与妹妹朋子不同，凡事小心谨慎，喜欢孤独，对外界不感兴趣，一味闭锁在自己的小天地里。这样的女子，不会招来他人之恨。姐姐工作的住江通商公司与大场毫无关系，不能认为她是由于了解了大场的某些隐私而遭灭顶之灾的。不管怎样，姐姐一死，朋子多少放弃了继承爸爸遗志的打算。

在完全堕落变质了的羽代新报社里，朋子丧失了朝气，担负起既无妨碍也无益处的妇女版。虽说她都快二十三岁了，但还没有一个中意的男朋友。

有的男人看中了朋子现代式的美貌，追求她，但她理也不理。总之，没人使她动心。朋子觉得，只要身在羽代市，就不会有让自己倾倒的男人。

就连《羽代新报》这个唯一反抗大场体制的堡垒，现在也成了他们的一个监视哨。爸爸精心培养起来的有骨气的职工，或是被排挤掉，或是失去了朝气。现在，羽代市内的男人都可以看作是大场体制内的人。曾经支持过爸爸的读者们，现在也一味地对大场表示恭顺，窥视着大场的脸色。

朋子若想为美丽的青春找到可心的对象，只有离开这座城市。可是，年迈的妈妈再也不想奔波到异土他乡，她现在紧紧地搂住唯一的亲人朋子，央求着说，哪儿也不去吧！

撇下这样的老母，自己远走高飞，当然于心不忍，而且朋子本人对于青春的前途也不那么上心。最近，她连爸爸的生活作风都觉得可笑，认为那不过是幼稚的英雄主义。只要和大场体制合作，生活就会得到保证，尽管那就像浸在污泥浊水里似的，但久而久之也就觉得蛮舒服了。

因为，即使在大场的独裁市政下，也不会让一般市民直接伙同他们搞犯罪勾当。只要老老实实地服从他们，生命就不会受到威胁。

爸爸就是因为迂腐地主持正义，起来反抗大场，才招来杀身之祸的。

纵使推翻了大场体制，也丝毫不能保证羽代市会变好，说不定会变得更糟。还是由大场这样绝对的独裁者来统治，方能保持这个市的安定。

对羽代来说，大场就是政府，就是天皇，没有他，这个市可能会陷入无政府状态。

——爸爸干了一件多么愚蠢的事儿呀！

朋子最近开始这么考虑问题了，仿佛没有了爸爸那样的反抗分子，城市才恢复了安定，尽管这是表皮下面蕴蓄着脓水的虚假安定，但总还不失为一种安定吧。

## 三

最近，朋子感到身边有人注视自己。视线来自何人并不清楚，但总是感觉到有人在盯着自己。那视线可能早就向自己射来了，而自己只是最近才开始意识到。

让来历不明的视线经常盯着，实在令人不舒畅。不过，那视线绝不是恶意的，倒好像是某人把一番好意放在小心翼翼的视线上，从远处悄悄地投过来。

但是，不管怎样，来历不明总会使人忐忑不安。朋子总想弄清视线的来源，但由于那视线很难捉摸，所以"反探索"的视线也总是半途中断。

会不会是自己神经上的多虑呢？朋子虽然这样去想，但本能的感觉在告诉她，的确有人注视着自己。而事情就在这时发生了。

那一天，朋子出去采访，由于事情不太顺利，很晚才返回报社，回家时天已经完全黑了下来。她家在羽代市西南郊外的新兴住宅区。原先她家曾住在市内父亲的印刷所里，后来随着《羽代新报》日益发展，住房拥挤不堪，父亲便买下了这所新建的房子。

现在的羽代新报社，已将旧屋拆除，在原址上盖起了富丽堂皇的报馆。新报馆是大场一伙窃据了整个报社以后重新改建的。

朋子在报社前面叫了一辆汽车。不巧，中途汽车轮胎放了炮，也没有别的过路的汽车。尽管司机再三表示歉意，但朋子觉得，与其等着修好，还不如走着回家快。

这段路坐汽车也不过十来分钟，一走起来却觉得分外远。这一带是新开辟的地区，田地和山林依然原封未动地保留着，住家的灯火稀稀落落。这里白天是个幽静的地方，一到夜晚，就显得有些荒

凉。事实上，这一带常有流氓出没，在那阴森森的黑暗中，总使人觉得有流氓正在那里潜伏着。

走出去一段路以后，朋子后悔起来，还不如等着汽车修好再走。可是，这时已经走到前不着家、后不着车的中间地段了，她仿佛听到啪嗒、啪嗒的脚步声从后面尾随上来。

她停下来，看看四周，那脚步声一下子又听不到了，只有远处传来几声狗叫，这就更加让她恐惧了。

朋子觉得有人在尾随自己。

住家的灯火还是那么遥远，根本没有盼头。朋子终于忍不住跑起来，她想凭跑步来分散疑神疑鬼的心情。

朋子只顾身后却忘了前面，黑暗中突然人影一晃，挡住了去路。她大吃一惊，正懊悔不迭时，潜伏在黑暗中的家伙一声不吭地猛扑上来。朋子想要呼救，但已经晚了。一只粗厚的大手将她的嘴捂住，几只胳膊紧紧地抱住她，横拖竖拽地把她从路上拖到乱树丛里。热乎乎的浊臭的呼气直扑到脸上，充满欲望的野兽般的目光在黑暗中闪动。

野兽们把猎获物拖到自认为可以安安稳稳吞噬的地方后，就凶猛地扒起衣服来。工夫不大，女人拼死的抵抗就成了徒劳，如同剥水果皮一样，朋子的衣服全被扒了下来。

黑影是三条。这帮家伙干这种卑鄙的勾当看来相当熟练，朋子很快就陷入了绝望。

朋子还在做着徒劳的抵抗，脸上挨了火辣辣的一掌。

她觉得再抵抗下去就会被弄死，恐惧使她的抵抗减弱下来。

"完了！"她绝望地闭上眼睛。其实，朋子倒也不是像保护珍宝似的想把处女身保持下去，但在这种方式下成为兽欲的牺牲品而被吞噬掉，觉得实在窝心。

野兽焦躁起来。朋子身体仍挺得硬邦邦的，抗拒着野兽的入侵。

"臭娘们儿!"

流氓头一次暴露了声音。

**"别磨蹭! 我还等着哪!"**

第二个流氓催促着。听起来都是年轻人的声音。恶魔一着急,动作就出现了破绽,放开了捂着朋子嘴的那只手。朋子抓住这一空隙,扯开嗓子狂叫起来。奇迹就在这一瞬间发生了。流氓压在她身上的重量突然消失了,她身体的四周,怒吼声和凶猛的厮打声搅成一团。

搏斗的均势很快就打破了,逃跑和追击的声音在黑暗中向远方移去。危险暂时离去以后,朋子依旧吓得缩成一团,好久好久动弹不得。不!恐惧心理也已变得麻木了,朋子只是茫然地留在原地,呆若木鸡。

她不知发生了什么事情。也许流氓发生了内讧吧!不管怎样,这是逃离虎口的绝妙机会,必须在流氓返回前逃走!等朋子好不容易清醒过来时,黑暗中又传来脚步声,并在她的面前停住了。

在茫然之中,时机错过了,最凶恶的野兽赶跑了敌手又杀了回来。恐怖再次降临,使朋子连声音都喊不出来了。

"不要紧啦!这帮家伙跑得真快。您没伤着吗?"

黑暗中的人影开口说了一句,听起来他和刚才那帮坏蛋不是一伙。但朋子不敢马上相信,还保持着戒备姿势。那人又说:"我是听到呼救声跑来的。"接着又问道:"您真的哪儿也没伤着吗?"

朋子明白了对方说的"伤着"的言外之意,这才醒悟到自己得救了!

"没有。"

朋子回答说,同时感到一阵害羞。刚才由于害怕,什么都顾不上了,下半身已是一丝不挂,幸好隐藏在黑暗里。

"一群无耻之徒!喏,衣服在这儿。"

那人指了指朋子散乱在地的衣服，其中也有贴身的内衣。他没有直接用手去把衣服拾到一块儿，这使朋子感到此人心很细。

衣服虽然被撕得稀烂，但总比不穿强。

"不用到医生那儿去吗？"

那人放心不下似的问。

"不用！因为哪儿也没伤着。"

虽然朋子这么说，但那人似乎还是没有信以为真。受到这类伤害的女子，总是一心想要隐瞒过去。

"那么也好。不过，有时过后伤害才暴露出来，所以还是请多注意一下才是。"

那人好像生怕朋子有病似的说。

"谢谢您救我脱险！"

朋子满腔感激之情。一个人赶跑三个歹徒，一定是个大力士。不，应该说是个勇士更为恰当，在黑暗中，那人模模糊糊现出的轮廓，也确实是一位体格魁伟的人。

"您家离这儿远吗？"

他身躯虽然粗壮，说话倒很温和。

"我家在前面的材木町。"

"材木町，那还远着呢！刚才那帮坏蛋可能还会杀回来，我送您回家吧！"

对方的口吻并不强求。

"您能送送我，那太好了。"

朋子刚一迈步，突然感到膝盖一阵剧痛，身子晃荡，站立不稳。刚才遭歹徒袭击时，膝盖可能撞上了树根或石头。

"留神！"

那人迅速地用肩膀撑住了朋子。那是个结实的男子的肩膀。

"请不要介意，扶着我的肩吧！"

朋子顺从地扶着他的肩膀走到公路上，这才借远方射来的微弱灯光，看清了自己的救命恩人。他高颧骨、四方脸，体格健壮粗大，像铁塔似的，年纪在三十岁左右。怪不得那些专门祸害纤弱女子的歹徒，三人合伙也不是他的对手。

血从他的脸上流下来，可能是刚才和歹徒格斗时受的伤。

"哎呀！出血了！"

听到朋子的惊叫，那人满不在乎地用手背抹抹脸。

"留神别感染。到我家包扎一下吧！"

"不用。这不过是蹭破点儿皮。方才我把对方的牙打断了，说不定还是溅上的血呢！"

他说着，笑了起来，两眼眯成一道缝，表情显得格外天真。黑暗之中，他的牙齿洁白而光亮。

两人走到了朋子家的门口。

"到啦，请进来坐坐吧！"

"不了，太晚了。"

"您不能这样就走呀！起码得包扎一下伤口。"

"这点儿伤不算什么，过两天就会好的。往后可别夜里一个人走路啦。好啦，晚安！"

"请进来坐一会儿吧！这让我怎么过意得去呢？"

那人转身要走，朋子使尽全身力气拉住他。在两人争执时，朋子的妈妈大概是听到了动静，从屋里走了出来。

"是朋子吗？"

"是，妈妈，快让这位先生进来呀！"

"哟，是客人呀！谢谢您照应朋子，叫您费心了！"

母亲和那人打着招呼，扭头看到朋子失魂落魄的样子，吃了一惊，忙问：

"天哪！朋子，你怎么搞成这个样子，到底是怎么啦？"

"遇上坏人了，这位先生救我脱了险。"

"你呀！那些人没把你怎么样吗？"

老母亲忘记了搭救人还在身边，她被女儿那种可怕的样子吓慌了。

"没什么，只是衣服给撕破了。妈妈，您快让这位先生进来呀！"

站在家里明亮的灯前，朋子立刻感到了害羞。她打算立即去换衣服，穿戴好了再回来。尤其是在年轻的恩人面前，还保留着被蹂躏时的样子，她觉得很难为情。

四

在朋子母女的恳求下，那个男人说出了自己的身份。他名叫味泽岳史，在菱井人寿保险公司羽代分公司工作。

"虽说在人寿保险公司工作，但我是绝不会劝朋子加入保险的。"味泽笑着说，露出了洁白而整齐的牙齿。从这副笑脸看得出，他是一个爽朗的男子。

从此，朋子和味泽开始了交往。朋子总觉得味泽是自己的救命恩人。尽管他不够英俊，但是他那运动员似的魁伟身材和他所表现出来的男子汉气概，总在吸引朋子。味泽三拳两脚就打跑了三个无赖，这种本领真不寻常。

尽管如此，在他身上却看不到这种类型的男人所难免的野性，为人处世小心谨慎，生活规规矩矩，从不显露头角。

他不愿讲自己的过去。虽说他显然不是本地人，但从不谈起到本地以前住在哪里、干什么工作、为什么来到羽代市。

他在市内租了一套公寓，和一个十来岁的女孩子住在一起。据说，这个女孩子是味泽的远亲，因为双亲被强盗杀害，无依无靠，他就认领了下来。他自己说没有结过婚，这些话固然不能轻易相信，但从相貌上看，根本看不出他和女孩之间会有血缘关系。

如果他过去确实一直是个单身汉，那么也许是这个女孩子妨碍了他结婚。这女孩子说来也挺怪，白白的皮肤，胖胖的脸蛋儿，样子很可爱，只是几乎一声不吭。和她说话时，她回答得倒也干脆利落，只是目光朝着远方。其实，她的双眼确实在看着谈话人，只是目光的焦点早已离开这人而游荡到漫无边际的远方去了。

和这个女孩子说话时，总觉得她只是把肉体靠近了你，灵魂却像在虚无缥缈的自我世界中徘徊似的浮荡不定。

有人向味泽打听过此事。据味泽说，她父母被人杀害时，她精神受了刺激，把经历过的事情都忘掉了。不过，习惯和学过的课程还没有忘掉，所以对日常生活并没有妨碍。人们想详细了解使这女孩丧失记忆的那次精神打击——双亲被杀害的原因，可是味泽的话就到此收尾了。

我已不知不觉对味泽有兴趣啦！朋子猛然捂住脸。本来，味泽的过去、少女失去记忆的原因，这类事情对朋子来说是毫不相干的，而朋子却不知不觉地热心琢磨起这些事来。

这时，她感到自己已经把味泽当成了男朋友。

自从有了这种感觉，朋子心里又添了一件放心不下的事儿，即味泽的那双眼睛。那双眼睛看朋子的时候，总是保持着一定的距离，好像朋子晃眼似的。即便对面而视，近在咫尺，也使人觉得有距离感。朋子向他靠近，味泽就战战兢兢地向后拉开距离，靠近多少，他就退开多少。

那倒不是因为讨厌她或是敬而远之，味泽在拉开距离时，有一种像是从向往的美好对象上移开视线的那种游游移移的样子和罪人乞求饶恕的那种苦苦哀求的神色。

这种若即若离的视线，朋子有过印象，似乎在哪儿见过，而且就是最近。

"噢！想起来了，就是那个视线呀！"朋子终于想起来，就是最近那个来历不明、紧紧盯过她的视线。自从遭到无赖袭击以后，没有再感触到那个视线。但感觉没有并不等于就是没有，而是因为以前从远方悄悄射来的视线，现在已紧紧地靠到身边来了。

"原来是味泽注视着我呀。这么说来，他早就盯上了我。那么，是打什么时候开始的呢？又是为了什么呢？"一个疑问又引出新的疑问，"他跑来搭救我，也许并非是什么偶然路过的巧合吧！"

"那时，味泽说：'我听见呼救声就赶来了。'但是细想起来就能明白，他几乎是在呼救的同时出现的。

"从公路到森林深处，就是用眼估量一下，也差不多有三十多米，途中还有树木、草丛等障碍，所以，跑得再快，也不可能有在呼救的同时就赶到现场的道理呀！味泽能马上赶到，难道不正说明无赖汉拖我进森林深处的时候，他一直在后面跟着吗？

"后来，在千钧一发的危急关头，他才出头露面。

"受人搭救之恩，反而狐疑满腹，这确实有点儿对不起味泽。不过，那三个无赖会不会是味泽派来的呢？味泽的本领再高强，一个人霎时间就打跑了三个人，这本事也未免太离奇了。

"在一些庸俗的电影和小说里，常常用这样的手法创造接近女主人公的机会，故意安排个假强盗来劫持女主人公，然后再把她搭救出来。为了接近她，莫非味泽也玩弄了这种手法不成？

"不，不！绝不会的！"

朋子赶忙打消了自己联翩的浮想。三个无赖扑上来的劲头，绝不是装出来的。如果味泽再迟到一步，朋子不就被那些家伙糟蹋了吗？

"味泽受的伤，也是铁一般的事实，不是能装出来的。他不仅

47

脸上受伤出了血，胳膊、肩膀和后背都被打伤了，这是他独自一人与三人拼命厮打的证据。为了救我，面对三比一毫无取胜希望的劣势，他竟然挺身而出，因此，对他哪怕有一丝一毫的怀疑也是不应该的。"朋子这样责备自己、提醒自己。

不过，味泽确实出于某种原因在盯着朋子，悄悄地尾随着朋子。他曾远远地用友善的目光注视过朋子。要说这样一个人玩弄诡计，打发无赖来搞劫持，那自然是讲不通的，而且那千钧一发之际的救助，也说明他是拼命跑来的。

朋子和味泽就这样若即若离地保持着往来，而这个距离确实在步步接近。

五

北野来到了越智朋子居住的羽代市，首先到羽代警察署打了个招呼。搜查员来到管辖外的地区时，总要先到当地警察署打个招呼，这是惯例，否则随便搜查管辖以外的地区，会伤和气。况且，如果能得到当地警察署的协助，搜查也会好办些。

"是越智朋子啊，嗯，就是越智茂吉的女儿吧！"

北野刚一提出调查对象的名字，羽代警察署搜查科科长竹村立即作出了反应。北野一眼就看出，竹村表情复杂，像有些顾虑。

"听说越智茂吉是当地《羽代新报》的创始人，是第一任社长，大概是三年前死的吧？"

北野像刺探竹村表情里隐藏的真相似的问道。对于一个三年前就死掉的小小地方记者，搜查科长表现出的反应真是有些神经过敏。

这使北野顿时省悟，竹村对提到越智茂吉一定有些顾虑。

"他嘛，是个很讨厌的家伙。他女儿又怎么啦……"

越智茂吉的名字，本来是竹村自己点出来的，可是，看样子他很不乐意提起越智。

"还是关于那个柿树村大屠杀的案件，我想了解一下越智朋子周围的一些情况，烦请协助一下。"

北野态度谦恭备至。

"越智的女儿嘛，她在《羽代新报》工作，是个很漂亮的姑娘，正是青春妙龄，却还没有结婚。大概没人敢攀哪！"

"没人敢攀？为什么？"

"啊，为什么？原因不有的是嘛！"竹村含糊其词地回答。

看来，不仅是竹村，整个羽代署对越智一家都抱有一种错综复杂的感情，好像都是由越智茂吉引起的。三年前死去的越智茂吉到现在还让羽代署的警察忧心忡忡，这到底是为什么？

从羽代署的反应来看，北野已经明白，他们并不欢迎调查朋子周围的情况，虽然表面上表示协助，但实际的气氛则使人觉得他们要阻止调查。

竹村派来协助调查的探员，也无非是要监视北野的行动罢了。

北野暗自盘算了一下："要是请羽代署协助，事情反倒不好办。"于是他便装出了一副已经调查够了、姑且打道回府的样子。待把羽代署派来的探员甩掉以后，他又重新调查起来。

要是让羽代署知道了风声，事情会很尴尬。因此，北野不得不采取隐蔽手段。这种调查就像捉迷藏似的，北野就在这种条件下发现了意外的新情况。这一新情况究竟和整个案件有多大关系，还很难估计，不过，确实是一个绝对不容忽视的情况。

为了向队长报告，他暂时返回了搜查本部。

"事件发生时，越智朋子没有太亲近的人，也没有怨恨她的仇人。"

"依旧是没有啊!"

村长毫不掩饰地露出失望的神色。搜查工作毫无进展,越智朋子这条微弱的线索,关系着最后一缕希望。

"可是近来,有个男人开始和她接近。"

"近来的事,有个屁用。"

现在的调查,是追溯当时杀害美佐子的动机,案件发生以后出现的人事往来,与案情沾不上边。

"越智朋子也二十三岁了,有一两个男朋友当然不足为奇,问题是这个男人与柿树村有关系。"

"与柿树村有关系……你,没搞错吗?"

村长的眼神有点儿紧张。

"确切地说,是案件发生以后才有了关系。风道屯遇难的孩子,只有一个还活着吧?那个男人现在正抚养着这个孩子。"

"那孩子叫长井赖子!不是寄托给她的远亲了吗?"

"是啊!抚养赖子的那个男人,最近常同越智朋子来往。"

"这可不是件小事儿!是个什么样的人?"

"名叫味泽岳史。"

"他是干什么的?"

"是菱井人寿保险公司羽代分公司的外勤员,年龄有三十岁左右,是个体格健壮的彪形大汉。可是由于没有他的户口登记,所以无从查清他的来龙去脉。那个名字可能也是假的。即使他从前蹲过监狱,名字也不会叫味泽。"

"指甲是什么样的?"

"本来我想看看指甲,可是事情已经过了两年,我想早就长好了。"

"能取下指纹就好了。"

"不能操之过急,调查他的来历还有许多别的办法。队长,您

看味泽这个人怎么样?"

北野两眼瞅着村长的脸,就像一条猎狗叼来猎物,询问主人有多大价值似的。

"是啊,有点儿眉目啦。抚养长井赖子的家伙又去接近越智美佐子的妹妹,这两个人都与风道屯有关。你先去彻底弄清味泽岳史的情况,人手不够的话再派几个。"

"暂时不要。我觉得还是一个人搞的好,这样在羽代署的眼皮子底下不会太突出。"

"羽代署怎么啦?"

北野突然口吃起来,村长从他的口气中仿佛察觉到了他内心的疑虑。

"这只不过是我的感觉。"

"没关系,说说看!"

"我总觉得,羽代署的气氛不爽,看样子,他们并不乐意让人了解周围的情况。"

"为什么?"

"还弄不清楚。朋子的父亲越智茂吉是现在羽代市最大的报纸《羽代新报》的创始人。"

"三年前他就死了,我记得是车祸。"

"羽代的市政自从明治以来就一直被名叫大场的一个家族把持着。他们独吞了在市内发现的天然气资源,世世代代就像城主似的统治着那个城市,听说现在是第三代了。战后,他们暗中勾结暴力集团,进一步加强了他们的强权。越智茂吉曾挺身而出同他们斗争。当时,他单枪匹马地办起了《羽代新报》,开展了摧毁大场体制、驱逐暴力的宣传运动。"

"这些事情我也略有耳闻。"

"这个宣传运动得到了市民的大力支持。正在运动如火如荼的时候，越智突然横遭车祸，一下子就一命呜呼了。"

"你是说，那背后有大场的黑手作怪？"

村长仍呆然不动声色，但眼窝深处却放出炯炯的光来。

"当然不能断定。不过，这件事极为可疑。"

"可是，警察已断定是交通事故了！"

"那些警察也不乐意让人来调查越智茂吉女儿周围的情况呀！"

"那么，羽代署也和大场……"

"羽代署和大场有瓜葛！据我调查，羽代署是大场家族的私人警察署！"

"不过，越智茂吉的车祸和美佐子的被杀恐怕没关系吧！"

"就算没关系吧。不过，要真的没关系，为了美佐子的案件调查一下朋子，他们就不该那么神经过敏！"

"越智茂吉的车祸如果是场谋杀案，那么，羽代署对于调查他女儿，当然心里不舒服喽！"

"外县的警察来调查别的案件，他们也那么神经过敏，这就证明背后还是有什么见不得人的勾当。"

"越智茂吉的案子我们可不能伸手啊！"

"那也只能限于它和杀害美佐子无关。如果这两件事有关联的话……"

北野咽下了后半句。两人面面相觑，仿佛在说，这下子可麻烦了。

没想到在东北一个人烟稀少的村庄里发生的杀人案，会暴露出羽代市寡头和警察的勾结来。在他们勾结的背后，很可能还隐藏着另外一些被精心伪装了的杀人案。

北野叼来的猎获物实在不小，而且，看来很有可能会顺藤摸瓜找到更大的猎获物。

# 六

"我有件事想问问味泽先生。"朋子果断地对味泽说。

不管味泽怎样回避他的过去,都得问问。从爱情迸发的一瞬间起,女人总是想知道对方的一切。不!她认为有权利知道一切。

这就是说,只有完全独占了对方,爱情才算达到完善。朋子刺探味泽,想知道他的一切,表明了爱情发展的深度。

"什么事儿呀?"

味泽还是那样,用那种若即若离的目光看着朋子。这是凭意志的力量拉开的距离。

"我想听一听你的情况。你自己的事一点儿也没对我讲过!"

"没什么可讲的嘛!你不是看到了吗,我一无所长,是个庸庸碌碌的人。"味泽好像很为难似的笑着说,他总是用这种笑脸掩饰自己。

"谁都有自己的生活经历嘛,味泽,你不是本地人吧!那就请你告诉我,你是哪儿的人、到我们这儿以前在哪儿、干过什么。"

"哎呀!谈那些有什么意思!我的经历极为普通。"

"大多数人的经历都是普普通通的。我特别关心你的过去,想知道你的一切。"

这已经是爱情的表达了。

"没办法!"

味泽真的现出了为难的样子。

"这有什么可为难的!你不会是个在逃犯吧!"朋子半开玩笑地说。

在味泽的表情中闪现出一丝惶遽的阴影。他用暧昧的笑容掩饰了过去，朋子没有察觉到。

"不！也许你没料到，我就是个在逃犯。"

味泽马上迎合了朋子的话头。

"即便是在逃犯，我也不在乎。好啦！我绝不告密，你快说呀！"

"你为什么对我有那么大的兴趣？"

"你还要我亲口说出来吗？"朋子用埋怨的目光看着味泽。

"那么，我再反问你一句，你干吗尾随我呀？"

"尾随？"

画皮揭开了，味泽不知所措，朋子毫不放松："别装蒜了！我早就知道你一直盯着我，就连从坏人手里救我的时候，你不也是在暗地里护卫着我吗？我们素不相识，你干吗老是跟着我？"

"这……这……"

"现在，你要像个男子汉，痛痛快快地坦白出来！"

朋子连珠炮似的追问，终于使味泽逃脱不掉了。

"因为你很像她。"

"像她？"

"来到这儿以前，我在东京当过公司职员，她也在那个公司工作，我和她已经订了婚。"

"你爱她吗？"

"对不起。"

"有什么可道歉的！我很像那个女孩子吗？"

"长得一模一样。我头一次看见你时，还以为是她还魂了呢！"

"还魂……"

"两年前，她死了，是场车祸。我伤心极了，为了干脆忘掉她的容貌，便辞了职，来到这个城市。本来，我是为了忘掉她才来到这里，可是偏又遇上了你——就像她还了魂，我真不知如何是好。"

"讨厌!"

朋子突然提高了声调。由于她突然改变声调,味泽惊讶地瞅了她一眼。

"我可不愿做那个女人的替身!不管多么像她,我还是我!"

"我并没有认为你是她的替身呀!"

"既然这样,还有什么不知如何是好的?"

朋子方才还怒气冲冲,现在却又眉目含情了。

"不!我盯着的是你,不是她,所以才不知如何是好。"

"你以为我脑袋转不过弯儿来吗?你说的那是什么意思?"

"因为她死的时候,我觉得自己也像死了似的。可是如今呢,我的心又被你——另一个女子占有了。"

"我可以相信你的话吗?"

"请相信吧!"

"我太高兴啦!"

朋子坦诚地扑到味泽的怀里。味泽轻轻地搂着朋子,生怕碰坏似的。朋子本来希望他能用两只胳膊紧紧地搂住自己,但她心里明白,达到这一欲望还需要一段时间。

味泽还没有具体地说出过去生活上的细节,朋子就心满意足了。现在,要是一个劲地追问他的过去,就等于迫使味泽想起那个努力要忘掉的女子。

朋子虽说不愿做那个女人的替身,可是,如果味泽头脑里刷洗不掉这段过去,也只好做她的替身了。

如果说味泽是为了隐瞒自己不乐意让人知道的过去而编出了一套恋爱悲剧的话,那么,这段故事应该说是深深抓住了女人心理的一篇杰作。

为了让味泽彻底忘掉过去,在目前这段时间里,朋子不会再去追问他的过去了。

味泽的"恋爱悲剧"还产生了另一个效果。听味泽说，朋子和他倾慕的情人长得一模一样，于是，朋子就有意无意地同那个女人展开了竞赛，无论干什么都要同她比个高低。竞赛者的意识，加深了对争夺目标的向往，只有挫败情敌，独占竞争对象，才算取得胜利。

朋子把虚构的情敌当作对手，陷入到竞争心理的迷魂阵中了。

# 七

羽代市是以城池为中心发展起来的。羽代城可以算作羽代市发展的起点，修筑于庆长年间①。城池落成时非常壮观，有高达五层的天守阁，可是，明治初期被拆毁了，现在只留下护城河和城墙。

城的形式是圈围了市东北面一些低矮丘陵的平山城②。离城堡最近的高岗是高级武士的武家宅邸街，叫作护城河内区。地势低些的半山腰，是中级武士和低级武士的住宅区，叫中街和下街。最下面是商人街，其中有寺院街、手艺人街、鱼菜街、铁匠街、盐商街、布店街、米店街、轿夫街等。

从这些街道的名称就可以想象出，羽代城邑的经营是按不同职业划分区域的，以城为中心，按行业细致分工，形成一个经济圈，以达到自给自足的目的。这是所有城邑的共同现象，羽代城则更是彻底一些、完整一些。住在城下的居民是不准迁居的。

---

① 相当于十六世纪末到十七世纪初。——译者注
② 这种城中央是个高岗，高岗上筑有城堡，周围修有城郭。——译者注

　　下街出生的人，世世代代都不能离开下街，商人街的人也不准擅自改行。这种安排，永世不变地束缚了人们的身份和职业，就连结婚，也只能在同行中寻求配偶。

　　这一点，很像中世纪的"行会"。不过，"行会"是自由身份的人们为保护自己的人权自由和财产而结成的集体，而羽代式的"按不同职能划分区域"，目的却是确保城主的独裁统治。

　　对家臣和居民来说，向来无自由可言。由于行业是世代相袭的，各行各业都有自己的历史和传统，这就创造了羽代特有的商人文化。

　　因此，市民的风气是保守的，革新之风很难刮进来。羽代市历史上唯一的一次革命，就是明治初期废除藩政时，出身于下级武士的大场一隆取代藩主，掌管了这个城市的统治大权。从那以后，大场家族以巨大的经济实力为后盾，稳步扩充势力，把他们的统治体制搞得固若金汤。

　　现在，城址已变成了山城公园，护城河内区也成了羽代市最好的地区，那里挤满了大场家族的宅邸，其他的头头脑脑们则住在上街。

　　因此，住在护城河内区和上街，就等于有了羽代市统治阶级的身份证。普通市民对大场体制当然心怀不满，不过，他们已经习惯于长达三百年被统治的历史。总之，那历史只是统治者在一茬茬倒换，而被统治这一事实却毫无改变。对市民来说，不论谁当城主都无所谓，只要能保证自己的生活就心满意足了。

　　越智茂吉起来反抗的时候，市民们支持了他，但也只是支持而已，并不是亲临前线舞动革命的旗帜。他们谁都赞成把铃铛拴到猫脖子上，但要是让自己去拴，就坚决不干。总之，在这个城市里，只要让大场家族盯上，就会有灭顶之灾。

　　从护城河内区到上街一带，由大场家族和手下大将稳若泰山地盘踞着。从有车站的那条轿夫街到市内繁华街道布店街一带，属于中户家的势力范围。不过，中户家本来就是大场家族豢养的保镖，说穿了，那是大场城邑的一条军队街。

市里没有与中户家分庭抗礼的暴力集团，并且，由于戒备森严，大的暴力集团组织也混不进羽代市。因而，在大场家族的独裁下，市内保持着安定。

对中户家的胡作非为，警察一向装聋作哑，市民们唯有忍气吞声。

朋子和味泽常常在布店街的茶馆里见面。那一天傍晚，两人如约在茶馆共进了晚餐之后，一时舍不得分手，就在茶馆里闲谈。朋子已明显做出姿态，只要味泽一求婚，她马上就答应。可是。味泽却总也不肯开口。

从味泽的眼神就能看出，他打心眼里爱着朋子，只是用意志的力量，压住了炽热的爱情火焰，好像有个东西在他心里斗争着。青年男子的健康生理要求，以及从以前那个意中人那里继承下来的、对朋子如醉如狂的追求，都被一个强有力的闸门封闭在里面。

那是个什么样的闸门呢？朋子百思不解。但她坚信，在不久的将来，一定能够打开闸门。这也可以说是被爱者的一种自信。

闸门打开以后会出现什么呢？那也只有等到闸门打开后才会知道。也许能使目前这种一潭死水般的生活出现一些波浪。

不！已经起了波浪。自从认识了味泽以后，朋子的生活确实起了波浪，周围人都说朋子最近忽然漂亮了，朋子自己也觉得表情生动了。有人向她打趣说："有男朋友了吧？"她对此也不加否认。

起了波浪以后，这死水能不能流出去还是个问题，说不定只起点儿波纹，就到此止息了。即使那样也好，它很可能成为她人生旅程上的一个转折点。

在朋子向味泽倾注的感情中，还包含着对开创新生活的探索。

两人难舍难分地说着话，说累了，就相对而视，消磨时光。

由于怕朋子误了时间，味泽看了一眼手表。这时，坐在他们旁边座位上的一位客人猛然站起来，正巧店里的侍者手托客人叫的茶点盘从那里走过。

侍者慌忙躲闪，不料手里的托盘失去了平衡。

盛着咖啡的茶杯、玻璃杯撞得乒乒乓乓地滚落到地上，溅起来的飞沫也落到味泽他们的座位上。因为多少隔着一点儿，他们躲闪开了。

那位闯祸的客人，因为身体并没有碰着侍者，便若无其事地到柜台付了钱走了。

侍者慌慌张张地收拾着到处滚落的杯盘，有几个玻璃杯已摔得粉碎。幸亏是落到了过道上，没有给客人造成麻烦。侍者好不容易收拾完毕，向周围的客人点了点头，正要转身走开，这时，有人大喝了一声："站住！"

侍者回头一看，和味泽他们隔着一个过道的斜对面的座位上，坐着几个目光凶横的青年，正朝着侍者招手。一眼就可以看出，那是三个流氓。

"您有什么事儿？"

"有什么事儿？你这小子，装什么洋蒜！"他们冲哈着腰的侍者骂着。

其中一个相貌最凶恶的家伙啪的一声打了个榧子——他的小拇指缺了上边一个关节。侍者面色苍白，呆立不动。他们是中户家的流氓。

"你瞧！这儿怎么办？"

流氓用手指了指裤腿下边溅上的一点儿咖啡沫。

"啊呀！这可太对不起您了。"

侍者吓呆了。

"我是问你怎么办!"

"我马上给您拿湿毛巾来。"

"湿毛巾?你可真逗呀!"

流氓这下子可抓到了茬口,得意地哑着嘴。

"那……您看怎么办才好呢?"

侍者被流氓吓得哆哆嗦嗦地缩成一团。看来,他是个勤工俭学的学生,还没熟悉这种场面,偏巧四周又没有个老练的侍者或管事,近旁的客人一个个紧张地看着事态的发展。

"'怎么办好?'你他妈的!越来越不像话啦!"

打榧子的那个流氓抓住侍者的胸口,侍者吓得舌头都转不过弯来了。

"先生!请您饶了我吧!因为刚才出去的那位先生差点儿碰着我呀!"

侍者一分辩,流氓的火头更大了。

"混蛋!你还想赖旁人?"

"不!不!我绝没那个意思!"

"那么,你想干什么?!"

流氓猛然攥起拳头,狠狠地朝侍者打去。侍者猝不及防,哪里受得了这一下子,身子一晃就倒在地上了。

那两个同伙上脚就踢。侍者像只被踩扁的青蛙,趴在地上求饶。

流氓觉得那样子很好玩,就更加起劲地欺负他。侍者的嘴唇破了,鲜血越发激起了这伙流氓的残暴。

"味泽,你管管吧!眼看要给打死了。"

朋子实在看不下去,就央告味泽。她认为凭味泽的本事,这几个流氓像玩儿似的就会被打得无法招架、跪地求饶。

"叫警察来吧!"

"来不及了呀!"

"那我们先离开这儿。"

味泽连拖带拽拉起朋子走出了茶馆。坐在四周的客人也一个个悄悄地溜了出去。走出茶馆以后,味泽仍然没有给警察打电话的意思。

"不打电话了吗?"

"我们不打,会有人打的。"味泽若无其事地回答说。

"味泽,你怎么不去搭救那个人?"

朋子心里很不满,眼看着流氓行凶打那个侍者,味泽却装没看见,溜之大吉,这和舍命搭救她的那个味泽简直判若两人。

"事不关己,高高挂起嘛!那伙人可厉害啦!我想,还不至于把人打死。"

"我……我对你很失望!"朋子毫不掩饰地说。

"我也爱惜自己的性命!"味泽大言不惭地顶了一句。

"可是,救我的时候,你不是打跑了三个坏蛋吗?"

"方才那三个家伙可不一样!他们是亡命徒,可能还带着什么凶器呢!"

"那三个坏蛋不也可能带着凶器吗?"

"为了救你,我可以什么都不顾。不过,对于毫无关系的人,我是不能豁出去的!"

约会的美好气氛完全冷了下来,两人在郁郁寡欢的气氛中分了手。

"那时候的坏蛋说不定就是味泽雇用的无赖之徒!"

曾经一度打消了的疑团,重又出现在朋子的心头。味泽要是真有那天晚上为救她而表现出来的劲头和勇气,就绝不会对侍者见死不救!味泽的那套恋爱悲剧故事也不可靠,她觉得自己完全上了圈套——花花公子为引诱女人而编造的那种圈套。

# 八

"那位姐姐，我在哪儿见过。"

长井赖子来回观望远方的视线，忽然在空间的一点上停了下来。她就像自言自语似的说了一句。

"你刚才说什么？"味泽大吃一惊，追问赖子。

"那位姐姐，我见过。"

赖子在盯视着幻影中的一个越来越清晰的形象。她说的"姐姐"意味着谁，味泽是一清二楚的。在赖子混混沌沌的记忆中，已慢慢出现了一个形象。

可怕的经历夺走了少女的记忆，但随着时间的消磨和各式各样的医治，她的记忆正一点儿一点儿地恢复过来。

"对呀！你确实见过那位姐姐。好好想想看，你在哪儿见过？"

味泽不厌其烦地，一点儿一点儿地揭去压在少女记忆上的薄纱。

"她打村里的道上走来着。"

"对呀！对呀！是打村里的道上走来着。和谁在一起呀？"

诱导记忆线索的味泽脸上闪现着期待与不安。

"不知道。"

"不会不知道的。那时候，姐姐和谁在一起呀？"

"我头疼！"

想硬要揭去盖在记忆上的薄纱，赖子便头疼起来，好容易浮现到记忆表层上的形象，又重新深深地沉入了混沌的雾海。

味泽没有再去逼她。

医生说过，只要不停地继续治疗，记忆力还是可以恢复的；又

说，除了医疗以外，有的病人由于某种外因，譬如头碰上了什么，或是脚一登上楼梯，或是有人拍了一下肩膀，一下子就恢复了全部记忆。

味泽特别关心女孩子看见了（也不一定）谁和"姐姐"在一起，不把这一点搞个水落石出，味泽就放心不下。

"好啦好啦，不要勉强去想啦！一点儿一点儿地想就得了，想起什么来一定要先跟爸爸说。"

味泽抚摸着赖子的头，赖子使劲点了点头。她的目光已经失去了焦点，又游荡到远方去了。

同年级的女孩子中，早熟的都有了初潮，赖子生长在贫穷的农村，又亲眼见过亲人惨遭杀害，这种可怕的经历可能阻碍了她的发育，她身高和体形还都像小学一二年级的学生。

虽然味泽收养了她，但她好像并不清楚自己和味泽是种什么关系。

# 第三章  花魁潭疑案

## 一

　　刚好这时，市里出了一场车祸。羽代河横穿市区，为防止河水泛滥，在市区北面修建了一个人工湖——羽代湖，成为羽代市的内海。湖的南岸道路修整一新，旅馆、流动饭馆、餐厅等观光设备应有尽有。一到北岸，柏油路就不见了，一条弯弯曲曲不成样子的险路盘绕在刀削般的悬崖峭壁上。

　　北岸好像一头扎进了大自然的深处，除了技术高超的司机，是没有人敢开车进去的。冬天尤其危险，路面结冻，外地来的汽车不小心开进去，就会寸步难行、一筹莫展，不是跑出来求援，就是出

了车祸。

北岸最危险的地方，要属最北头的花魁潭一带。那儿的湖水和湖岸犬牙交错，S型的道路在百米高的悬崖上逶迤盘旋，令人头晕目眩，是个道路远远高出湖面的地方。

传说从前有个妓女，从羽代市的妓院里逃了出来，眼看要被追捕者赶上时，便跃身跳进湖里，这湖因此而得名。不过，当时还没有拦河坝截成的这个湖，看来这个传说是为了观光游览而编造出来的故事。

且不管这段故事的真假，人们说，从这一带跳下去，就会被湖水的暗流卷走，连尸体也漂不上来。

事实也是这样，两年前有个司机开车失误，在花魁潭滚落了下去。汽车打捞上来以后，就没看见司机的尸体，直到现在也没发现。

五月二十四日晚上十点左右，又有一辆汽车掉进了花魁潭。这辆车上坐着住在市内的井崎照夫和他的妻子明美。车是皇冠牌Ⅱ号。车往下翻滚时，只有井崎一人从车里被甩了出来，因而得救。妻子明美没能脱身，随车一起沉入潭底。井崎跑到湖滨旅馆求救，警察和消防急救队接到通报后，立即赶到现场。但由于肇事地点水深莫测，无法断定汽车的位置，只好先让潜水员潜到湖底寻找汽车的位置。如此深的水，靠水中呼吸器而临时装备起来的潜水员怎么也潜不到水底。

可是，羽代是个内地城市，不可能马上找来潜水员。好不容易找到潜水员，把湖底搜索了整整两天，费了九牛二虎之力才从湖底的淤泥中发现了半掩半露的车身，可是，车里没有明美的尸体。

潜水员又进一步搜索了汽车周围的湖底，结果还是未能发现明美的尸体。车门和挡风玻璃由于翻滚时的撞击和水的压力，已经毁坏，看来尸体似乎被湖水的暗流卷走，没有关在车里。虽然没有发现尸体，但明美已死是确定无疑的。

井崎哭着说："我和妻子一块儿到这里兜风，只顾看湖光风景，一走神儿操作失误，就掉了下去。汽车往下翻滚时，由于撞击，车门开了，我被甩了出来。汽车在悬崖上跳了两三下，就掉到湖里了，眨眼间就出了这么件事。我不顾一切地跑到湖边，喊着妻子的名字，可是她并没有浮上来。我要是和她一起死了就好啦！"

井崎是中户家的干部，妻子也是中户经营的市内最高级夜总会"金门"的"皇后"。

几天以后，警察用绞车把汽车打捞上来，车里没有一点儿明美随身携带的遗物。警察接受了井崎的申述，按"交通事故"作了处理，对井崎追究了违反交通法和失误致死的责任。

问题就在这之后发生了。井崎照夫以妻子为被保险人，投了二百万日元的人寿保险，如遇灾害，保证赔偿三十倍，而且规定保险金领取人是井崎照夫。保险合同是当年一月底签订的，到现在还不到半年。

这项保险的经手人是味泽。其实，这项合同并不是经他百般动员才签订的，而是由金门夜总会的一位认识味泽的女招待奈良冈咲枝把井崎介绍给了他。味泽登门一问，井崎好像迫不及待似的当场谈妥，签订了合同。

当时，味泽一时疏忽，没了解到井崎是中户家的干部。井崎的头衔是市内娱乐中心的专务董事，有一副服务行家所具备的和蔼可亲、圆滑周到、温文尔雅的神态，根本看不出一点儿流氓气质。

娱乐中心的资本属于大场系统，这一点味泽当时是知道的，但因市内像样的企业全都和大场的资本扯着线，所以也没怎么介意。

签订合同的时候，井崎让妻子做被保险人，味泽对此并不是没有怀疑。本来，加入人寿保险的人（被保险者），理应是维持一家生活的顶梁柱，目的是即使自己有个三长两短，家里人也能靠保险

金维持生活。所以，一般都把丈夫或父亲作为被保险者，指定妻子或儿子为保险金领取人。

当味泽问到这点时，井崎苦笑着答道："我老婆挣钱多，在家里，她也是一家之主。她要是死了，我就得流落街头。"还补充说，他本人已经加入了足够的保险。

这一套话虽说不可全信，但在老婆是一家之主的家庭里，给女人上保险的倒也不乏其例。因此，味泽也就大致理解了。

市内最高级夜总会的"皇后"，当然要比娱乐中心的专务董事收入高得多。事实上，明美的收入足有井崎的好几倍。

二

虽然没有发现明美的尸体，但跟车一起掉进花魁潭是必死无疑的，警察签发了事故证明。一有了警察签发的事故证明，人寿保险公司几乎就要无条件地支付保险金。

等到了支付保险金的时候，菱井人寿保险公司内部提出了疑问。

"从过去的例子来看，合同签订后六个月内就发生事故而需支付保险金的，大都属于谋财害命，井崎有没有这种嫌疑？"

"警察既然确认是交通事故，签发了事故证明，保险公司是没有理由不付保险金的。"

"井崎是中户家的干部，警察和中户家本来就是一个鼻孔出气。"

"不过，除了井崎，没有一个目击者。井崎本人说是事故，那就不好办喽！"

"还有一个可疑的情况。不是说是井崎自己提出加入保险的吗？

可是，他让他老婆出面当被保险者，而在花魁潭落水身死的又单单是他老婆。"

"关于这一点，据说是因为井崎说他本人已经有了足够的保险，而且老婆挣钱多，所以才让老婆加入了保险。"

"他说他加入了足够的保险，这肯定不是加入我们公司的保险。不过，他加入的要是别的公司，那是他个人的私事，也根本无法调查。"

"还有件事让人纳闷：如果是井崎为了贪图保险金而害死了妻子，那又为什么跳进那个传说连死尸都漂不上来的花魁潭呢？要知道，如果见不到尸首，有时甚至是根本得不到保险金的呀！"

"如果人死得到了确认，即使没有发现尸体，也要付保险金。他可能是估计到了警察会给他签发事故证明——这难道不正可以看作是和警察勾结的证据吗？"

"不过，把飞驰的车开进花魁潭，井崎自己一个人从中挣脱出来，他本人也是在玩儿命呀！"

"不用玩儿命，有时也可以把车弄下去。"从房间的一角有人很客气地说。

大家一起把视线集中到了说话的那个方向。原来，那个人是特约列席参加干部会议的保险经纪人味泽。

"那怎么做得到呢？"主持会议的分公司经理代表大家问道。

"比如，给被保险人吃上安眠药，在她睡着了的时候就行。如果被保险者吃了药昏睡过去，罪犯就可以跳下车来，只把被保险者和汽车一起推下潭去，等看到汽车和被保险者确实沉到湖底之后，再故意给自己身上弄点儿伤，好像从翻滚的汽车里甩出来时受了伤似的，然后再去呼救。这样的话，罪犯就可以把自己放在万无一失的安全境地而将车和被保险人推下潭去。"

大家一听，就像重新打开了扇窗户似的，神情豁然开朗起来。

"的确是一个很有意思的设想，可是还有一个问题。"

分公司经理一发话，大家又把视线移到他身上。

"如果给她吃了安眠药，一解剖尸体，不就一下子露馅了吗？"

"正因为如此，才选择了花魁潭，不是吗？对于罪犯，即井崎来说，尸体一被发现就会露馅，可是不见到尸体又领不到保险金，于是才选择了花魁潭。那里是个既可以确认死亡，又难以发现尸体的地方。"

"好！这可是个重大发现！"

在味泽的分析下，出现了一个巧妙的、精心策划的犯罪轮廓。分公司经理和全体人员都倒吸了一口凉气。

"这一犯罪的巧妙之处还在于，没有必要一定把妻子推下花魁潭。"

味泽又说出了一个奇怪的看法。

"没必要推下去？"

"没见到尸体就可以说不一定是死在花魁潭里了，不是吗？"

"你是说，井崎明美并没有死在花魁潭里？"

"我看也有这种可能，因为见不到尸体嘛！抛进大海里也好，埋在深山里也好，总之，弄成个掉进花魁潭里的假象就行了。只要从警察那里弄到事故证明，就能领到保险金。"

大家听了味泽分析出来的犯罪的可能性，不禁呆若木鸡。

但是，怎样才能证明这个推测呢？要想推翻警察的事故证明，必须掌握谋杀的证据。在警察、中户家以及在他们背后的大场家族密切勾结的羽代市里，这么干就如同揭竿而起反对大场体制了。

"如果和大场家族对着干，就不能在这座城市里工作。在这种情况下，尽管有点儿疑惑之处，但还是睁只眼、闭只眼，把保险金支付给他为好。"

这种意见占了上风。

69

唯独味泽一人反对大伙的意见，他说：

"那样一来就开了先例，今后会不断有人如法炮制。本来漏洞百出，却给他保险金，岂不丧失了保险公司的声誉吗？"

"可是，同警察较量高低，你能掌握足以推翻事故证明的证据吗？"分公司经理用无可奈何的口吻问道。

"这确实是件艰巨的工作，但总不能对可疑之处视若无睹，忍气吞声地支付保险金吧！反正没有见到尸体，即使有了事故证明，我们也可以有借口说等到发现了尸体再办，以此拖延下去嘛！"

"你打算调查一下吗？"

"我是这份保险的经手人呀！"

"中户家可能要出来横加阻拦。"

"我不怕那一套。"

"万一出了什么事，公司可保护不了你呀！因为在这座城市里，是不能和大场为敌的。"

"这点我也有所准备。"

"你有把握吗？"

"线索倒有一个，我想顺着这条线索追查一下。"

"可不要太冒险！还有，要记住，你可不是我们公司的职员，而是和公司签订合同的外勤员。"

分公司经理生怕连累了自己，万分警惕地叮嘱了一番。


三


味泽所说的线索就是把井崎介绍给他的奈良冈咲枝。奈良冈咲枝也是金门夜总会的高级招待员，今年二十一岁。她进入夜总会虽然不到一年，但凭着她那城市人派头的美貌和日本人中罕见的匀称

身材，很快就显露了头角。

最近有人说，她已超过在那家夜总会稳坐多年"皇后"宝座的井崎明美，跃居为当今的"皇后"了。

尽管明美是个老手，擅长在这个行道里用甜言蜜语哄骗男人，但在年轻这一点上，她也不得不服输。味泽暗暗探听到，有钱有势的客人都一个个被咲枝夺走了。

会不会不光是客人，连明美的丈夫井崎也让咲枝夺走了呢？味泽在这里又把自己的推测向前推进了一步。

味泽心里想，井崎和咲枝之间一发生关系，明美就是个碍眼的人物了。对咲枝来说，明美不光是个情敌，也是个生意上的敌手。井崎一旦把年轻活泼的咲枝弄到手，就会厌烦半老徐娘的明美。

于是，井崎为了扫除障碍，就想到给她加入保险，来个"废物利用"，一箭双雕。

井崎与咲枝一定发生了关系。证实了他们俩的关系，就可以打开突破口，由此揭露井崎的整个犯罪真相。

味泽暗暗监视了井崎照夫和奈良冈咲枝一段时间，没有发现他们之间有接触，看来他们是在小心提防着。

味泽认为，他们肯定是为了捞到六千万元的保险金而极力克制着渴望幽会的心情。现在，公司已经付保险金了，如果不赶快揭露这种图财害命的犯罪行为，他们就会把钱全都花光。等到钱全部花光之后，再来证明犯罪的行径，对保险公司来说就失去了意义。

味泽决定暂时不再去监视他们俩的行动，先刺探一下他们俩身边的情况。

最简捷不过的办法是向金门夜总会的招待员打听。既然咲枝同井崎明美争魁，那就必定还有别的敌手，从女人争风吃醋的情敌入手，说不定会挖出咲枝隐藏的私人秘密来。

味泽扮成了金门夜总会的客人。

　　金门是羽代市最高级的夜总会，此店吃喝的价码和银座的一流酒吧间一样昂贵，虽说不是人寿保险公司外勤员之类的人可以随便出入的地方，但事已至此，只好硬着头皮干下去。

　　公司连一分钱的调查费也不肯出，全得自己掏腰包调查情况，干瘪瘪的钱包里连凑出一夜金门夜总会的费用都很困难。

　　味泽是星期六晚上到那里去的。最近，羽代市里一周休息两天的地方多了，"金色星期六"挪到了星期五。星期六晚上，客人很少，一流的招待员都去休息了，许多夜总会都只让些不太出色的二三流女招待出来支撑门面，金门夜总会也只有平常三分之一的女招待出来应酬。

　　味泽认为，只有这样的晚上，才能事半功倍地从不吃香的女招待嘴里，掏出她们平素对名声显赫的女招待的满腹牢骚和反感。

　　味泽估计得一点儿不差。他晚上八点左右到金门夜总会时，的确都是些不出名的女招待，一个个闲得面壁而坐。

　　"您来啦！"连迎接客人的声调也显得无精打采。这时，屋里空荡荡的，所有的目光都盯上了味泽，估计是看能叫谁给他陪酒。

　　"您点哪位？"侍者过来问。

　　"我不想点，尽量来个老人吧。"

　　味泽答着话，在侍者指引的座位上坐了下来。对初次来的单身客人，反正不会叫出色的女招待来陪酒。对于他来说，在这店里待的时间长而又不太出名的女招待倒是最理想的。

　　"您来啦！"随着话音，一个女招待微微地哈着腰来到味泽的座位上，看样子年纪在四十岁上下，一副疲惫不堪的样子。

　　一说要个"老人"，果真给了个老家伙。味泽心里嘀咕着，不由得苦笑了一下。这个女人可能已经有两三个孩子了。侍者也许把"老人"理解成了年纪大的，若是这样的话，味泽就要把仅有的一点儿钱白花在这里了。

那女人一屁股就偎坐在了味泽的身边。

"您喝点儿什么？"一张嘴，赶紧憋住一个小小的哈欠。

"您是头一次来吧？"

女人一边搭着话，一边往味泽要的酒里兑水。

"这么豪华的地方，我们这等靠月薪生活的人来不了几趟。"

"像您这样的人，星期六晚上即使不到这样的地方来，更快活的地方不也有的是吗？"

兑完了水，女招待把玻璃杯递给味泽，眼神显得分外温柔，仿佛在劝诫比自己还年轻的男人：不要勉强嘛！这种态度在店里来说够不上怎么热心，但却像是设身处地地在为客人着想似的。

自己可能意外地碰上一个好对象了——味泽转念想。

"光棍一条，连个女朋友也没有的男人，哪儿也没有可去的地方呀！"

"哎哟！您这位先生还没有结婚哪？"

女人露出惊奇的神色。味泽点了点头。

"我可不信。您这么沉着稳重，像您这样的人，到哪儿都吃香啊，何必叫我这样的老太婆。"

"女人不在年纪大小。"

"哎哟，您说的真叫人高兴。不在年纪，那在什么呢？"

"在于性格的温柔和与年纪相称的风姿。男人可分为两大类。"

"哪两类？"

女人不知不觉地被味泽的话拴上了套。味泽的谈话技巧，在劝人加入保险的工作中锻炼得十分出色。这时谈话的情形，已看不出哪个是主人，哪个是客人了。味泽就像来劝告人加入保险似的聊开来了。

"女人分上半身和下半身，两大类就是一类只对下半身感兴趣，另一类则喜爱女人整个身子。"

　　"上半身和下半身，讲得真好。那么，您是属于哪一类？哟！我真糊涂！您要是下半身派，就不会叫我这样的人了。"

　　女人苦笑了一下，两人之间充满了融洽的气氛。这时，店里的客人多起来，夜总会的气氛一点点地高涨着。

　　"您是这里的老人儿吧？"看到时机成熟了，味泽就开口问道。

　　"是啊！眼看快到三年了。"

　　干这个行当，三年就算老的了。

　　"最老的是几年？"

　　"五年左右。老人儿是三年到五年，其余的几乎都只是半年或一年左右。短的干一天就不干了。"

　　"这么说，您是老资格啦！"

　　"是啊！我排第十左右。不过，按赚钱多少来说，我是最少的十个人之一。店方叫我赶快辞职不干算了，可是辞职了又没有别的地方去，所以我打算一直待到被解雇再说。"

　　"现在这里的皇后是谁呀？"

　　"咲枝！那人很得势呢！"

　　女人的话里暗含着反感。味泽这才意识到，自己碰到了一个理想的对象。

　　"前几天我听朋友讲，不是有个叫井崎明美的是皇后吗？"

　　味泽慢慢地抛出了引线。

　　"噢，明美呀，她可真可怜。听说她连人带车都掉到花魁潭里了，我吓了一跳。咲枝来这儿以前，明美是天字第一号，谁也比不了。"

　　"这么说，咲枝是新来的？"

　　"对！也就一年左右。"

　　"明美是老人儿吗？"

　　"三年左右，几乎是和我同时来的。"

"咲枝竟能夺走这样一位老人儿的位置，也真有两下子啊！今晚来了吗？"

"有名气的人星期六晚上不出来。现在她可能又缠住一个阔佬了。她那个人反正豁出身子干了，正经八百的人，怎么也敌不过她哟！"

"这么说来，她是靠下半身获得皇后桂冠的喽？"

"是哟！可不是嘛！您说得真好。那个人只有下半身。不过，对男人来说，那也就够了。要不是这样，男人就不会花许多钱，特意到这样的地方来喝酒了。"

说到这里，女人突然用疑惑的眼光打量起味泽魁梧的身材来。

"不！不！我绝没有那种卑鄙的野心，我只是……"

"您用不着解释，您倒是很天真啊！"

看到味泽赶忙辩解的样子，女人笑了。

"不过，还是有那种野心好。有些时候，男人和女人就是碰巧的事儿。一错过最初的机会，即使两人心里觉得仿佛都有意，也把机会丢掉了。还是一开头就把野心彻底亮出来，才能把女人搞到手。"

在这个懒洋洋的女人的眼神里，充满了一个成熟女人对味泽的好奇心。味泽心想，这种好奇心太强了，情况就难以刺探下去。

"为了维持皇后的宝座，整天豁出身子来干，也够累的呀！"

"一开头可不是！不过，若交上个阔老爷，以后就轻松了。"

"这么说，她已经缠住一个阔佬喽？"

"是啊，最近给她撑腰的后台老板似乎已经定下来了。"

"能给金门夜总会皇后撑腰的后台老板，当然是个了不起的人物喽！"

"有专找皇后的人。男人活像个傻瓜。夜总会的皇后并没有什么权威，把皇后搞到手，好像自己也中了什么状元似的神气起来。"

"是谁呀——给咲枝撑腰的那个后台老板？"

"他是……"

女人往四周扫了一眼，刚想把嘴贴近味泽的耳边，突然神色一变，马上作出一副有所警惕的姿态。

"可是，您怎么对咲枝的事情那么感兴趣呢？"

"不！并不是什么特别感兴趣。给皇后撑腰的后台老板到底是个什么样的人物，我想只要是男人，谁都想知道。"

"是那样吗？不过，最好还是对咲枝不要太感兴趣。"

"那又是为什么呢？"

"也不用了解这个，这是为您好。"

女人微微一笑。这时，侍者过来叫她，好像连她这样的女人也另外有人点似的。这时，店里已经到了高潮，全部席位几乎都占满了。由于女人不够用，似乎不能老是陪着一个初来乍到的单身客人。一个人也要占一个包厢的，把女招待叫走，让他一个人孤单单地待在那儿，就不得不滚蛋了。味泽清楚地感到店里是在撵他走。

"那么，我到别处应酬一下，您慢慢喝着吧。"

女人懒洋洋地站了起来，味泽只好把她这种临别的样子当作还算差强人意的表现，就借着这个机会站了起来。

走出金门夜总会后，味泽想起来，这儿离羽代新报社不远。星期六的晚上九点多钟，朋子自然不会在报社里，但他的双脚却不由得朝那个方向迈去。

自从上次在茶馆里遇上侍者遭流氓毒打之事以后，味泽总觉得有点儿不好意思，一直没和朋子见面，也没有联系过。朋子当然也没有理他。她对自己一声不吭，而自己还赶着去找她，在他看来就会像求着她似的，因而味泽一直控制着自己。

他想，哪怕在报社外边回想一下朋子的面容也好，于是便向前

走去——越是见不着，就越想见到她。

刚一看到羽代新报社的楼房，忽然听到背后有人叫他。喊声有些流里流气，因而味泽只回了回头，没去理会，照旧往前走。四个流氓打扮的家伙追上来，味泽以为是醉鬼前来纠缠，决心不理睬。

"喂！让你等一下，你听见了没有？"

又是一阵恫吓的声音。

"哦，是叫我呀！"

味泽再也不能佯装不知了。

"除了你还能有谁！"

对方的声音里好像还带着一丝笑意。

由于是星期六的夜晚，街上行人已稀稀拉拉，人们大概早已回到家里和家人欢度周末了。味泽的眼前突然浮现出赖子心神不安、孤零零地盼着他回去的样子。

"有什么事儿吗？"

"你刚才刨根问底地打听了奈良冈咲枝的事吧？"

"那……那是在金门夜总会。"

味泽明白了，这些家伙是从那里盯上来的。

"真是胆大包天！你来打听咲枝的事，究竟想干什么？"

这帮家伙显露出一股凶暴的杀气，直朝味泽逼来。看来他们是中户家的流氓恶棍。

"我并没打听什么！只是聊聊金门夜总会的皇后是什么样的女人。"

"你这个人寿保险的外勤小子！干吗把鼻子伸到咲枝的身边来？"

原来对方知道味泽的身份，他不由得全身紧张起来。

"我是想，碰巧也许能请她加入人寿保险。既然是金门夜总会的皇后，我想会是个好主顾。我这一行干惯了，对谁都感兴趣。如果可以的话，请诸位也考虑一下怎样?"

"别啰唆，少废话!"

话音未落，拳头就到了。味泽一下子就被打翻在地。这些家伙看来惯于打人，根本不给倒下的味泽再站起来的机会，围着他一个劲儿地殴打。四个流氓把根本没动手抵抗的味泽打得趴在地上，就像锤打一块破布似的。

四个家伙看到味泽动弹不得了才住手。

"你听着，要想活命，以后就不要到处刨根问底地打听那些无聊的事!"

"下一回再干这种事，可就不会这样轻饶你了!"

四个流氓临走说了一句恐吓的话，吐了口唾沫，扬长而去。味泽趴在人行道的石板上，一面听着他们离去的脚步声，一面心里暗暗肯定自己追查的方向是正确的。

刚才，他们追问人寿保险公司的外勤员干吗要刺探咲枝的情况，这就是说，他们一开头就把人寿保险和奈良冈咲枝联系在一起了。

单凭味泽去了趟夜总会，是根本不足以使两者连在一起的。而他们竟然把两者联系起来，这说明他们事先就想到了联系起来的媒介。

味泽想要刺探的情况，想不到竟由对方暴露了出来。如果咲枝和井崎之间没有联系，中户家的打手就不会来袭击味泽。

"流了这么多的血!"

"快去叫警察来!"

味泽的身边吵嚷起来。不一会儿，过路人和瞧热闹的人就聚了一大堆。他们可能是屏息静气、不声不响地在等这场行凶风暴过去。要是流氓在行凶时，有人冒冒失失地叫警察，下回便该轮到他自己吃拳头了。在这个城市里，警察也和流氓一个鼻孔出气。多年

的经验使市民们懂得，尽量卑躬屈节，不去顶撞，是保护自己的最好法宝。

味泽想爬起来，但感到胸部一阵剧痛。虽说身体锻炼得很棒，但四个人一齐上来毒打，可能使肋骨出了毛病。使过路人惊惶失色的那摊血，是从鼻子和打破了的嘴唇里流出来的，倒没多大关系。

"味泽，怎么受这么重的伤啊？"

他忽然听到一个熟悉的声音。原来是朋子站在他身旁，看来她还没有下班。

"噢，是朋子，我挨打了。"

味泽眼望朋子的脸，松了一口气，就像小孩儿淘气被人发现了似的笑了笑。

"这是怎么了？怎么打得这么狠？"

朋子话里带着要哭出来的声调。

"遇到中户家的流氓了。没什么，伤不重，躺一两天就好了。对不起，给我叫辆车来吧！"

"不行！不到医院去治一治哪行！我去叫救护车来。"

"已经去叫了。"过路人搭话说。

不一会儿，救护车来了，朋子陪着味泽来到医院。

幸亏伤势不重，正像味泽自己诊断的那样，右侧第五根肋骨有轻微的骨折，所以，医生只是嘱咐他好好休息几天。

自从这次遭到袭击以后，味泽和朋子又恢复了来往。味泽冒着危险去调查井崎明美的交通意外，似乎唤起了朋子的好感。

味泽把大致的情况告诉了朋子："据我推测，明美肯定是被井崎杀害的。你看吧，等风波平息下去，早晚他会和奈良冈咲枝结婚的。"

"不过，即便弄清了井崎和咲枝的关系，也不等于明美是被杀的呀！"

"是咲枝把井崎介绍给我的，要是弄清那时候他们俩就有了关系，这就是相当有力的证据。我还想，掉进花魁潭的是不是光是汽车，明美也许是在另外一个地方被弄死，而尸体被掩藏起来了呢？因为只要警察一签发事故证明，即使没有看到尸体也得付保险金。现在就已经付了保险金。"

"那么，奈良冈咲枝也可能知道明美的尸体藏在哪儿！"

朋子紧张得脸色发白。

"只要明美的尸体在别的什么地方一出现，那就是不容抵赖的证据。"

"不过，如果井崎确实是把明美的尸体藏在了哪儿，他肯定会挑选一个不易被发现的地方。"

如果发现了尸体上留有杀人的痕迹，这种犯罪就完全没有意义了。因此，对罪犯来说，藏匿尸体当然要选择一个绝对安全的地方。

"我还想冒一次险。"

"冒险？冒什么险？"

"我了解到在汽车出事的前一天，明美在金门夜总会总会露面来着。如果是被杀害的，那也就在第二天事故发生前的二十几个小时以内。即使在另一个地方杀害她，把尸体掩藏起来，也不会跑到太远的地方去。我想，作案时用的汽车就是掉到湖里的那辆车。"

"你想调查汽车吗？"

朋子马上就察觉到了话里的含义。

"对！那辆汽车从湖里被打捞出来，经警察检查以后，还扔在警察署的后院里呢！调查一下那辆汽车，也许会发现点儿什么线索。"

"要是有什么痕迹，警察早就发现了呀！"

朋子觉得，不管警察怎样与流氓集团关系密切，也不会放过杀

人的罪证。

"不！警察是抱着明美的尸体已沉到湖底的概念而检查汽车的，所以一开头的着眼点就不对。与其说警察漏过了犯罪的痕迹，莫如说他们压根儿就从观察的对象上排除了这一点，而这一点被我们留下了。"

"你只是刺探了一下奈良冈咲枝的情况，就被人家毒打了一顿，要是中户家知道你又去调查井崎的汽车，还不知道下回会干出什么事情来呢！"

朋子的脸上泛起了不安的神色。那种担心的样子，是把味泽当成自己亲人的表示。

"在警察署里，总不会干出前几天的那种勾当来。"

"也不见得，他们都是一丘之貉。不过，嗳，味泽，你对工作的责任心可真强啊！"

朋子稍微改变了对味泽的看法。在警察也认定是事故，公司也信以为真付了保险金之后，味泽还要单枪匹马，冒着危险自掏腰包去继续进行调查，其他外勤员没有一个能做到这一步。

"也不单单是对工作的责任心。"

"那还为什么？"

"那帮家伙的所作所为叫人忍受不了！"

"哪帮家伙？"

"就是中户家和他背后的大场家族。"

"那么，你是……"

朋子的眼睛闪闪发光。

"我想揭露他们因贪图保险金而谋财害命的真相，回敬他们一拳！当然，这么一点儿小事可能动摇不了大场家族的权势，但是，谋财害命一经证实，以此为导火索，就有可能把中户家的其他一些罪恶勾当抖搂出来！中户家肯定也参与了这次谋杀。"

"我也尽量协助你。"

"谢谢！不过，我不愿意让你身临险境。"

"我没关系。如果掌握了犯罪的证据，我就想方设法登报！"

"哦？能办到吗？"

现在的《羽代新报》已经完全变成了大场家族的御用报纸，凡是对他们不利的消息，就休想上报。

"有办法。可以利用编辑回家以后的空子塞进去。编辑不在，就没有人核对了，稿件一定会被采用。"

"要是在《羽代新报》上登出中户家的干部谋财害命的特快消息，可真是大快人心。"

"味泽，干吧！一定要把证据抓住，咱们俩一起干吧！"

朋子感到，父亲传给她的热血冷了一阵之后，重新又沸腾起来。

# 第四章　作案现场的碎渣

## 一

羽代警察署坐落在羽代市的南郊，以前曾在市中心的布店街，但由于房屋窄小，便在南郊新盖起一座大楼搬了过来。

不过，许多市民都认为，警察署的迁走，是因为布店街一带属于中户家势力的老巢，所以有意"回避"了。警察和暴力集团无论怎样串通一气，若是毗邻而居，都不能遇事总是装聋作哑。

警察搬家的时候，就像证实市民猜测似的，中户家的大批人马都前来帮忙。在庆祝新楼落成的仪式上，中户家还向警察署的全体人员赠送了外国制造的高级圆珠笔。警察"回避"到郊区以后，即使市里闹出什么案子，也就越发姗姗来迟了。

市的南郊还没有用推土机全面平整地面，警察署大楼突出地显现在田野当中。光看一下楼房，就知道规模和设备都要比旧址强得多。

这座四层的现代化大楼是用钢筋水泥建的，里面有可以和宾馆媲美的食堂、浴室、醉汉保护室等。

院子也相当宽敞，就是停放上巡逻车、职工的汽车和外面来的汽车也还绰绰有余。井崎汽车的残骸从花魁潭打捞上来后，就放在停车场的一角。

这里虽说是个院子，却没有同外部隔开的墙和栅栏。工程都集中在大楼上了，还没有腾出手来修整院子。

所以，从哪儿都可以进入警察署的院子。不过，也不能因为要检查汽车，就在大白天大摇大摆地闯进去。

等到夜静更深的时候，味泽潜入了院内。大楼窗户的灯光十有八九都熄灭了，看样子只剩下值班人员，四周一片寂静。

由于大场家族的独裁政治搞得很彻底，市内还算稳定。这是一个和警察串通一气的龌龊的和平。在大场家族和中户家的压力之下，羽代市也不会发生什么大不了的案件。

警察的太平无事实际上意味着这个城市的堕落。井崎的汽车打捞上来以后，警察便检查过了，并准备最近把它卖给废铁收购商。

汽车是从百米高的悬崖上滚下去的，由于滚落的冲击，车身严重损伤。挡风玻璃摔得粉碎，右前门已不知去向，车身前部的发动机摔得面目全非。前保险杠、车大灯、挡泥板、散热器隔栅、马达罩等都摔断的摔断，压扁的压扁，变形的变形。车的后半部比前头好一些，基本上保持着原来的形状。

味泽一边留神大楼方面的动静，一边用带来的钢笔手电筒仔细检查。

可是，并没有发现什么杀人的痕迹。其实，即使有些蛛丝马迹，在湖底泡了好几天，也早就消失无遗了。

在黑漆漆的夜里，只凭着钢笔手电筒的一点微光，还要时刻留神四周的情况，这样的检查，很难说面面俱到，没有遗漏。

味泽正要死心走开，就在这时，汽车残骸旁边高高隆起的泥土绊了他的脚。

——咦？这儿为什么堆着土呢？

他很奇怪，低头一看才明白，原来是警察检查汽车时，从车里掏出来的湖底的泥沙。因为汽车陷进了湖底的淤泥里，车里便灌满了湖底的泥。

那些泥，警察果真检查过了吗？也许检查过了。可是如果还没检查的话……从跑进汽车里的湖泥中有可能发现破案的线索。

于是，味泽就给守在家里等候消息的朋子挂了电话。

"你发现什么了吗？"

朋子的声音因有所期待而抬高了，那种口气就像要和味泽手拉着手一起扬帆出海、冒险航行一样兴奋。

"发现了一堆泥。"

"泥？"

味泽解释了"泥"的来历。

"你的着眼点很对！"

"所以，我想把泥全部偷走检查一下。可是，数量相当多，要是有汽车就可以装进后备厢里，可惜我没有汽车。朋子，你能找个嘴严的人，给我借一辆车吗？因为这要从警察署的院子里偷出来呀！"

"报社里有辆吉普车，我借口采访把它借出来。"

"吉普车当然好极了。不过，我要再返回报社可要耽误时间。"

"我开去不行吗？"

"啊！你会开车吗?"

"我最近刚领来驾驶执照。一个新闻记者要是不会开车，怎么能到处采访呀!"

"那太好啦！我以前也有过执照，到期也没去换新的就扔掉了。不过，即使没有执照，轻易也发现不了。你会开车，那就再好不过啦!"

"你等着，我马上就去。"

"你从家去报社时，一定要叫辆出租车，要是再发生上次那种事情就糟了。"

"放心吧！别的不说，要是走着去，天就亮了。半个钟头就到。"

不大一会儿，朋子就开着《羽代新报》的吉普车赶来，车上插的社旗早已卸下去了。

"这样的话，即使警察叫停下，也不会怀疑。泥就在那里，由于放在露天地上都干透了。"

"我带来了铁锹和帆布。"

"太好了！我忘了告诉你带来。"

"我也来帮你弄。"

"你先上车，做好随时可以开动的准备，那些泥我一个人就行了。"

味泽让朋子上车做好准备，自己用铁锹把那堆泥铲到帆布上。土堆里面还有点儿潮湿。那堆土刚好把帆布装满，重量足有七十公斤。味泽把它搬到吉普车上，大楼那边没有任何动静。

"很顺利，走吧!"

"这回可真成了'泥贼'① 了!"

---

① 原文"泥棒"，即小偷的意思。此处译为"泥贼"，是双关语。——译者注

"讲得真妙！从警察那里偷泥，也只有你我干得出来呀！"

"要是被抓住，是否也要被判成盗窃罪？"

"是啊！因为泥也是一种资料嘛！"

两人视线一对，笑了起来。这微不足道的"偷窃"，加深了两人之间的合作关系，但对敌人来说，这次偷窃却成了严重的威胁。

二

搜查科长竹村刚一上班，便觉得有些奇怪。署内的情况好像与往常不同，哪里有了什么变化，一时还没察觉出来。他觉得就好像外出时，屋里的家具被稍微挪动了一下似的。

"怪哉！"

他正琢磨着与往常有些不同的原因，手下的探员宇野问他说：

"怎么啦？"

"我总觉得署里哪个地方变了样。"

竹村往窗外看了看，那种不同往常的感觉总像是从院子那边来的。

"变了样？不会吧！"

"可是，我总觉得和昨天的样子不同呢！"

"是吗？我看不出来哪儿有什么变化。"

"也许是我的神经在作怪？"

"一定是。"

就在这时，两个穿工作服的男人战战兢兢地走进了署里。

"我们是××废铁回收公司的，来收汽车残骸。"

"噢！是废铁回收商啊，正等着你们呢！车就放在院子里，请运走吧！"宇野探员回答说。

"废铁商?"

竹村眼光忽然一闪，把视线转向院子。

"对啦！宇野！"

竹村突然喊了一声。被喊叫的宇野倒没怎样，两个废铁商却吓得缩了缩脖子。

"那堆泥没有了！是谁弄走的?"

"泥?"

"你忘啦？就是塞在井崎汽车里的那堆湖泥。原来不是像个小山似的堆在废铁旁边吗?"

"噢！对啦！是没有啦！也许是谁给清理掉了吧。"

"你去问一下，昨天晚上还确实在呢！"

"那堆泥有什么问题吗?"

"我有点儿担心。"

宇野从屋里走了出去，不一会儿就转了回来。

"真奇怪！谁也没有去清理呀！"

"宇野，跟我来！"竹村从屋里跑了出去，站在那堆废铁旁边说，"确实有人在昨天晚上把泥弄走了。宇野，你来看，泥从这儿一直洒到院子外边。"

竹村指着地面。直到昨晚那里还有一堆泥，现在只有土堆底子星星点点地丢在那里。

"谁把那些泥弄走……干什么去了呢？我们这儿倒是利索了，干净多了。"宇野左思右想。

"一定是有人心里惦记着这些泥！你想，为什么呢？如果他心里惦记着井崎的车里塞的泥，而把它运走了，那么，这个人有可能对井崎的汽车也感兴趣。"

"如果是那样的话，他为什么不把汽车弄走呢?"

"把汽车弄走太显眼。'敌人'可能在秘密调查，不想让人知

道。而且，一辆皇冠牌汽车的废铁，不把卡车开来是弄不走的，而光是运泥的话，小轿车的后备厢就能装得下。"

"到底是谁搞的鬼呢？噢！也许是井崎吧！"

"不会是井崎！他不可能给自己招惹嫌疑。"

"泥土一直洒到院子外边去了。"

洒落在地上的泥土一直连到院子外边，这就是罪犯的踪迹。两个人顺着这个踪迹追了下去。

"到这儿就没有了。"

"那就是从这儿装上了车。"

"哎呀！这儿有轮胎印儿。"

宇野指着地面，洒落在地上的松土上清清楚楚地印着轮胎轧过的痕迹。

"快叫鉴别员来照相！轮胎印既然这么清楚，也许能查出是什么型号的车。"

"长官！我们可以拉走车了吗？"

刚才的那两个废铁收购商正围着汽车残骸打转转，不停地追问着竹村。

"对不起，情况变了！这堆废铁还得在警察署放一段时间。"

竹村冷冰冰地回答了废铁商。

卖掉汽车残骸一事姑且被放下了。竹村拿起电话，拨了一个号码，冲着接电话的人说：

"喂！是井崎吗？我是警察署的竹村。有点儿事想问问你。"

对方一听说是警察，话音立刻紧张起来。

"就是掉进花魁潭的那辆汽车的事。你昨晚没去摆弄它吗？"

"什么？摆弄汽车……那堆废铁不是放在警察署里吗？"

井崎好像一时没有理解竹村话里的意思。

"如果想进警察署的院子的话，走出走进是很随便的！"

"竹村先生，请您说清楚点儿。您到底想说什么呀？"

"昨天晚上，有人摆弄你的汽车了！"

"您是说那是我干的吗？我早就不要啦！我哪里还会去摆弄那堆废铁呢？"

"确切地说，是你车里塞的那些湖泥。我们把泥从车里掏出来堆在车的旁边，有人把它弄走了。这么说来，不是你干的了？"

"车里的泥？我干吗去弄它呢！"

"我也这样想。事故证明已经给你了，你不会干那种'有腥味的'傻事。"

"弄走那些泥能干什么呢？"

"我们也搞不清。不过，肯定是一个对你那辆汽车感兴趣的家伙干的。对你的汽车感兴趣，就是说有人认为你那次交通事故很可疑。"

"真够呛！听话音儿好像连竹村先生也怀疑我井崎了。"

"事故证明是给你开了，可是，我们并没有见到你老婆的尸体呀！不管怎么说，这次事故让你赚了六千万日元的钱哪！"

"什么赚了钱！请您别说这些难听的闲话啦！不说这些，还有很多人整天用白眼看我呢！"

"就是嘛！六千万日元到手了嘛！一星半点儿的小麻烦就忍着吧！我们并不是卖人情，要是另一个警察署的话，就不会轻易给你开事故证明。"

"对这一点我感激不尽。所以，六千万日元我绝不想独自吞掉。"

"好啦！这件事就说到这儿吧！那么，真的不是你干的了？"

"绝对不是我！"

"那么，有人正在刺探车祸的情况，你还是提防着点儿吧！"

"也许是那个家伙!"

"你有什么线索吗?"

"可能是人寿保险公司的外勤员在调查我的事。"

"噢! 要是保险公司的话,是得调查一番,因为没有尸体嘛!"

"请不要再说尸体、尸体的啦! 也并不是掩藏到什么地方去了。"

"如果是这样的话,保险公司的人只是调查调查,你也用不着那么神经过敏!"

"并不是我神经过敏,保险公司好像有些怀疑,我心里不舒服。"

"嗳! 你还是暂时老实点儿吧! 女人也要少搞些!"

竹村用叮嘱的口气说了一句,便挂上了电话。

## 三

巧妙地偷出来的泥土暂时放在朋子家的院子里,因为味泽住的是公寓的单元房,不好运到他那里去。朋子家的院子比较宽敞,又不怎么显眼。突然运来一堆泥土,让朋子的母亲吃了一惊。朋子解释说,是填院子用的,她也就信以为真了。自从丈夫和大女儿死了以后,她对什么都不感兴趣。

味泽和朋子分头检查了泥土,并没有发现里面掺着特别可疑的东西。

那个地方本来不是湖,而是一片山林田野,后来凭人工把水拦住,所以泥里有树林和田野的土,里面还混着沙子、石头、树根等,使人一看就会想起湖底的前身。

但是,泥里并没有水草和藻类,这说明那些泥是来自很深很深

91

的湖底，里面还有几条沾满了泥的小死鱼。

"什么可疑的东西也没有呀！"

朋子的声音充满了失望。好不容易辛辛苦苦地从警察署那里"偷"出来，竟然一无所获，她不禁大失所望。

"别急！失望还为时过早，比如说，这些泥土和小鱼到底是不是花魁潭里的还没有断定。"

"你是说，从别的地方运来的吗？"

"也并不排除那种可能性。"

"也许是那样。不过，假定就是从别处运来的，看起来也都是一样的呀！就说鱼吧，这些可能都是鲫鱼，羽代湖本来就有的是鲫鱼。"

"还有些泥没检查呢！我们来检查到最后一粒吧！"

味泽极力控制越来越失望的情绪，像过筛子似的检查着泥土。其实，他也不是满有把握，只是目前别无良策，只好这样坚持下去。

未经检查的泥土堆越来越少了。

"咦？"味泽自言自语道。他把从泥里滚出来的小石头捏了起来。刚才也有几个沙粒状的小石头。

"这里头还有石头子儿啊！"

朋子用懒洋洋的眼神看了看。

"不，这不是石头子儿！"

味泽迎着亮光来观察用两指捏起来的莫名其妙的东西。那是块灰白色的东西，表面很粗糙。

"是什么呀？"

朋子的眼神兴奋起来。

"像是混凝土的碎渣！"

味泽歪着头，一半像自言自语地嘟囔着。

"混凝土？花魁潭里会有混凝土吗？"

"所以我觉得奇怪呢！朋子，花魁潭在有水以前是个什么样子？"

"我记不太清了。好像是一处山林或田野。"

"潭附近有用混凝土修筑的桥、道路或建筑物吗？"

"我记得没有那类东西，那一带是羽代最荒凉的地区。"

"这么说，这块像混凝土碎渣似的东西，肯定是从别的地方运来的。而且，你来看，这个碎渣的颜色是多么新鲜！要是长期丢在水里或土里，颜色应该很陈旧才是。"

"对呀！"

两人渐渐地精神起来。

"不过，要是说井崎的汽车在行驶中，这类碎渣飞进了车里，也没什么奇怪的吧！"

朋子提出了另一种可能性。

"是啊！那是没什么奇怪的。不过，一般来说，汽车在行驶中崩起来的石头子儿或碎渣，是要飞向车身外侧的。"

"要是碰到什么上又弹回来了呢？"

"挡风玻璃是摔碎了。可是，警察公布情况时说，车往下滚时，关得严严实实的。"

"这么说来，碎渣怎么会跑到车里去了呢？"

"东西很小，钻进车里的机会多得很。比如挂到衣服角上带进去，或者随着口袋、布块一同上了车。"

"车里并没有口袋或布块呀！"

"肯定是在汽车掉进花魁潭以前就收拾利索了。因为汽车是不小心掉下去的，所以要尽量不让车里留下'莫名其妙'的东西。"

现在，他们俩对那个"莫名其妙"的东西的用途有了一个共同的设想：一个漆黑的夜晚，一具用口袋或布裹着的尸体被人从车上卸到地上。把尸体扔掉后，那人生怕口袋或布日后成为罪证，便带了回去。可是，罪犯没有注意到，有块小小的碎渣粘在上边，收拾完口袋或布以后，碎渣便留在了车里。那么，这个碎渣就是从扔掉尸体或掩藏尸体的那个地方带来的。

这就是说，那是作案现场的碎渣。

"不管如何，我要调查一下这块碎渣的来历。我在东京有个朋友，是那方面的专家，费不了多大事。"味泽满怀信心地说。

# 第五章　堤坝的祭祀

## 一

　　羽代警察署检查了印在湖泥上的轮胎花纹，结果鉴定出那种轮胎是适于在山地险路上行驶的汽车上的。轮胎的花纹是横沟型，牵引能力和刹车性能都很先进。轮胎的规格是 7. 60 ～ 15 ～ 6PR①，据分析，可能是安在吉普车上的。近年来，为了提高吉普车的性能，特地换了一批轮胎，这种型号的轮胎只有 M 公司生产的"7 × 年型"以后的汽车才能安得上。

---

　　①　即宽 7. 60 英寸、内径 15 英寸的六层的轮胎。——译者注

若是 M 公司"7×年型"以后的吉普车，本地区只有屈指可数的几辆。那辆车轮胎花纹的深度是 12.8mm，而这种型号的轮胎花纹，本来是 13.3mm。据说，1mm 的磨损相当于行驶了三千到五千公里，所以那辆汽车应该是行驶了一千五百到两千公里。因为据说只有"7×年型"以后的汽车才能安装这种轮胎，所以那轮胎看来是新车上装备的，不是后来换上的。

对井崎的汽车感兴趣的人，不会是从远处来的。这么一来，在羽代市及其附近拥有"7×年型"以后的吉普车、装有轮胎花纹深度为 12.8mm 的人，就越发寥寥无几了。

竹村通报了所管辖的陆运事务所。

味泽把从湖泥里捡出来的那块混凝土渣似的碎块寄给了东京的朋友，请他给化验一下。他是味泽高中时候的同学，在大学的工学院应用化学系学过高分子化学专业，现在在某化学工业公司的高分子研究所工作。味泽记得，几年前在校友会上和他见面时，他说正在从事接合剂的研究。味泽认为，混凝土、水泥也并非没有类似接合剂的地方。

几天以后，他打来了电话。

"哎！没头没脑地弄这么个怪玩意儿来化验，吓了我一跳！"那位朋友苦笑着说。

"真抱歉，突然给你找了个怪差事！因为除了你，没人可求呀！"

味泽道过歉，接着问道：

"你弄清是个什么玩意儿了吗？"

"噢，差不离吧！"

"到底是什么呀？"

"正像你估计的，是一种混凝土。"

"到底还是混凝土啊!"

"不过,有点儿特别,叫作可塑混凝土。"

"可塑?"

"噢!就是一种接合剂啊!普通的混凝土主要用碎石和沙子加上水泥和在一起让它凝固。而可塑混凝土并不兼用水和沙子,只用塑胶凝固。它是用环氧可变沥青、聚氯丁二烯、氯磺化聚乙烯等树脂做接合材料。"

"那么,这种可塑混凝土用在什么地方?"

"用来涂抹混凝土表层。它对混凝土底子的接合强度要比以前的水泥强得多。"

"不!我是说到底用在什么地方。"

"用途很广呀!用于高层建筑、高速公路、工厂、桥梁等特殊的地方。总之,它的凝固速度快,通过增加树脂使用量,可以使压缩力、牵引力、硬度、接合力等显著提高。用可塑混凝土黏合时,黏合层不会脱落。它的黏合力极强,如果硬要剥离开,被黏合物就会被损坏。对啦!近来拦河坝、隧道工程很少发生塌方事故,就是因为造成那些事故的漏水、龟裂的地方,都用这些黏合剂给堵上了。"

"拦河坝!"

仿佛有个东西在味泽的头脑里呼啦闪了一下。

"是啊是啊!说起拦河坝来,你寄来的那块混凝土渣儿里,还有少量的中热硅酸盐水泥呢!"

"什么?你说中热什么?"

冷不丁蹦出来的生词儿,使味泽迷惑不解。

"是水泥的一种。水泥在和水搅拌后的凝固过程中,要产生一种热,叫水合热。在水库和堤坝的工程中,这种热不散发出去,憋在里边,就会造成龟裂。因此,在修拦河坝时,就要求用水合热低的水泥，那就是中热硅酸盐水泥。"

"也是一起粘上去的吧?"

"在数量上，中热硅酸盐水泥很少，所以我认为，那块碎渣儿可能是在中热硅酸盐底子上，涂上或灌进可塑混凝土的碎渣儿。"

"这么说，那个碎渣很可能是从水库或堤坝的工程现场来的喽?"

"是呀! 灌进地下或岩石裂缝里，效果最好不过了。可是，你检查那个究竟想干什么呀?"

"没什么，只是有点儿小用处。给你添麻烦啦!"

该问的事都问清楚了，味泽二话没说便挂上了电话。


羽代署管辖的陆运事务所找出了吉普车的主人。

"《羽代新报》!"

竹村吃了一惊，万没想到它是这个车的主人。《羽代新报》现在完全是大场家族的御用报纸，他们为什么对井崎的汽车感兴趣呢? 尽管是御用报纸，却来暗访警察断定是事故的案子，真叫人心里不舒服。

《羽代新报》是记者俱乐部成员。常到警察署里采访的记者，是不会干这种事的，因为他们很清楚，要是被记者俱乐部撵出大门，事实上，以后就不可能再进行采访活动了。要说有人捣鬼，那恐怕是别的线儿上的人。

竹村指使记者俱乐部的记者调查了当天，特别是夜里使用羽代新报社吉普车的人。因为使用报社的汽车必须向汽车组提出申请，所以会留有记录。

"是越智朋子——越智茂吉的女儿?"

竹村终于查出了使用吉普车的人，他不由得咬住了嘴唇。

是的，越智的女儿还在《羽代新报》，这事竟忘得一干二净。

越智创办《羽代新报》，并以报社为根据地，高擎起反抗大场家族的旗帜，但由于力不从心，出师未捷身先死，反抗运动被镇压下去了。对做女儿的来说，父亲的城堡落在敌人手里，在这里工作，肯定每天都心怀刻骨的仇恨。她可能把仇恨牢记在心，静静地等待时机，好继承父亲的遗志，揭竿造反。

没有提防越智的女儿，实在是太大意了。假若是她对井崎的交通事故以及汽车感兴趣，那就不足为奇了。

竹村终于找到了一个靶子，他两眼直盯盯地望着空中。

二

"这么说，那块混凝土碎渣很可能是从水库或堤坝工程现场上来的啦？"

"是啊！如果光是可塑混凝土，用途是很广的，但和中热硅酸盐水泥一配合，用的地方就有限了。怎么样，这附近有正在进行那种工程的地方吗？"

"我去报社查一下，马上就能明白。那么，味泽，你认为井崎明美就在那个工程现场附近吗？"

"那当然！要是在拦河坝或堰堤上灌上水泥埋起来，只要不决口，就绝对发现不了。作为隐藏尸体的场所，这儿确实是个非常理想的地方！"

"多么可怕的想象！"

朋子脸色苍白。

"是有充分根据的想象！"

"不过，如果事实正像你想象的那样，还是发现不了尸体呀！"

"纵然发现不了尸体，只要找到埋藏尸体的蛛丝马迹，我们也就胜利了。"

"我们还是调查一下再说吧！"

面对新的目标，朋子又积极行动起来。

"我暗中监视了越智朋子周围的情况，一个最近和她常来常往的人物冒了出来。"

奉命监视越智朋子的宇野探员，很快回来报告了情况。

"那个家伙是谁？"

竹村向前探了探身子。他觉得从警察署的院子里"偷泥"，若是一个女人所为，未免有点儿大胆，因而就考虑到有伙同她干的人，看来完全猜中了。

"名叫味泽岳史，是菱井人寿保险公司的外勤员。"

"什么？是菱井人寿保险公司的？"

竹村瞪大了眼睛。菱井人寿保险公司正是井崎明美保险金的支付者。

——是啊！原来是菱井人寿保险公司在背后捣鬼呀！

竹村觉得这回可猜着了敌人的计划和角色了。

菱井人寿保险公司也真看得够准的，找到了越智女儿的头上，她肯定会积极协助的，而且还能充分利用《羽代新报》的调查网和采访能力。

竹村在内心里赞叹了一番。可是，他的立场却不容他永远赞叹下去。给井崎照夫签发事故证明的就是他，作为报酬，他分得了一笔数目可观的钱。如果事故证明被推翻，竹村也就没有立足之地了。

虽说是大场体制下的警察，但如果拿出证据，说明事故证明是警察漫不经心地发出去的，竹村也不得不承担一定的责任。也许由此打开了缺口，会把警察和中户家相互勾结的老底抖出来。

"菱井人寿保险公司不是已经根据事故证明付保险金了吗?"

"保险公司付出了六千万块钱哪!所以,事后一定会调查一番。"

"你是说他们在怀疑事故证明吗?"

"恐怕还认识不到这一点,会不会是事务性调查?"

"要是事务性调查,你不认为从警察手里偷泥搞得有点儿过分吗?"

"按盗窃罪,把越智朋子抓起来如何?"

"不!为时尚早。要是把她抓起来,就会打草惊蛇,那伙人会把真实意图掩饰起来。你暂时先盯着他们俩再说!"

"是!"


"工程地点知道啦!"

朋子气喘吁吁地跑了过来。

"在哪儿?"

"羽代河下游有个常常闹水灾的叫'河童①津'的地方吧,现在那里正在修堤坝呢!"

羽代河从羽代湖流出后,经过市东头朝南流去。越往下游,河面就越宽,到了羽代市的最南端,就形成了一片低洼潮湿的地带。河流弯弯曲曲,往年一到雨季,就要闹水灾,特别是河童津一带,直泻奔流的河水在这里几乎拐成了一个直角。暴涨的河水凶猛地冲击河床的弯曲部,每年都要冲毁堤坝。这一带是个常闹水灾的地方,据说洪水甚至能把河童冲跑,所以当地人给它起了这个名字。

从行政管理方面来说,这里属于羽代市。但一发大水,倒是市区以外的下游受灾面积大而且严重。因此,羽代市一直是临时凑

---

① 日本传说中的水怪,形如四五岁儿童,面似虎,嘴尖,身上有鳞,披头散发,头顶上有一凹坑,坑里有水。——译者注

合，修了一些断断续续的简陋的防洪堤，用来搪塞应付，连接起来的正式堤坝直到今年才开始动工。

"是河童津?"

"还有，你猜施工的是谁? 是中户建筑公司!"

"中户建筑公司?"

味泽的眼前又打开了一扇新的窗户。中户建筑公司，从名称就可以了解，那完全是中户家的私人公司。

"另外还有几家参加了施工，不过都是和中户家或大场有关系的公司，或者是傀儡公司。"

"成了河童津的祭祀物啦!"味泽自言自语地嘟囔着。

"你刚才说什么?"

"祭祀物! 古人在修筑堤坝时，为了祭祀水神，便把活人沉下水去。井崎明美成了河童津的祭祀物，大概不会错!"

"你是说把人埋在河童津的堤坝里啦?"

"裹在了水泥里面!"

"你说得多轻松! 一想就吓死人了。"

"今后，你我也要加倍提防。"

"为什么?"

味泽的语气别有他意，朋子用忐忑不安的眼神瞧着他。

"我是说保不齐他们对我们也会施展同样的手法。"

"不会吧! 我害怕!"

朋子不由得靠在味泽身上。

"哈哈! 是开玩笑呢! 敌人还不会知道我们的行动。而且，就算杀了我们也得不到分文。只不过警惕性高一点儿，采取行动才能妥善一些。"味泽轻轻地搂着朋子温暖而丰盈的身子，紧贴她的耳朵小声说。

在他那健壮的身体里还有一块心病，这块心病使味泽把在金门夜

总会刺探情况之后，归途上遭到袭击的事，以及揭露伪装交通事故谋财害命的真相，从而有可能从井崎照夫那里追回六千万日元的保险金，进而揭穿警察和中户家勾结的肮脏勾当等，都忘得一干二净。

　　"这阵子，我盯着越智朋子和味泽岳史的一举一动，发现他们有个可疑的活动。"

　　"可疑的活动？什么活动？"

　　一听到宇野的报告，竹村立即表示了强烈的兴趣。

　　"您知道河童津吧？就是羽代河年年涨大水的地方。"

　　"那儿怎么啦？"

　　"最近一个时期，他老在那一带转悠，好像在背着人找什么东西似的。"

　　"背着人找东西？到底是找什么呢？"

　　"好像是在抠堤坝上的土块，要不就是拾些石头子儿。总之，好像躲避着工地上人们的耳目，深更半夜在那一带鬼鬼祟祟地转悠。"

　　"工地上的人？"

　　"现在河童津正在修筑防洪堤坝。"

　　"对啦！我也听说这回要修筑连接起来的正式堤坝。"

　　"他们俩干吗要抠堤坝上的土块或是捡石头子儿呢？"

　　"是土块和石头子儿吗？"

　　"是呀！"

　　"对啦！"

　　竹村突然大叫一声，把宇野吓了一跳。

　　"他们俩从警察署偷走的，不也是从井崎车里倒出来的泥吗？那也就是土和石头子儿呀！"

　　"啊！"

　　这回是宇野大声喊叫起来。

"他们俩可能从井崎的泥里找出什么可疑的东西来了。准不会错！河童津的工程，大概中户家也参与了吧？"

"是的。承包施工者中，竖立着中户建筑公司的招牌。"

"井崎老婆的尸体没有发现，那次汽车掉进潭里的事故大有可疑之处，我只是看在平素的交情上，没有仔细追查就是了。不过，这下子可能上了井崎那小子一个大当。"

"这么说，井崎是伪装成事故，把老婆杀掉了？"

"一开头我就有这种怀疑。不过，既然尸体沉进花魁潭里没有漂上来，就无法辨别是事故还是谋杀。不！就算尸体漂了上来，恐怕也很难辨别出来。因为他是谋财害命，所以绝不会在尸体上留下明显的痕迹，使人一眼看穿是谋杀。警察也只好根据本人的申述，再查一查汽车，断定为事故。而且，这样做也不能算是我们的过失。"

"那么，我们上了一个什么大当？"

"你想想看，正是因为掉进了花魁潭，是事故还是犯罪才难以辨别。即使我们签发了事故证明，也不能推翻难以辨别这一事实。不过，之所以签发了事故证明，就是因为我们承认井崎的老婆是掉进花魁潭了。"

"既然掉进花魁潭里，而尸体没有漂上来，那就肯定是沉入潭底了。"

"你怎么能断言呢？没有发现尸体，难道不就是说明尸体在哪儿还不知道吗？"

"那……这么说，在另一个地方？"

宇野脸色发白了。

"不能断言没在另一个地方！总之，尸体还没有发现嘛！"

"如果不在花魁潭，到底在哪儿呢？"

"你想想看，越智朋子和味泽岳史为什么要在河童津那一带转来转去呢？"

"这么说，井崎老婆的尸体在那里！"

"朋子和味泽把从井崎车里掏出来的泥弄走了，可能从那些泥里发现了花魁潭那儿没有的土块或石头子儿，于是就注意到了河童津。现在那里正搞护岸工程，不愁没有地方掩藏尸体。而且，中户家在那里主持着工程，隐藏一两具尸体，不是轻而易举嘛！"

"如果井崎明美的尸体从那个地方找出来，那可大事不好啊！"

"那我们首先就得'这个'。"

竹村用手掌做了一个砍自己脑袋的手势。

"不光是丢掉饭碗，你我都从井崎那里捞了一把，固然形式上可以弄成与事故证明无关，可要是一调查，也逃脱不掉啊！"

"快别说得跟没事儿人似的。我还得养活老婆孩子哪！"

宇野脸上已经没有一丝血色了。正因为他相信尸体在花魁潭里，所以就轻易地签发了事故证明。要是尸体在另一个地方，警察就要大大出丑，无法挽救了。

如果人们说，警察和暴力集团的干部串通一气，为贪图保险金杀了人，从保险公司巧妙地骗取了一笔钱，那也无法解释清楚。

糟糕的是，菱井人寿保险公司是财阀系统的公司，和大场资本无关，所以无法从内部暗中了结。要是发现警察原来证明是事故的尸体，竟在远离现场的另一个地方，那么，纵然有内部关系也无法掩饰过去。

"情况对我也是一样。如果真像推测的那样，不光是你我，全署都要受影响。要先把井崎找来，让他坦白交代，然后再想办法。"

这位平素总是泰然自若的竹村，神色也严肃起来。

## 三

"河童津工程现场使用建筑材料的成分和从湖泥里拣出来的混凝土块的成分完全一样。看来，井崎明美的尸体十有八九隐藏在这一带。"

"在河童津的哪一段呢?"

朋子屏息凝视着的那支可怕的想象箭头正在接近靶子中心。

"明美五月二十三日夜间十二点左右在金门夜总会出现,是她死前最后一次露面。到第二天,即二十四日晚,就掉进了花魁潭,所以,她就是在这二十几个小时之内被杀害的。河童津在这段时间所进行的工程的地段,也就是她的'葬身之地'! 如果再扣除到花魁潭所需要的时间和白天人多眼杂那段时间,作案时间就更短了。这样一算,就缩小了尸体埋藏地点的范围。"

"不过,假如是灌上水泥埋进大堤里的话,那可轻易发现不了。"

"只要找到了埋在那里的证据,就可以挖开堤坝进行检查了。"

看来味泽信心十足。

"井崎,你要讲真话!"

突然被叫来的井崎,站在表情严肃的竹村和宇野面前,受到严辞追问,一时摸不着头脑。

"真话? 到底是怎么回事呀?"

"别装傻了!你干的好事!整个羽代署都难保了!"

竹村把桌子"啪"地拍了一下,旁边的宇野横眉怒目,像要过来咬上井崎一口。这间屋子是嫌疑分子的调查室,门紧紧地关着,旁人不得靠近。今天,与其说与平常气氛不同,还不如说一开头就是对待罪犯的样子。

"真叫我掉进闷葫芦里了。您二位今天怎么啦,是说我干了什么坏事了吗?"

井崎脸上泛出暧昧的笑容,迷惑不解似的来回搓着手。

"还装傻吗? 好吧!那么我来问你,明美真的掉进花魁潭

106

了吗?"

"您说什么?"

井崎的脸马上绷了起来。

"你老婆不是在花魁潭,而是在另一个什么地方躺着哪!"

"那……那……那是从何说起呢?"

井崎绷起来的面孔像挨了一巴掌似的。

"我问你呢!"

"竹村先生,您在怀疑吗?"

"啊哈!大大地怀疑!放聪明些吧!你可不要小看了警察!这儿的警察和中户家是一根线上的蚂蚱,一向是相依为命,差不多的事情我们也从来是睁一只眼、闭一只眼的,可你们也不要得寸进尺啊!我们装聋作哑是有限度的。"

"这个我知道,所以我们也了解这个限度。"

看来井崎在拼命招架,想要重新振作起来。

"你要是打算假装不知、顽抗到底的话,我们也有我们的办法!动员整个警署的力量去搜查河童津一带,你看怎样?"

"搜查河童津?"

井崎脸色变得煞白,勉强支撑着的架势眼看就要土崩瓦解。

"你是心中有数的!越智朋子和味泽岳史就像闻到尸臭的苍蝇似的在那一带转悠哪!"

"……"

"就是越智茂吉的女儿和人寿保险公司的外勤员!"

"啊!是他们俩!"

"这回知道问题的严重性了吧?怎么样?你说你老婆掉进花魁潭时,我们就觉得可疑,不论谁都会那么想嘛!可是,既然你硬说掉进了花魁潭,一时也难以辨别是事故还是谋杀,因而我们看在平素的交情上,虽然觉得有点儿可疑,还是开了事故证明。你可要明

107

白，这就是我们装聋作哑的界限。之所以签发事故证明，是因为我们相信明美的尸体在花魁潭里，尸体出现不出现都无关紧要，只要在潭里就能保住警察的立场。我们没想到，你竟然连尸体在哪儿也扯谎骗我们！若是日后尸体从另一个地方冒了出来，该怎么办呢？不仅我们会丢掉饭碗，警察署也就无立足之地了！你明明知道这一点，还来骗我们，是不是？"

"我，只是……只是……"

井崎被竹村问得张口结舌，无言以对。

"只是什么？"

"我并没有想给竹村先生添麻烦。"

"什么麻烦不麻烦的！尸体究竟在不在花魁潭？"

"请稍等一下！"

"还等什么？！等越智的女儿把尸体找出来可就晚啦！"

"我绝不会让他们找出来！"

"你说不让他们找出来，可现在他们正在找哪！也许这会儿工夫就找出来了！"

"竹村先生！"

井崎一直单方面处于被动，现在就像风向为之一变似的，突然改变了口气。

"请放心！我绝不干那种愚蠢透顶的事！这件事绝不会给竹村先生和警察署添麻烦。"

他那圆滑周到、惯于周旋的面目一下子变成了流氓恶棍的狰狞嘴脸。

这位小心翼翼的中年男子，刚才还在竹村的追问之下浑身哆嗦成一团，现在摇身一变，立刻杀气腾腾，浑身充满了恶人的自信。那是一种在黑暗世界里鬼混过来，久惯作恶的人摔打出来的自信。这一变，变得非常高明。

## 四

河童津一带行政上叫作羽代市水洼区砂田。从这个古老的地名也和水有关系这点来看，就会知道这个地方是怎样苦于水患了。每年一发水，就冲上来许多沙子，"砂田"这个地名大概也是由此而来的。

可是，有意思的是，由于水带来了肥料，这一带土质却很肥沃，要是治水取得成功，这个地方肯定会变成该县的粮仓。正因为羽代市估计到了这一点，才拨出一大笔预算，正式开始修筑堤坝。

堤坝一旦建成，砂田的居民也能从让人伤透脑筋的水灾威胁中解脱出来，所以他们都积极配合，还申请参加义务劳动，干些运土、平地、打桩等简单的工作。

味泽拿着井崎明美的照片，在当地居民中间转悠，悄悄刺探情况。

"五月二十三日前后，堤坝修到哪一段来着？"

"在那前后，你没见过井崎明美吗？"

这两个问题是探询的重点。井崎明美的相片是从报纸上剪下来的。

那几天河童津的施工地段已经大体弄清楚了，可是没有发现见过明美的人。本来这个地方人就不多，而且作案是在深更半夜悄悄进行的，因而没有看见也合乎情理。

工程大体分三个部分：把垫上去的土压实；用夯砸实接触水的"斜面"；在修好的斜坡上种植草皮。工地上使用着沙子、水泥、可塑混凝土，等等。中户建筑公司以及其他建筑公司的混凝土搅拌机、翻斗车、运材料的卡车等穿梭似的来来往往。

这些卡车要是装上一具死尸，确实很难发现。

参加施工的公司几乎都在中户建筑公司的控制之下，所以直接向他们打听很危险。而当地居民全都期待着工程早日完成，如果知道事情对施工者中户建筑公司不利，就连本地人也肯定会守口如瓶，因而向他们打听也相当危险。砂田这个地区说起来可以算是个"敌占区"了。

为了尽量减少危险，味泽独自一人进行侦探——如果让朋子知道了，她肯定会跟来的。

大约侦探了一周左右，味泽听到了一个有价值的情报。

最近，一个参加堤坝工程施工的农民被头上掉下来的建筑材料砸死了。情报就是从他父亲那里听到的。

那个农民的父亲叫丰原浩三郎，他脸上明显地带着怨恨的表情说：

"哼！哪里是为了村子！那些家伙都是给自己捞油水。"

"捞油水？您是说他们贪污了吗？"

"是啊！工程全都由中户建筑公司一手包办了！中户建筑公司在市土木科花了钱，才包下来的。土木科那帮家伙，直到排不上号儿的小职员，天天晚上都在市里最贵的金门夜总会足玩儿！"

"中户家本来就像大场市长的保镖，所以这类事他们是干得出来的。"

丰原讲的情况，味泽也猜得八九不离十。

"嗯！给土木科那帮人的钱还只是个小小的零头！"

"零头？那么，还有个捞大份儿的大坏蛋喽？"

"当然有啦！这就是市里拿河童津做戏台搞的大骗局。这是中户建筑公司的现场监督员喝醉后顺口透露出来的，准没错儿。村里的人以为往后再也不会发大水了，可高兴了。其实，都被蒙在鼓里了。"

"你说的大骗局是什么?"

"千万不要对别人讲啊——"

丰原又用眼睛扫了扫四周,看到一个人也没有,就压低声音说:

"河童津那儿原来有些半截半截的堤,一发大水就把涨的水挡到贮水池里去。现在开始搞的工程,就是想把这些堤改成正经八百的堤坝。正经八百的堤坝修好后,以前发大水时淹没的河滩地①就成了涨水也泡不着的好地啦!"

"是这么回事啊!"

"市里的大头想把这些河滩地弄成高尔夫球场。"

"弄成高尔夫球场?真的吗?"

"那还有错儿!村里的老乡正把这些滩地'一文不值半文'地白扔给中户家经营的不动产公司。"

"如果把这些河滩地变成高尔夫球场,会赚很多钱啊!"

"村里的老乡还不知道受了骗,只有我那儿子一个人坚决反对卖河滩地的权利,结果就在工地上让掉下来的建筑材料砸死了。那是他们给害死的呀!"

"那您对警察讲了吗?"

"就是讲了也不理你,连个证据也没有,本来警察就和那伙人穿连裆裤呀!"

"那么,你儿子对河滩地的权利后来怎么办啦?"

"我那个有继承权的儿媳妇赶快就卖给了不动产公司,她说要那些破地有什么用!她是个糊涂虫,不知道那是我儿子用性命换来的!"

"村里别的人还有没有像您儿子那样,因反对他们而死掉的?"

---

① 按河川法规定,一发大水就淹没的洼地,附近居民享有占有权。——译者注

"那个工程已经死了不少人，死的都是村里人，要不就是别处来打短工的。一死人，中户建筑公司就派人来，发五十万抚恤金，说这是为村子，大家包涵点儿。谁要有一点儿不满意，他们就会用那套拿手好戏吓唬你。报纸上从来不登，有好多人家没了顶梁柱，也不敢吭气。"

"死的那些人也反对卖掉河滩地的权利吗？"

"也有反对的，也有马上就卖掉的。不过，把柄是抓不到的。要是一不小心泄露出去，下次自个儿就要遭殃，所以谁也不提。我反正也快入土了，儿子没了，活在这个世上也没啥意思。可是，你呢，为什么调查这些事呢？"

"我的朋友可能也让中户家给害了。"

"就是刚才照片上的那个女人吗？"

"是的。"

"那个女人我没见过。不过，要是当作祭坝的灌进了大坝的话，那可没法儿找到。如果让他们察觉你在到处调查，说不定会下什么毒手呢！你可得多加小心啊！"

"谢谢！老大爷，您也多加小心。"

"我不要紧，这把年纪，就是把我弄死，他们也捞不着什么，他们的算盘打得可细啦！"

丰原浩三郎咧开没牙的嘴笑了。

# 第六章　深夜的造反

## 一

对这次意想不到的重大收获，味泽非常兴奋。归途中，当他走到杳无人迹的田野时，忽然蹿出五六个眼冒凶光的彪形大汉，把他团团围在中间。

"味泽岳史是你吧?"

满脸凶相、不可一世的小头目以威吓的口吻说。

"你老上这儿寻摸什么!"

味泽默不作声。

"……"

"你没耳朵!"

"你要再为井崎那档子事到处串,可别说对你不客气!"

"你们是中户家的吧?"

"听着!井崎的事早就了了!你这个局外人不要没事找事。"

"莫非有什么怕人刨根问底的不光彩的事不成?"

"少废话,趁早撒手,这对你有好处!"

"撒不撒手,这是我分内的工作。如果你们问心无愧,我倒要说你们少插嘴!"

"拿嘴说的话你不懂,那就让你的皮肉尝尝味道!"

小头目点了点头,脸上露出了凶恶的狞笑。其他人霎时间杀气腾腾,缩小了包围圈。

"慢着!"

味泽说着,向后退了一步。

"如果你不想让皮肉遭殃,那你就从此罢手,别再像狗似的到处寻摸!"

"我是不想让你们皮肉遭殃!"

味泽的态度突然变了。方才还像被一群猫围着的老鼠,现在却丢掉了弱者的伪装,赤裸裸地露出了比猫还凶猛的利爪和獠牙。

中户家的这群无赖看到味泽突然变色,感到不知所措。但同时,味泽话语中所含的莫大侮辱,又气得他们血气上撞。味泽面对着中户家的这五个无赖,心想:"看你们再逞威风!以前还没有一个人胆敢这样出口侮辱你们。"

"你说什么?"

"我不想让你们皮肉受苦!"

"你懂我们说的意思吗?"

"不管怎样,我们还是不要再作无谓的争辩吧!"

味泽虽被五个无赖围着,却面不改色,而且话音反倒很轻松。

　　不过，他的整个身子就好像变成了凶器似的蕴藏着强大的杀伤力，凝成了一股所向无敌的杀气，压住了在人数上占绝对优势的这群无赖的嚣张气焰。这伙无赖毕竟也都是些富有经验的家伙。

　　他们看得出味泽的杀气，绝不是一只走投无路的老鼠的杀气，而是一名久经沙场的格斗士的杀气。

　　他是用驯顺的草食动物的假象，掩盖着肉食猛兽的獠牙。暴徒们马上畏缩了。这时，远处传来了孩子的叫喊声，好像是一个年幼的女孩在呼喊什么人。这个声音让味泽想到了长井赖子。分明是另一个孩子的声音，可他总觉得是赖子在喊他。

　　味泽身上的杀气，犹如气球泄气一般，霎时间冒了出去。这头肉食猛兽马上变成了草食动物。中户家的无赖没有放过这个机会。

　　"干掉他！"

　　小头目一声令下，五名暴徒一拥而上。任凭暴徒们拳打脚踢，味泽丝毫也没有抵抗。由于丝毫没有抵抗，使得暴徒们甚至打都打不起劲。

　　味泽倒在地上，暴徒们用沾满泥土的靴子踢他、踩他。他横躺着，像是地里的一块土坷垃，身上被唾上了唾沫。

　　"好啦，到此为止吧！"

　　小头目终于开了腔。正因为他看得很清楚，方才味泽在一瞬间露出獠牙时那杀气并非寻常，所以对这种令人莫名其妙的毫不抵抗，也觉得很泄气似的。

　　"嗨嗨！他妈的，是个光耍嘴皮的家伙。"

　　"从今以后，不许你再说大话逞能。"

　　味泽的毫不抵抗，使暴徒们越发飘飘然起来。对他们来说，最大的快乐莫过于欺负那些毫不抵抗的软弱无能的人。

　　"今天，就这样饶了你，如果再不听话，下回就要你这条狗命。"

　　小头目留下威吓的话扬长而去。

味泽惨遭暴徒们一场毒打，浑身剧痛，意识快要模糊不清了。他勉强打起精神，开始思索这次袭击他的意义所在。

这群家伙明目张胆地进行了挑战。前一次的袭击，他们没有明确说出袭击的理由，而这次却十分露骨地说出"不许再管井崎的车祸事件"。这是不打自招地供认了在井崎车祸事件的背后，隐藏着见不得人的情节。而且，他们是毫不掩饰地透露出这点，不打自招地供认在井崎车祸事件背后有着见不得人的地方。

这种自信可能来自认为尸体绝对不会被人发现的坦然心情和对味泽的蔑视。也许他们依仗着警察也是他们的同党。

"你的伤不要紧吧?"

一个声音在他耳边响起。他强打精神，睁开青肿的眼睛一看，原来是方才那位年迈的老农在担心地低头望着他。

朋子急忙赶来了。她看到味泽挨打的惨状，一时吓呆了。

"不要紧，只是伤了点儿表皮。"

为了使她放心，味泽强作笑脸。他的眼睛红肿，牙根也活动了。

"他们真够毒辣的呀!"

"不过他们已经明确地宣战了。"

味泽把遭受袭击的经过原原本本地告诉了她。

"他们满有信心啊!"

"是啊! 可是他们又害怕调查。如果能明确河童津工程有违法勾当的话，那么，搜查也就容易多啦。"

"这件事，由我来调查一下试试看。"

"不，这很危险。他们对我已经袭击过两次了，下次说不定该袭击你啦!"

"我是新闻记者，如果有人妨碍采访、施加暴行的话，即使那

些与他们穿连裆裤的警察，也总不能置若罔闻吧。"

"那怎么会知道呢？对我的袭击，他们是通名报姓的，但是，他们还有暗地伤人的一手呢！"

"也许他们认为如果不通名报姓，就不能让你明白他们为什么要袭击你。"

"可是，他们已经通名报姓了。假如下次要来袭击你的话，即使不通名报姓，我们也会明白为什么遭到袭击。"

"我明白了！是要百倍警惕。不过，你为什么一下也不抵抗呢？"

"啊！"

"我怎么也不能相信你竟会一点儿也不抵抗。你劲儿很大嘛！你要是认真跟他们斗，也不至于轻易地被他们打得这么惨。"

"咳！体力毕竟是有限的。即使对自己的力量多少有些信心，如果对方来两个人，也就对付不了了。就算是那些拳师和柔道的高手，在火枪面前，也是无能为力的，像电影或电视剧中的主角那样干是办不到的。"

"就算是一条小小的虫豸，在临被踩死之前，还要抵抗一番呢，你连虫豸那番抵抗都没有，莫非有什么原因不成？"

为了解救朋子，味泽曾在转瞬之间制服了三个流氓。但是，他的这种力量在中户家一再向他大打出手时却完全不见了踪影。那次，别人挨打时，他竟不理朋子的苦苦哀求，从现场悄然溜走了。

"没有什么原因，不过，我对打架斗殴生来就害怕和厌恶。这次也是因为始终没有伸手反抗，才这样轻轻地过去了，如果贸然一伸手抵抗，也许早被他们弄死了。"

"……"

"看来，你还记着那天深夜我同他们格斗的情形。那天晚上，就像我多次说过的那样，为了搭救你，我完全失去了自制力。这应该说是个例外。人一旦失去控制，有时会像变成了另外一个人似的，产生出力量来。"

"不，我不认为是那样。那天夜晚的味泽，分明也是你自己，而绝不是另外一个人。味泽，你一定有什么原因才把自己真正的力量隐藏起来了。"

"怎么说好呢?"

"得啦，得啦，反正是为了搭救我，你才拿出了真本领。如果我再遇难，你还会搭救我的，是吧?"

"我也不一定总在你身边。"

"那就是说，如果在身边的话，就一定会搭救我吧。可是现在，你还是不肯把自己的本领亮出来。"

朋子这么一引诱，味泽竟然不打自招，弄得闭口无言了。

# 二

朋子来到味泽的家里，只有赖子一人在看家。她问赖子:

"爸爸还没回来?"

"嗯!"赖子点点头，瞪起一双圆圆的眼睛望着朋子。这双眼睛，仍然是迷茫无神，视线虽然的确冲着朋子，但是，视线的焦点却已越过朋子，游荡在远方了。

"喂，这是给你的点心。"

当朋子把来时在街上买的点心盒递给她时，赖子的眼睛闪闪发光，只在一瞬间，露出了儿童的天真稚气。但是，当她吃点心时，目光还是向远处呆望着。

"可别吃得太多，不然连晚饭都吃不下去了。"

"嗯!"

　　赖子乖乖地点点头，连忙把点心盒收拾起来。她的动作非常幼稚。她的智力指数很高，不过，记忆的障碍，也许给她的成长多少带来些影响。

　　据味泽讲，赖子曾一度丧失的记忆力正逐步恢复。

　　看来赖子跟味泽很亲昵。放学回家后，她一个人就这样闷在家里，安安静静地等味泽回来。在这段时间里，这个女孩也许正在自己所想象的世界里漫游。她是不是正在拨开笼罩着的浓雾，拼命地寻找过去记忆的路标呢？

　　朋子伸手看看表，对赖子说：

　　"让我再等一会儿吧！"

　　味泽的家，她已经来过好几次了。

　　味泽的住房是一套两间卧室带厨房的单元房，房间的陈设大致还算齐全。但是，这也并不能掩饰他和一个十岁的小女孩两人生活的寂寞景象。房间拾掇得相当整洁，可是，这样又显得房间过于空荡。对于他和一个义女组成的这个连最小家庭也算不上的家庭来说，即使房间的面积仅仅这么大，也还是显得有点儿太宽敞了。

　　朋子突然想到自己将要填补这个家庭的空缺时，双颊顿时一片绯红。对于未来的生活，她和味泽已经有了一个心照不宣的共同心愿，剩下的只是实现这一美好的愿望。赖子虽然不明白这是怎么回事，但是，看样子，她并不讨厌朋子。

　　"上学有意思吗？"朋子问。

　　"可有意思啦！"

　　据说赖子的学习成绩在学校中上等。她说话也越来越接近于标准语了。

　　"快上中学了吧？"

　　"嗯。"

　　赖子点点头，然后还是用那在远方游荡的眼神朝朋子望着，可能是在瞧着朋子，可是，她那双眸子的焦点却飘忽不定。

"赖子，你在看什么?"

"我见过姐姐。"

"啊! 前几天，你也这样说过呀。"

"是啊，我愈瞧愈像见过你。"

赖子的目光落在朋子的脸上，朋子不由得吃了一惊。

"赖子，你不是说想不起来吗?"

"一点儿一点儿地，我想起来了。在姐姐的身旁，还有一个人。"

"是爸爸、妈妈吧!"

"不，不是，是谁我不认识。"

"你想起爸爸和妈妈的样子来了吗?"

"不，这个人不是爸爸和妈妈，他是从外地来的。"

"外地来的? 莫非是……"

朋子紧张地屏住了气。赖子莫非见过罪犯的面孔?

"赖子，那你想一想是什么模样。"

"一张白白的脸，像个高个子怪物，没有眼睛，也没有嘴。"

"你再好好想一想。那个人是男的还是女的?"

"是男的。"

"穿的是什么衣服?"

"绿西装。"

"穿着绿西装的男人是和姐姐在一起吗?"

赖子点点头。

这个穿绿西服的人莫非就是杀害赖子双亲的强盗?

"那个穿绿西装的人，个子高不高?"

"记得他个子挺高。"

"胖不胖?"

"好像不胖。"

"他手里拿着什么?"

"不知道。"

"他跟你讲了些什么?"

"不知道。"

"你不是和那个人在一起待过好多天吗?"

"我不知道!"

"来!你要仔细注视那个人的面孔。你肯定会想起什么。那个人在姐姐的身边做什么事了?"

由于背后有动静,赖子的表情突然变了:

"爸爸!"

也不知道味泽是什么时候进来的,他已经站在了她们俩的身后。

"啊,你回来啦,我一点儿也没注意到,请原谅。在你不在家的时候,我就来这儿打扰了。"

朋子忙不迭地准备要站起来,可是,味泽连瞧也不瞧她一眼,背过身板着面孔对赖子说:"不好好用功,学习怎么上得去!这样下去的话,你连中学都考不上。"

味泽的表情从未有过这么严厉可怕。这时,朋子觉得从味泽那里感到一种不祥之兆。

他把赖子撵到隔壁房间之后,便以素日那种温和的神情面对着朋子。不过,朋子已经明白,方才味泽转瞬之间露出的那副阴森可怕的脸,才是他的本来面目。

"刚才我到主顾们那儿跑了一趟,让你等了好久,对不起,我这就给你沏茶。"

"茶呀,让我来沏吧,因为我不想随随便便进你的厨房。"

朋子慌忙站起身。

"别客气，就像在你自己的家里一样。"

味泽的口吻带有几分怨气。

是谁在客气呢？朋子想这么说，但又把话咽了下去。她觉得从一个女人嘴里说出这样的话，未免有些轻浮。

离吃晚饭还稍微有一段时间。他们俩隔着朋子带来的点心，面对面地坐了下来。

"有点儿头绪了。"

朋子呷了一口茶，首先开了腔。

"是河童津的违法勾当吗？"

"是啊，你所听到的，毕竟不仅仅是传闻。"

"这么说，市政府也打算插手河童津的河滩了……"

"不只是市政府，就连建设省也和这件事有牵连。"

"建设省？"

"现在的建设大臣，通过资金这条渠道，已经和大场一成串通一气了。羽代市的建设局，也是由那些和大场家族有联系的人把持着。"

"建设省是怎样跟河童津的工程挂上钩的？"

"河童津的河滩，约有六十公顷土地。其中四十公顷是国有土地，余下的二十公顷是民用土地。这四十公顷的国有土地，在明治二十九年以前，也是民用土地。但是，旧河道法施行后，国家无偿地把这些土地收归国有了。收归国有之后，也还承认本人享有土地耕作权。但是，由于长年的大水冲刷，尽管是肥沃的良田，如今也只能种些桑树。现在正在施工的这条河的堤坝工程一完工，它就不再是河滩地，而要由建设省来进行废河处理了。"

"通过废河处理，会给河滩地带来什么效果呢？"

"这么一来，根据河川法的种种限制，如土地的占有或土地形状的变更、新建筑物等的禁令，就会被统统解除了。"

"经过废河处理的河滩地，按理说，应该归谁呢？"

"应该卖给那些享有土地耕作权的人。但是，建设省好像是瞒着当地的农民，悄悄决定，把河滩地卖给了大场家族的公司平安振兴工业。于是平安振兴工业就提前下手，去说服那些享有耕作权的人，并到处用花言巧语订合同，要他们等废河处理后，把民用土地那部分的所有权和国有土地那部分的耕作权转让给平安振兴工业。据说，收购价格是：民用地的所有权，每坪①为二百元；国有地的耕作权，每坪为一百元。"

"二百元和一百元？太坑人了吧！"

"可不是！真坑人！人们纷纷说，平安振兴工业为这次收购，投入的资金是五千万元左右，可是，等堤坝工程一竣工，地价将猛增到二百亿元。"

"什么？从五千万元增到二百亿元？这究竟是多少倍呀？"

他一时脑子里还没算出这项巨额猛增款的倍数。

"四百倍呀。他们简直是贼。"

"难道农民一点儿也不知道这事吗？"

"在堤坝工程动工之前，平安振兴工业就把这些土地统统买到手了。"

"照这么说，堤坝工程一开始就是跟建设省暗中合谋才动工的喽！"

"只能这样认为。建设省是主管修改河道工程的机关，在羽代河的治水工程上，它处于指导、监督、支持羽代市的地位。当归还河滩地时，他们理应事先告诉旧地的主人。这时，如果宣布堤坝工程近期即将开工的话，土地的主人们一定会估计到地价将要上涨，而不同意公司收购。建设省不见得不知道这项工程，所以即便说他

———————

① 日本土地面积计算单位，一坪等于三十六平方尺。——译者注

们是同谋，他们也无话可说。"

"归还国有土地这一点，可能是因为他们早已知道在河滩中筑一道正式河堤之后，将会导致废河处理的缘故吧！"

"是这样的。如果还是原来那样的河滩地，当然要受到河川法规定的约束，绝不能随便归还。所以，当建设省发出归还预告时，明明知道修筑正式堤坝这件事，但是，为了平安振兴工业的利益，他们一直保持缄默。"

"正式堤坝工程开工后，有的地主也知道自己受骗了，跟他们闹了起来。"

"反对派的领导是丰原浩三郎的儿子。此外，好像还有那么几个人，但这些人遭到中户家的恫吓后，也就不吭声了。"

"朋子，那我们该怎么办？"

"等稍微再证实一下后，我准备给报社写一篇稿子。"

"报社会给登吗？"

"要是从正面来报道的话，当然会遭到编辑的扣压。不过，编辑也是有派系的。要是在报纸的最后版快要封版时，把稿子交给爸爸生前栽培的、现仍在报社工作的编辑的话，就有登出来的希望。最后版印刷的份数多，又是在县中心地区发行，所以，它的影响力也会大。"

"《羽代新报》要是抢先登出这条消息，那一定会掀起轩然大波。"

"那番景象现在似乎已经浮现在我的眼前了。"

"河童津堤坝工程的违法勾当如能得到证实，井崎明美的尸体也就容易找到了。"

"也许还会找到井崎明美以外的其他人的尸体。"

这种想象使朋子感到毛骨悚然，但是，当她想到要揭露国家和市政府狼狈为奸的违法勾当时，便兴奋起来，忘却了恐惧。

三

"浦川先生,我想跟您说点儿事。"

社会部的编辑浦川悟郎听到朋子招呼他后,马上就意识到朋子想要对他说的话,是在社内不便启齿的。

"出来一会儿吧。"

浦川点了点头。两个人走进离报社不远的一家茶馆,面对面坐下后,浦川说:

"这儿可以吧?"

"您这么忙,耽误您的时间了。"

"不,没什么。工作告一段落,正想喝杯茶呢。"

浦川悟郎是一位从越智任社长时就在报社工作的老职工。由于老实温顺,不轻易发表自己的见解,所以在越智派惨遭清洗时幸免于难,一直幸存到现在。

《羽代新报》已经成了大场家族的御用报纸。在社内,浦川虽然已经变成了一个苟且偷安的人,但是从他对朋子诡秘的言谈举止中,可以看出他对大场一伙的怨恨还没有完全消除。

"令尊要是看到我这副狼狈相,想必会感到寒心吧。"

浦川趁着大场派的人不在场的工夫,向朋子道出了心事。

"说实在的,我也确实没有脸见老社长。社长一手培养的那些社员,都一个个地离开了报社,唯独我一个人还在靠敌人给的一碗饭苟且偷生。我已经丢掉了离开报社的机会。"

浦川似乎把那些越智派的硬骨头部下纷纷离开报社之后,自己还在这里苟延残喘看作是"不义"。挣工资的人一旦失去机会,以后是不能轻易辞职的,就好比坐上一辆前途叵测的车,虽说去向不明,但下车吧，眼下也没有另外可搭乘的车，因而也只好索性坐下去。

"您也别怪自己。就拿我来说吧，不也是靠着敌人的一点儿慈悲生活着嘛！"朋子安慰他说。

他们彼此之间不知不觉地产生了一种如同落入敌人手中的俘虏那样的同情感。

——也许浦川能想出办法，把这篇稿子登出去。

朋子暗暗把希望寄托在浦川身上。

当然，要想把这稿子登出去，浦川作为责任编辑，必须有个精神准备。这也许会使他不得不离开报社。但是，朋子已经知道，浦川正在寻找一个索性离开报社的机会，这事将给他提供这个机会。问题是怎样才能从总编辑和整理部的眼皮底下蒙混过去。

地方报纸最后版的封版时间，比全国性的报纸要迟些。这是为了在全国性报纸未送来之前，利用这段时间再采访一些全国性的报纸所没有登载的消息。这篇稿子见报的机会，将来自浦川担任编辑的那个晚上。

要的咖啡刚刚端上，浦川就催问朋子：

"你找我有话讲，是什么话呀？"

"想求您办点儿事。"

"我能办得到吗？"

"能！"

朋子虽然这么说，可话到嘴边又犹豫起来——到底说还是不说呢？

"看样子，好像是件不太好办的事。"

浦川呷了一口咖啡，脸上现出紧张的神色。

朋子再一次环顾一下四周，然后把事先准备好的稿子递给他。

"这是……"

浦川困惑不解地扬起头。

"请您看一下吧。"

浦川从朋子的神情感到这篇稿子非同小可，便认真看起稿子来。看着看着，浦川的脸色一阵暗似一阵。

朋子本来是文化部的记者，她把稿子拿到社会部的编辑浦川这儿来，这本身就不寻常。浦川好不容易看完稿子，诧异万状，一时竟连话也说不上来了。这篇稿子证据确凿，很有说服力。

"朋子，这个……"

浦川终于开口了。

"完全是事实，我已经调查过了。"

"你打算怎样处理它？"

"想请您给登在报上。我是文化部的记者，这样做有些不对路。不过，我想您或许能给想个办法见报。"

"单凭我一个人可不好办，因为还有总编，还有整理部和校对科啊！"

"那就请您想个办法吧！"

朋子一个劲儿地恳求着。

"这事若报道出去，社会上一定会大乱一场。"

"这我知道。"

朋子神色显得特别坚定。

浦川又重新看了一下稿子，最初的惊讶镇定下来，脸上反而露出赞叹的神色。

"不过，你可真了不起，能搞到这样的材料，社会部甘拜下风。"

"说起来是老一代的作风。即使是区区小事，我也想报父亲之仇。"

"朋子，说不定会由此招来大灾大难呀！"

"当然，这我早有精神准备。"

"在这个市镇是待不成了。"

127

"我嘛，与其说考虑到自己，倒不如说更多的是考虑给您带来的麻烦。"

"我的事情你不必担心，这对我来说，可能正好是个'死得其所'的大好机会。"

"对您的家属，可就太抱歉了。"

"不，孩子已经成家，迁到别的地方去了，家里只有老伴儿一人。我一身轻，毫无牵挂。朋子，我们干吧！"

浦川以一种坚定不移的口吻说。

"好！请您大力协助。"

"这件事就作为我向《羽代新报》的告别，让我来干吧！以前，我虽然一直在被大场家族篡夺的羽代新报社里隐忍度日，但是，作为一个新闻记者，这和死去毫无两样。这样下去的话，连灵魂都会烂掉。朋子小姐，你所掌握的材料使我起死回生、重见天日。即使像现在这样憋憋屈屈地活下去，在大场的手下，说不定哪一天也会被他们当作原越智社长的余党铲掉。既然明明知道迟早会被铲掉，倒不如这时扯旗造反杀出去的好。"

"浦川先生，太谢谢您啦！"

朋子的胸中充满了激昂的情绪。

"不过，就我一个人，那是根本办不到的，幸亏报社里还有几位前任社长的老部下。我们必须把他们团结起来，让他们助我一臂之力。"

"您打算怎么搞？"

"首先，在我担任值班编辑时，在最后版即将封版前发稿。等到稿子送整理部，再决定版面的设计。在这里，'反社的'稿子都要遭到扣压。这是第一关。"

"整理部有多少人？"

"一个编辑。编辑下面，至少也要配备两名工作人员。整理部

里有很受老社长重用的野中先生。整理部通过后，再把稿子送到出版部。出版部里有拣字工、排字工、版面设计等，这些人也会看到这个消息。"

"这么说，我们得需要很多人来帮忙啊。"

朋子有点儿泄气。在这条漫长的出版流水线上，只要有一个人是大场的走卒，这篇稿子就会被扣下。至于出版部那方面，朋子没有一个熟人。

排版只不过是按流水作业的方式安排工序，所以，他们不见得会看稿子的内容。问题的焦点是在版面决定以前的版面设计阶段要打校样，等总编辑审完校样才能打成纸型，铸造铅版，上轮转机付印。

"总编辑看校样吗？"

总编辑是大场派的"监军"。倘若在总编辑看校样时被发现了，即使整理部和印刷车间都是越智的老部下，事情也会败露。失望的情绪就像掉在水里的墨滴，一点点地在心里扩张开来。

"我有个绝妙的办法。"

浦川爽朗地说，就像要把掉在水中的墨滴舀上来似的。

"什么办法？"

朋子马上精神一振。

"把这份稿子排成一个方块活版，拿去给总编辑审查的校样方块里装上一篇不疼不痒的假消息，等到打纸型时再换成我们那篇稿子。"

"您的意思是让总编辑看那篇假校样？"

"是的，这么搞肯定没问题。"

"在印刷阶段总编辑不抽看吗？"

"一看完校样，总编辑就回家去了。何况现在又平安无事，他不会待到报纸印出来再走。你放心吧，我会想法让他看完校样就回家。"

浦川说着说着，逐渐充满了信心。

机会一直没有。不是浦川担任值班编辑时，整理部来了大场的党羽，就是值班编辑和整理部都是自己的人时，印刷方面又不理想。印刷工人虽说很少有人看稿子的内容，但是，因为事情非同小可，需要安排得万无一失。到处都有敌人在监视着。

在这期间，浦川也四处活动，进一步查证材料，以期万全。敌方毫无察觉。

他们对自己多年来的统治完全放心，万万没有想到竟有人正在自己的脚底下挖一个很大的洞。

九月二日晚上，机会来了。浦川打来电话说，稿子准备在第二天的晨报上发表。

"今天晚上，整理部、校对、印刷等所有的人员都是前任社长的老部下。你等着明天早上晨报上的好消息吧。明天早晨，羽代市将会闹个天翻地覆。"

浦川的声音直发颤。朋子很想立即去告诉味泽，可是，他没在家，无法跟他取得联系，事情的内容又不能托人转告。

"反正明天一早他会知道的，现在不告诉他，让他吃一惊吧。"

朋子心里想着味泽看到晨报时的惊讶神态，不禁独自笑了。

走出报社后，朋子的心情如释重负，轻松极了。总编辑看到校样以前，她还是惴惴不安。现在，校样已经平安地通过了总编辑的审查，剩下的只是等待晨报印出来了。

羽代河改修工程的违法勾当和废河处理的贿赂事件一旦被揭露出来，大场家族就要遭到无法估量的打击。正因为建设省也牵连在内，其他的报纸当然也要随着动起来。假如《羽代新报》把这些丑事报道出去，舆论的风波是不会平息的。

震撼大场家族根基的"炸弹"，已经送到各销售店，分发就绪，数小时后，将要发送到县中央地区的每一家。

大场家族修筑的巨大长堤将打开一处缺口，她仿佛已听到了崩

溃的轰响。

"爸爸，我们动手干了。"

朋子面对着深夜的天空，喃喃自语。

天空浓云密布，不见星斗。从黑暗的天际深处，似乎传来了爸爸那"干得好"的赞叹声。

朋子非常想见到味泽。这些材料本来是他发现的，所以一定要先告诉他。味泽可能已经从外边回到家了，但几次联系，结果还是没联系上。

味泽的房间没有电话。由于夜深人静，麻烦房东叫他一下吧，她又不好意思。

"今天晚上，情况特殊嘛！"朋子自言自语地说着。

她打定主意，准备去他的寓所跑一趟。毁灭报社命运的战斗正在秘密地进行着，在这种时刻，朋子不愿再使用报社的汽车。


## 四


九月三日凌晨一点半，浦川发出了报纸最后版的稿子。稿子是经过秘密联系好的整理部的编辑野中之手送到拣字车间的。如果是普通的稿子，通常是在纸带上穿孔，然后再由单式自动排铸机浇排。不过稿子一到这里，工艺就复杂了，所以把它送到了一如往昔的"手工"拣字车间。被人们叫作"方盒式"的专栏消息，直到现在还是用人工来拣字。拣字车间当然也都是越智茂吉派的人。拣字、排字结束后，要进行一次小样版的程序，按各篇稿子分别打出单篇校样——人们通常把它称为"条样"——送去校对。

经过校对的单张校样，陆续汇集到了安排报纸整个版面的版面设计部。版面设计部一面考虑版面的样式，一面把编辑（整理）、监场人员和版面设计人员共同搞好的文字版、照相版、凸版等拼在铁框里。版面设计搞完后，打整版清样。这份清样的篇幅和报纸的版面一样大小，由总编辑来做最后审定。

原越智派的拼版人员，用排在方盒版内的假材料打出假的整版校样，送给了总编辑。

总编辑只略一过目，便简简单单地签了字，于是制版工序到此结束了。

经总编辑签字的整版校样，从机器上被卸下来，打成了纸型。最后卸下的版面，几乎都是第一版或社会版。

打纸型以前，拼版负责人把铁框的四周拧紧，然后为了清除版面的污垢，把铅字清洗干净，平整版面。这时在场的有整理部的人员、拼版负责人和他的助手三人。在这段操作时间，必须把那篇真正的稿子换上去。

朋子那篇稿子已经准备妥当，它的篇幅整理得完全和填空的专栏消息一般大小。

经浦川暗地说好的整理部的野中和当天晚上的拼版负责人木村两人递了个眼神——他们俩都是越智社长时代的老部下。正当这时，活版部的电话响了。

"田冈君，你去接一下电话。"

木村指使助手田冈去接电话，他知道电话是浦川打来的。因为在场的只有田冈不是越智派，所以浦川打来电话，故意把田冈从现场支开了。

转眼工夫，那块方块的版样就换好了。

"啊！没到这儿来。喂，听不清楚！啊？我不知道啊！"

电话那儿，传来了田冈这样的答话声。当他回来时，那块方块版已经调换停当，打纸型的人已经来取打过清样的版了。

这时候，田冈突然歪了歪头，因为他觉得第一面的专栏消息那

部分，比其他地方好像高出了一小截。

不过，仔细一瞧，并没高出来。

或许是神经在作怪。田冈一转念，顺着标题往下看了两三行，神色突然大变。


深夜，大场一成家的电话铃声宛如哀鸣似的响了起来。他的枕头旁边摆着三部电话机，全都是通他的心腹秘书的。电话的号码只有极少数的几个人知道。电话铃经过精心的改装，控制了音量，但大场还是立即醒来，顺手把耳机拿到耳旁。

对方考虑到时间关系，故意压低了声音。

"什么？"

大场虽然刚刚从睡梦中惊醒，但他的话音却丝毫没有流露出半点儿倦意。

"会长，我向您报告一件大事。"

在对方压低的声音里，隐藏着惊讶的口气。大场缄口不语，催促他说下去。

"买羽代河滩地的事，被人察觉到了。"

"你说什么？"

这句缺乏抑扬感的问话，却有点儿颤抖了。

"《羽代新报》的印刷工人私下跑来报告说，有人把买羽代河滩地的问题写成了新闻报道。"

"他们是怎么把这种稿子送到报社的？"

"眼下正在秘密调查，可能是偶尔钻了检查的空子。"

"那么，那篇消息是给扣下了吧？"

"没有，因为他来报告时，最后版已经上了轮转机付印啦！"

"马上停机！"

"印刷机一停，最后版就印不出来了。"

"混蛋！无论如何也得把那篇消息给我扣下。为此，即使报出晚了，也没关系。"

大场突然暴跳如雷。

"这件事要是被写成报道传播出去，后果是不堪设想的。稿子的出处等以后再调查，现在要全力以赴扣压那条消息。这种刻不容缓的事，根本就无须等候我的指示。赶快！快！"

大场把惊恐的秘书训斥了一顿。他挂断了秘书打来的电话之后，紧接着又拨了几部电话的号码。接电话的，都是大场一伙的头面人物。尽管已是午夜时分，但他还是想把本族的人召集起来，对发生的紧急事件采取对策。

"老板，您怎么啦？深更半夜的！"

一个睡相很难看的年轻女人不安地翻动了一下身子。她叫美代，艺伎出身，虽然愚昧无知，却天生一副供男人寻欢作乐的绝妙身体。最近得到大场的赏识后，她一直在大场的卧室服侍大场。与其说是情人，毋宁说是发泄性欲的工具。像这样的"情人"，大场另外还有三个，不过她现在最得大场的宠。

"没你的事，睡吧。"

大场宽言劝慰着睡眼惺忪的美代。看到美代那鬓松钗落的睡态，他忽然觉得心里有些异样。

"这回可要有些麻烦……"

大场对体内涌上来的欲望咋了咋舌。以前，在发生事件临出门前，也曾有过这种感觉。每当这时，事件就一定变得更加复杂。

这似乎是他的本能发出的警报，而且从以往的经历知道，这种欲望以后暂时不能尽兴地发泄了。

# 第七章　颜色奇特的茄子

## 一

"爸爸！爸爸！"

味泽在睡梦中听到赖子的呼叫，立即从深沉的梦境中惊醒。赖子正在一个劲儿地摇晃着他的身体。

"赖子，你怎么啦？"

他看了看放在枕边的手表，时针刚过凌晨三点。赖子的脸色异常紧张。

"朋子姐姐在喊您。"

"是朋子吗？嘿嘿！你在做梦吧，深更半夜她怎么会来这儿呢?"

赖子侧耳听着远方的动静,再三争辩说:"可是,我已经听见姐姐的声音啦。"然而,话音一停,夜的静谧又充满了味泽的耳鼓。

"哪有什么声音?可能是你的神经发生了错觉,快睡吧!现在不快点儿睡,明天你又该犯困了。"

"不是错觉,真的是姐姐在喊您。"

一向听味泽话的赖子,现在却一反常态,与他争辩起来。

"那么,她到底是怎么喊的?"

由于赖子再三争辩,味泽作出了让步。

"她呼喊'救命'。"

"喊'救命'?"

"姐姐可能让坏蛋抓住了,受坏人欺负呢,我真害怕。"

由于内心的不安和恐惧,赖子的面孔显得分外阴郁。自从失去记忆后,她的直觉变得敏锐起来。也许是记忆力残缺的那部分使得她的神经某一部位相应地变得敏感的缘故,近来,她的预感很准确。

对这幼小的心灵来说,莫非是残酷的亲身经历一时给她增添了一层精神感应力不成?正因为会出现这种情况,所以味泽对赖子的再三争辩也不能置之不理了。

"既然你坚持这么说,那我出去看一下。"

"爸爸,我也去。"

"你在家等着吧,出去感冒了可不好。"

"您带我去吧!"

赖子又执拗地恳求他。

"这孩子,真没办法!好吧。你多穿点儿啊!"

他们来到外面,一股寒气朝他们扑来。节令虽然刚刚进入九月上旬,但是因为这个地方是一个群山环抱的盆地,所以一到夜晚,

气温就下降。"父女"俩虽然来到了外边，但他们却没听到路上有什么动静——既没有车过，也没有犬吠，万籁俱寂，杳无声息。或许是因为浓云笼罩着，天空中看不见一丝星辰的光亮。

"什么也没有呀！"

"可我真的听见了。"

"在哪儿？"

"说不上。"

"真糟糕，到哪儿去找呢？"

一层薄雾飘然而过，像是要把木然呆立的他们俩裹起来。正当这时，远处传来了狗叫声和人的走动声。

"在那边！"

味泽本能地觉察到在那个方向发生了什么变故。一群野狗在远离道路的灌木丛里狂吠。味泽拔腿就跑，跟在他身后的赖子怎么也赶不上。

味泽回头对上气不接下气、喘得瘫软在地上的赖子劝慰说："你回家去等着好啦。"说完，马上又一个劲儿地朝前跑去。现在，他也确实相信，不知是什么灾祸降临到朋子身上了。

虽然不知道发生了什么事，但是他相信有个异乎寻常的事件确实发生了。他相信赖子的直觉。他觉得离狗群很近。野狗见有人跑来，一哄而散，逃之夭夭。一棵柞树底下，躺着一个人。夜色深沉，看不太清楚，但好像是个女人。

"朋子！"

味泽喊了一声，没有回音。躺在黑暗夜色中的人没有丝毫的反应。顿时，一种绝望感塞满了整个胸腔。味泽极力忍耐着，把倒在地上的身躯抱了起来。深夜的树下，漆黑一团，但是在把那人抱起的一瞬间，味泽认出了她就是朋子。不过，朋子四肢松弛，像偶人一般没有半点儿生息。

味泽强打精神，克制住内心的惊悸，把耳朵贴在朋子的胸口。心脏已经停止了跳动。朋子是被坏人拖拽到这儿惨遭杀害的。那是刚刚发生的事，她身上还保存着余温。罪犯肯定还没有逃远。

月亮淡淡的光线透过树枝射了进来，似乎从云缝悄悄偷窥。光线虽然有些微弱昏沉，但它驱散了黑暗，使现场的惨状呈现在他的眼前。朋子身上的衣服被扯得稀烂，这说明她被夺去的不仅仅是那宝贵的生命。

是谁，又是为什么杀死她？

一股无名的怒火在胸中燃烧。朋子大概是在去味泽家的途中遭到袭击的。在这种时候，她急着要来味泽家里，那肯定是发生了什么紧急的事情。

为什么在来之前不打个电话呢？味泽曾再三嘱咐过她，千万不能夜里一个人走路。难道事情紧急得连打电话的空儿都没有吗？

估计敌人事前发觉了这事，便突然袭击，灭了她的口。敌人暗杀朋子，也许是因为朋子的急事如果让味泽知道了，会对他们的处境大为不利。

不过，深更半夜的，朋子能有什么要紧的事呢？

味泽的头脑里乱成一锅粥。他拼命地喊着朋子——虽然知道怎么喊也不会起死回生了，但他还是不由自主地喊着。

最初的惊悸和愕然的冲击刚一停息，味泽便开始考虑下一步应该采取的行动了。首先得报告警察。虽然他知道羽代市的警察不可靠，但也不能不报案。

敌人也许是和警察串通一气的，应该搜查、缉捕罪犯的警察，保不齐会站在罪犯一边，想方设法把事件掩盖下去。

不过也不能排斥警察的介入。因此，在警察到来之前，必须尽一切可能保持现场的原状。由于赖子的直觉，味泽最先来到了现场。事件发生后，时间还未隔多久，因此，罪犯的遗留物可能会原

封不动地保存下来。

在昏暗的月光下，味泽忍住满腹悲念，查看了朋子的遗体。朋子的脖子周围，留着用手掐过的痕迹，好像是罪犯在奸污朋子之前用手掐过她的脖子。尸体僵硬，面部表情痛苦得变了样。身上的衣服被撕得稀巴烂，这足以证实在她遭受疯狂的凌辱时进行了殊死的抵抗。由于月光暗淡，看不清朋子临死之前的痛苦表情，这总还算是精神上的一个安慰。味泽面对朋子那惨不忍睹的尸体，眼前一片昏暗。由于惊悸和愕然，他那麻木了的伤感，这时才渐渐地苏醒过来。

朋子在遭到罪犯的凌辱和惨遭杀害时，一定是拼命地喊味泽。她那绝望的喊声，被赖子灵敏的听觉给捕捉到了。假若这声音再稍微早一点儿听到的话……

滚滚泪珠涌泉般地流下来，洒落在朋子的尸体上。朋子的容颜完全变了样。这不单单是因为临死之前的痛苦，也许是由于她受到粗暴的凌辱，使她那纯洁的身心遭到彻底摧残。在罪犯的强暴下，绝望的朋子感到无比愤怒和悔恨。她拼命挣扎，怒斥罪犯，使她的样子变了形。

尤其是朋子下半身的衣服，被撕得稀烂，足以说明她进行了殊死的抵抗。裙子已被撕破，内衣像纸似的被撕成一条一条的。查看本来是为了搜查罪犯的遗留物，但是味泽再也看不下去了。

也许是朋子的抵抗使罪犯起的杀机。她不愧是一位值得赞扬的女性，甚至不惜用生命来维护一直为味泽保存下来的青春。

"朋子，你告诉我，究竟是谁干下了这种惨无人道的事呀？"味泽又一次向那无声无息的朋子问道。

味泽想，如果不掌握一些真凭实据就交给警察去处理的话，罪犯的犯罪痕迹，势必会被他们永远掩藏起来。

然而，在夜色深沉的灌木林中进行观察，根本就找不到任何线索。

"罪犯是谁，请你告诉我吧！"

味泽在喃喃自语中，突然脚尖碰到一个软绵绵的东西。

"什么东西？"他把视线投向地面，原来是一个茄子掉在地上。为什么在这个地方有一个茄子？这一带是大片以柞树为主的灌木林，没有一块茄子地。看来，这个茄子分明不是附近的，朋子也绝不会携带它。这么说，这个茄子是罪犯带来的？

味泽似乎觉得朋子在指点他说，这个茄子就是搜查罪犯的线索。月亮躲进了云层，收起了把四周照得微明的光辉，四野又拉起了黑沉沉的帷幕。

味泽决定向警察报案。然后，他还有一件最不乐意去干的事，那就是把朋子受害的噩耗告诉给她的母亲。

# 二

根据味泽的报案，羽代警察署的搜查人员很快赶到了现场。搜查队长是竹村侦探长。一开始，竹村就以一种先入为主的有色眼镜看待事件的首先发现者——味泽。

现场又是在离味泽家不远的灌木林中。竹村想，以前他们俩曾携手合作，悄悄调查过井崎明美的死因，莫非由于什么原因，后来两人闹别扭了，使味泽杀死了越智朋子？

事态的发展对味泽有些不利。因为味泽无法向警察报告，赖子有超人的灵敏听觉，才跑到现场的。

"这么说，你是深夜三点时分，偶尔路过这儿才发现尸体的？"

竹村的语气尖刻严厉，就像在跟罪犯说话一样。

"我不是已经对你说过了嘛，我是因为听到一群狗乱叫，才跑

到这儿查看的。"

"你说狗啊，这一带野狗多着呢。喂！你听到了吧，现在还在远处乱叫呢。每当野狗一乱叫，你都要一一去查看吗？"

"那次野狗的叫声，同往常的不大一样。"

"我要问的可不是野狗的事。这儿离你的家很远，并不是仅仅听到一点儿狗的叫声就特意跑来查看的地方。夜那么深了，你为什么还在这一带转来转去？"

"那……那是因为朋子说要来，我是来接她的。"

"当初你可没有这么说呀，而且深更半夜的，她到你那儿是有什么事吗？"

"什么事不可以呢？我们俩要想见面的话，什么时候都可以。"

"好啦，这事一调查就明白了。直到让你走之前，你是不能离开这儿的。"

竹村的脸色好像在说：马上就要揭下你的假面具了。东方的天际呈现出一片鱼肚白。验尸和现场的勘查，决定等天色大亮以后再进行。

最初，竹村似乎在深深地怀疑味泽。不过，在味泽身上没有一点儿与被害者激烈抵抗的痕迹相吻合的东西。因而，在警察的监视下，姑且允许他回一次家。

味泽已经把在现场拾到的那个茄子隐藏起来了。他回家一看，赖子仍没有睡，还在等着他。

"爸爸，姐姐呢？"

赖子似乎极力忍耐着幼小心灵中的不安。味泽没法告诉她真实情况，他觉得即便她终归会知道，现在也还是应该让她睡觉好。

"稍微受了点儿轻伤，现在到医院去了。没什么要紧的，你安心睡觉吧！"

味泽撒了个根本不对路的大谎，不过赖子那双圆溜溜的小黑眼珠似乎已经准确地感觉到了越智朋子身上发生的不幸，她顺从地点了点头。也许这个聪明的少女已经体察到，倘若揭穿了他的谎言，会使他越发难受。

打发赖子钻进被窝后，味泽重新观察起那个从现场捡回的茄子来。假如这个茄子是罪犯丢掉的，那么，罪犯为什么要带着这么个玩意儿？

味泽仔细地观察那个茄子。突然，他睁大了眼睛。他看见茄子表面上隐隐有血迹，用纸一擦，虽然色泽变了许多，但的确像是血。

味泽懂得了茄子的用途。茄子是罪犯拿到这儿的。罪犯不仅仅凌辱朋子，而且还用茄子糟蹋了朋子的身体。

朋子的灵魂也许是忍受着奸污和耻辱，给味泽暗示茄子是这个罪犯留下的唯一物品。在味泽的内心深处，燃起了一股炽烈的无名怒火。这个茄子上凝集着朋子的恚恨。她是想以茄子为媒介，向味泽倾吐些衷曲。

这个茄子不仅是朋子恚恨的结晶，也是已经说不出话的朋子揭发罪犯的证据。

朋子想借茄子倾诉些什么呢？

这个茄子是最常见的蛋形。形状很普通，但光泽却很差。尤其是它的表面，仅一侧像个茄子似的，呈浓紫色，另一侧呈淡白色，像是人的半边脸被阳光晒黑了似的。

也许是因为生长在阳光偏照的地方，才出现了这样不正常的颜色。对茄子的观察只能进行到这里，如果求助于这方面的专家，也许还会了解到更多的东西。

味泽暂时搁下了对茄子的考察，打算稍微睡一会儿。他知道明天，不，已经是今天，似乎将是严峻的一天。房间里亮了，远处传来了鸡叫声。味泽明知道睡不着了，但他还是钻进了被窝。

验尸和现场的勘查，从上午八点三十分开始。当然，味泽作为首先发现者，也被叫到了现场。现场在灌木林中，离味泽的家大约三百米左右，距道路约有三十米。被害者好像进行了相当激烈的抵抗，脚印杂乱，树枝和草都被弄断了。脚印乱纷纷，是好几个人的。

"你随随便便地进入现场，把现场的原状全给破坏了！"

竹村怒斥味泽。

"正因为我来到了现场，才发现出事了。除了必要的脚印以外，我并没有到处走动。"

"不管怎么说，这些脚印即使除了你的以外，也不像是一个人的呀！"

"罪犯是几个人吗？"

"还不能断言，不过，那种可能性很大。"

刚一说完，竹村好像觉得自己说了些多余的话，于是，他命令味泽：

"待会儿还有好多事需要问你。别妨碍我们工作，你要在一旁老老实实地等着。"

越智朋子的尸体情况是：头朝东北；脸避开正面，扭向右侧的地面；上身向右弯曲着；胸部朝天；右手的形状就像要抓什么似的；胳膊肘儿弯着；手心朝上，放在右耳旁边；左手顺着上身向下伸去；两脚好像被人给劈开似的；膝盖以下向外张开着。

罩衫、裙子被撕得稀烂。下身的内衣被扒下去，扔在脚旁。脸色呈暗紫色，两眼紧闭。一检查两眼的眼睑，发现结膜上有明显的溢血点。

脖颈两侧留有手指甲掐过的痕迹。右侧自上而下是拇指和四指，左侧则是四指和拇指，指印历历可见。这些指印说明，凶手是左手在上，双手掐住颈部，把朋子硬给掐死的。

竹村把味泽叫过来："让我来看一下你的手！"

味泽立即明白了他的用意。根据指印的痕迹，可以推算出罪犯的身高。

"还在怀疑我吗？"

"如果你想要尽快抓住罪犯的话，协助一下也可以吧。"

"不过，这不简直是拿我当罪犯了吗？"

"这是对照检查。推断罪犯的指纹和脚印时，我们要从所有可能出入现场的人那儿取得资料，然后再一一加以排除。最后剩下的就是罪犯的。"

竹村硬把味泽拉来，比对了他的指印。幸而，味泽的手指比罪犯的指印大了一圈。

"如果手指正好相符，我就肯定被你们弄成罪犯喽！"

"你要知道，还没有排除对你的怀疑，因为犯罪者的脚印是复数。"

"算了吧，朋子惨遭杀害，我比谁受到的打击都重。你们把我当罪犯，可是，我来到这儿并不是被警察叫来当证人的。"

"那么，你为什么在这儿？"

竹村的眼睛闪现出一种略带疑虑的神色。

"在这儿监视你们！"

"监视？"

"完全对！因为我不明白现在的警察究竟是站在市民一边，还是站在罪犯一边。"

"你说什么？"

竹村的脸色刷地变了。

"朋子是新闻记者，她正在调查一件事。这事如果公布出去，对罪犯是很不利的。所以他们用惨绝人寰的手段灭了她的口。这不单单是杀人案，在杀人的背后，有个大人物在操纵。我希望警察坚

决搜下去，不要让大人物牵着鼻子走。"

"你是说我们警察是大人物的傀儡吗？"

"但愿不是这样。"

"这个大人物是谁？"

竹村的脸涨得通红。

"我要是说出来的话，下一次就该要我的命啦！"

"我们绝不允许你光凭主观臆断瞎说一通。"

竹村怒喝一声，但他并没有进一步深究，也许是味泽的话戳到了他的痛处。

越智朋子的尸体在羽代市立医院进行了解剖。解剖的验证如下：

一、死因：用手掐住颈部，窒息。

二、自杀或他杀：他杀。

三、死亡的推定时刻：九月三日凌晨两点至三点之间。

四、奸淫与否：发现阴道内积存着至少是两人以上的混合精液；处女膜破裂；外阴部有裂伤，大腿内侧有压痕和擦伤。认为至少是两人以上用暴力轮奸。混合精液的血型无从判断。

五、尸体的血型：O 型。

六、其他参考事项：在被害者右手的拇指和食指的指甲缝里，夹着可能是加害者身体被挠破处的皮肤片（B 型）。

结果，指纹和血型都不一样的味泽（O型）从嫌疑对象中被排除了。

味泽估计，朋子受害的原因就在羽代河滩地的问题上。

造反的企图被敌人识破了，于是，他们便发动了先发制人的攻击。奸污朋子竟好几个人一齐下手，这恐怕也有恫吓味泽的意思。

这样一来，似乎已经明确了大场家族就是罪犯。实际向朋子下手的，可能是中户家的流氓，然而，真正的罪犯是大场家族。

羽代河滩地的不法行为，只有在报上加以抨击才会取得效果，而且，才会产生证据价值。

现在还处于揣测阶段，只有被夺走河滩地的丰原浩三郎一个人的证言，力量还不够。

再者，那些土地是丰原浩三郎已故的儿子的。儿子死后，继承遗产的儿媳妇，又已在表面上按法律把土地转让给了中户家经营的不动产公司。

在朋子身上到底发生了什么事？味泽决定首先去走访一下朋子生前曾提到的越智茂吉一手培养的部下——社会部的编辑。给《羽代新报》打电话一问，他没有到报社来。味泽问"是没有上班，还是生病休息了"，结果是根本摸不着头脑。

费了许多周折才打听到他的住所，味泽前去登门拜访。浦川探出一张憔悴不堪的脸说道：

"啊，你是味泽先生啊，以前常听朋子提到你。"

"我正是为了朋子的事来的。由于朋子惨遭杀害，我正在四处查访，想方设法掌握哪怕是罪犯的一点儿情况。看样子，那天晚上，朋子是在从报社回家的途中遭到袭击的。在她回家以前，发生了什么事吗？离开报社后，她似乎没有直接回家，而是向我的公寓走去了。"

"造反失败了。那天晚上，原越智派的人都凑在了一起，于是

为了能把羽代河滩地的丑闻登在报纸的最后版上，就把这消息打好了纸型。正当这时，这事被大场一伙发现了。因为我的行为是反报社的，所以当即给免去了编辑的职务，命令在家反省。其他参与的人也都受到了处分，大概不久就会下最后通牒的。朋子也遭到了大场一伙的报复。"

"果然不出所料！这么说，那天晚上，她是想到我那儿，告诉我造反失败的消息。正好那天我整日外出，到处走访，所以没有和她取得联系。"

"不，当朋子离开报社时，事情还没有泄露呢。她离开报社是在凌晨两点左右，那时，刚刚听到校样通过总编辑审查的消息。"

"他们发现造反时是几点钟？"

"我想是凌晨三点左右。拼版时，有大场的人在场。在最后版上版后，被人密告了。"

"这么说来，袭击朋子，并不是对造反的报复呀！"

"你是说——"

"根据解剖，推测死亡的时间是凌晨两点至三点。我赶到现场时，她身上还有一些余温。即使敌人在凌晨三点时发现有人造反，立即采取了行动，对袭击朋子来说，时间也还是不够的。"

"可不是这样！"

"朋子的罹难，是否与造反没有关系？"

"那么，又是谁想杀死她呢？"

"不知道。浦川先生，您和她在同一个报社工作，有没有线索可以了解到有人对她心怀怨恨或对她特别关心？"

"虽说我们在一个报社，但科室不同。若说她的私生活，您应该比我知道得更详细。"

浦川的眼睛里露出了新闻记者那股爱琢磨的神情。

"不，我一点儿也不知道。不过，我认为她不会有秘密的私生活。"

解剖的结果虽然没有公布，但是，味泽从竹村的口吻中已经察觉到，根据解剖，似乎判明朋子是个处女。特别是她和味泽结识以后，她是一心一意爱味泽的，味泽对这事也满自信。

朋子和味泽同心协力，想对迫使父亲死于非命并篡夺了父亲报社大权的大场一伙给予痛击，因而她根本不会有充裕的时间背着味泽再搞一段秘密的私生活。

"味泽先生，断定朋子的死和造反没有关系，可能为时尚早。"浦川好像突然想到了什么似的说。

"尚早？"

"是啊，朋子小姐一直在调查羽代河滩地的秽行，敌人恐怕是知道的。"

味泽点了点头。对羽代河滩地的不法行为的了解，是他们调查井崎照夫是否为了领到保险金而杀人一事时意外取得的"副产品"。

中户家曾袭击过味泽。那时，他们还不会知道味泽和朋子已获得了"副产品"，可能是打那以后，他们从朋子调查、证实的活动中知道了这事。

或许是……味泽又想到另一种可能性。敌人为了迫使味泽停止调查保险金杀人案，才杀死了朋子也未可知。

即使暂且不谈河滩地的问题，味泽和朋子共同寻找井崎明美尸体的情况敌人也是知道的。

正因为朋子是新闻记者，敌人才惧她三分，何况她还有一段父仇，因而敌人可能把她看成了眼中钉。袭击朋子的那天夜晚，碰巧是造反事件泄露了的那天夜晚。

不管怎么说，由于见到了浦川，他弄清了一点，即朋子并不是因敌人对造反的直接报复而遭到杀害的。

# 三

"井崎，你这个家伙干了一件多么愚蠢的事！"

井崎照夫被突然叫来，遭到竹村的怒斥后，呆若木鸡地站在那里，也不知道自己为啥惹起了他的暴怒。在竹村看来，井崎这是在假装懵懂。

"我们袒护你也得有个限度。这回县本部的警察到这儿出差啦！"

"竹村先生，县里的警察究竟为什么到这儿来？"

井崎终于找到了一个反问的机会。

"你别装糊涂！"

"不，我真的一点儿也搞不清。您的意思是说，我做了什么事了吧？"

"你可是个出类拔萃的演员啊！这么高明的一个演员，为啥要做那样的蠢事？这回你可再也没法逃避了。"

"所以，我要问，我到底做了什么事啦？"

"你是要我讲吗？万万没想到你发疯发得竟然要杀害越智朋子。"

"您，您说什么？是我把越智朋子……"

这一下子，井崎脸上刷地没有血色了。

"事到如今，还在装疯卖傻，晚了！"

"等……等一等！竹村先生，您真的认为朋子是我杀害的吗？"

"不错，完全是真的，我是确确实实这样认为的。"

"别开玩笑啦，我还没有蠢到要杀害朋子的地步！"

"不是你杀的，那你说是谁杀的？前些天才刚刚告诉你说越智的女儿和人寿保险公司的外勤员合伙，四处调查你老婆的车祸事故。大概是越智的女儿掌握了你否认不掉的证据吧！于是你就灭了她的口。不要再给我添什么麻烦了。既然杀了人，县警当然是要来的。我找你来，对我来说也是在玩儿命呢！"

"竹村先生，您等一等。请您相信，我真的没有杀她。您想想看，即使是杀了越智朋子，还有比她更要紧的人寿保险公司的那个小子呢！即使把她干掉，也毫无益处，我还没有那么愚蠢。"

"两片嘴反正怎么说都可以，你大概是想干掉女的去威胁保险公司那小子吧。"

"可真够呛，我真的没有杀害她呀！如果这时我再去杀人的话，那么，费了九牛二虎之力才装进腰包的那笔保险金，岂不落个竹篮打水一场空嘛！"

"哼，反正是走钢丝才弄到手的钱。为了保住这笔钱，就再走一遍钢丝呗！"

"竹村先生，请您原谅我，我也在报纸上看到了那件凶杀案。报纸上说罪犯有好几个，而且还轮奸了她。女人，我有的是。我哪里会去干那个！"

"因为在你的手下，还有一大帮打手呢。"

"竹村先生有点儿血冲上头了，不是吗？"

"你说什么？"

"不是吗？假如我是罪犯，绝不会干强奸妇女而又把不容否认的罪证留在女人身体里的那种蠢事。即使让部下去干，也是如此。不管怎么说，这可是关系到六千万日元啊！我是不会干那种马上会遭到逮捕的愚蠢的杀人案的。我和竹村先生已经打过多年交道了，直到现在，您见我干过哪怕是一次这样的蠢事吗？"

"那，那……"

"那种杀人案不是我们这种人干的，至少不是我们行当的人干的，这我可以断言。即使是部下的打手，为了在关键时刻不至于留下不干练的遗痕，平素就已给他们足够的金钱和女人，而绝不会让

他们去轮流搞一个女人，干那种下流的勾当！"

"不是你们干的，那么，你认为究竟是谁干的？"

竹村一开始的气焰被压下去了好多。经井崎一说，他顿开茅塞，觉得把井崎当作罪犯，是有点儿勉强。

"这我也不知道。不过，在这个镇上，一心想要玩弄女人的小伙子有的是，您不妨从这方面来调查一下。"

"这不用你说，我已经调查过了。不过，还不能排除你的嫌疑。眼下，可得老实点儿。"

"我向来都没不老实过，是一个善良的市民。"

## 四

朋子一死，味泽完全失去了精神上的支柱。他来到羽代也是因为朋子在这儿。现在，就连待在羽代的意义也没有了。就是说，随着朋子的死，他也失去了在一个新的地方重新开始人生的意义。

不过，味泽并不打算马上离开羽代。虽然在失掉朋子的同时，他也被抽去了精神的支柱，但是，他却把追踪糟蹋、杀害朋子的罪犯，当作了他姑且活下去的动力。

眼下，作为嫌疑的对象，他想到了四条线索：

一、与羽代河滩地的不法行为有牵连的中户家和大场家族。

二、企图隐蔽为领取保险金而杀人的井崎照夫。

三、以前曾袭击过朋子，但由于味泽的干预而失败的流氓。

四、偶尔路过的人作的案。

第一条线索，据《羽代新报》社会部的编辑浦川的说法，姑且排除在嫌疑对象之外。

第二条比第一条有力。但是，若说为了阻止味泽调查有关保险金问题而杀害了朋子，有点儿离题太远，危险性太大。

第三条，流氓袭击朋子时，遭到味泽的干预，情欲未能发泄。由于偷袭受阻，从而更加垂涎三尺，随时都在窥伺机会。有这种可能，这是比第一、第二两条都有力的理由。第四条差不多与第三条同样有力。但是，这对没有搜查权、没有力量组织搜查的味泽来说，简直是大海捞针。

味泽手头上唯一的线索就是那个茄子。只有这个茄子知道罪犯是谁。这个茄子上镌刻着朋子的恚恨和蒙受的屈辱。

为了不使茄子腐烂，味泽把它冷藏起来，并查访了相应的专家。一个叫前岛的客人偶尔告诉他，F市有个研究马铃薯的权威。

"他是农林省的地方机关——农业技术研究所的室主任。这位先生专门研究马铃薯的疾病。听说在这方面，他是个权威。据人们讲，他的研究不只限于马铃薯，还研究其他种类繁多的植物病。所以我想，他对茄子也会很有研究的。这位先生滑雪滑得好，听说年轻的时候还是个飞速下降的选手呢！我是在滑雪场上认识他的，需要的话，我给你写封介绍信吧。"这位客人热情地说。

"那么，就请您帮忙吧。"味泽恳求他。

如果是F市的话，大场家族的影响很小，这倒是蛮好的。

"不过，你可不要劝人家加入人寿保险。"客人叮嘱了味泽一句。

"奇怪，你这个保险公司的人员，怎么会对茄子那么感兴趣呢？"

不摸底细的前岛迷惑不解地说。

保险公司的外勤员到处转，办公桌根本不沾边。即使是个人的事，也可以借个由头，假公济私，何况是追查杀害朋子的罪犯呢！说不定还会牵扯到诈骗保险金的事。

味泽到了 F 市，事先也没有约定。他豁出去白跑一趟，去碰一碰这位专家。

前岛的介绍信起了作用，这位酒田隆介博士高高兴兴地会见了他。在递给他的名片上写着：农业技术研究所植物病理部线状菌第一研究室主任、农学博士。

虽然不到滑雪季节，但是他的皮肤被太阳晒得黝黑。这是一位年近五十岁、胖墩墩的淳朴的绅士。

"是前岛先生介绍您来的吗？好长时间没见到他了，他的身体可好？"

酒田博士爽朗地和他攀谈起来，对他的突然来访丝毫没有露出厌烦的样子。为了慎重起见，味泽带着没有保险公司名称的名片，因为有些人只要一听到"保险"二字就马上表示谢绝。

"冒昧登门，失礼得很！我有一件事想请先生帮忙。"

初次见面的寒暄话刚一结束，味泽立即开门见山地说明了他的来意。

"什么事？"

"就是这个。"

味泽把装在塑料容器中的茄子递到酒田博士的面前。冰冻已经完全融化了。

"这个茄子怎么啦？"

博士疑惑不解地看着茄子。

"它的形状似乎是常见到的，但是色泽不怎么好。我想，它是不是染上什么病啦？假如是有病，那么它染的是什么病？根据它的病状，这个茄子生长的地点又是哪里？诸如此类的事，我想弄清楚。还望先生多多指教，因而不揣冒昧，前来拜访。"

"噢，这个茄子的病？"

酒田先生惊奇地打量一下味泽，又看了看茄子问道：

"您的工作是种茄子吗？"

"不，我是搞保险工作的。"

"一个搞保险工作的人对茄子……"

博士的脸上现出了好奇的神色。

"是我的未婚妻被人奸污后杀害了。"

"被人奸污后杀害了？！"

博士吓得张口结舌。他似乎对这句突然蹦出的、与这个研究所毫无关系的有关凶杀案的话，一时无言答对。

味泽简要地讲了情况。不把这种情况说出来，就不会得到博士的帮助。

"噢！原来您的情况是这样啊！"

听完之后，博士长吁了一口气。

"可是，如果是这样的话，那就应该把茄子交给警察才是！"

为了语意圆满，博士像用温和的口气告诫似的又补充了一句。

"正如我刚才说的那样，我是不忍心把罪犯当作工具来奸污我未婚妻的茄子摆在警察们冷酷无情的观察之下。我的这种心情，想必您是能够理解的。"

"是啊！"

博士点了点头："不过，您既然委托我了，我也要进行冷酷无情的观察呀！"

"务必请您帮忙——先生对她不会有警察那种成见。"

"我要先明确一点：假如你比警察抢先一步查明了罪犯的话，你准备怎么办？"

酒田博士注视着味泽的脸。

154

"那时……"味泽吸了口气，接着说，"去报告警察。"

"要是那样的话，我愿为你帮忙。"

酒田博士这么一说，味泽的脸色豁然开朗。他心里想，来碰一下还是对的。

"先生，从这个茄子可以推断出它生长的地点吧？"

味泽像是苦苦哀求似的问。

"在某种程度上是可能的。给植物带来影响的原因确实多种多样。概括分析一下，首先是非生物性的原因，有土壤、气候，譬如说阳光照射不足；风霜雷雨的灾害；农耕作业，譬如农药灾害；工业，譬如矿物毒素、烟害、污水等。其次是生物性原因，有动植物，譬如鼠类、虱类、霉菌、藻类的灾害。最后还有病毒。以上种种原因中，仅一种原因给植物带来影响的情况倒是很少见，每每都是两种以上的原因交错着。正因为难以彻底分析复合性的原因，所以，从受到综合性影响的植物本身来推断它的生长地点，是相当困难的。"

"原因可真够多的呀！其中，土壤带来的影响怎么样？"

味泽一心想知道的是茄子的产地。

"这个，不管怎么说，俗话说得好，土壤是植物生根、吸收养料的基础，土质的肥瘠直接影响植物的生长。所以，从植物的营养状态看，可以在一定程度上推断出它生长的土地。植物生长要有必不可缺的要素，其中人们称之为肥料三要素的氮、磷、钾，就是植物最需要的养分，而这些元素往往不足。此外，镁、硼酸、铁、锰、锌、铜、钼等在田里也常常欠缺。可是，这些要素也不可太多。譬如西红柿的长势不好，叶子发黄，这是缺少氮肥，但如果硫酸铵追得太多，会只长枝叶，不结果实。"

"从这些现象中，可以了解到缺氮的土地，还是多氮的土地！"

"对！植物生长的土地，如果必需的要素过多或不足，当然会打乱正常新陈代谢的周期，出现养料不足症。不过，正像同一家族即使过着同样生活，每个人的体格也不一样似的，尽管是同一土地上的植物养料不足症，其原因也并不简单。只要略一观察，就会想到是肥料要素的不足、各要素在数量上的不匀、土壤的物理性质太差等情况。"

"那，您说土壤的物理性质太差是怎么回事？"

"比如说沙土地，肥料跑到下面去而停留在植物最关键的根部。"

"除了土壤的条件，还要受方才先生说的那些气候、病毒的影响吧？"

"对！我们把植物由于种种原因所受到的影响分为病害和灾害。"

"您是说……"

"比方说，像马铃薯的叶子变黑而枯死、卷心菜腐烂而发出恶臭那样，植物对病因所表现的反应，就叫作病害。而像风把树枝吹断、虫豸咬了菜叶这类情况，叫作灾害。"

"先生，您看这个茄子怎样？"

味泽看准了火候，渐渐把话转到问题的核心上去。

酒田博士用放大镜慎重地观察着茄子说："这个茄子的品种属于蛋状小品种，乍一看觉得色泽不好，但它似乎并没有什么病。茄子在瓜菜中，病虫害不多，只是有时染上叫作二十八星瓢虫的马铃薯害虫，或是生些蚤虱之类的小甲虫。主要的疾病有青枯病、立枯病、绵疫病、褐色圆星病、褐纹病等。但是，这个茄子似乎什么病都没染上。"

"两侧的颜色深浅不一，这是什么原因？"

"这显然是茄子的着色异常。继西瓜、西红柿、甜瓜之后，茄子是光饱和值较高的作物，所以，日照的不足会使它发生生理障碍。"

"您说的光饱和值是……"

味泽一听到从未听说过的术语便愣住了。

"哦，这个光饱和值嘛，它是表示即使光照再多，也不能再摄取光的养分这么一个限度的值。光饱和值低的植物，不论生长在光照条件如何优厚的地方，都不能充分利用。就是说，越是光饱和值高的作物，就越发喜欢阳光。这个茄子是光照不足。"

"这么说，它原来是生长在背阴的地方了？"

"不，不是说背阴。两侧的着色并不是不均匀，这说明阳光只照到了它的一侧。"

"那么，您认为这个茄子生长在什么样的地方？"

"夏天的野外，晴天时，有时阳光可以超过十万勒克司。茄子的光饱和值是四万勒克司，所以，生长在野外的茄子是不会发生着色异常现象的。"

"这么说来，不是在野外？"

"很可能。若是在玻璃、塑料薄膜的温室里，由于既吸收阳光，又反射阳光，室内的光量会减少百分之六十至九十。如果覆盖的材料脏了，光量更要减少。因此，在日照不足的温室里，光降到光饱和值以下，栽培的植物有时就会出现意想不到的生理障碍。"

"那么，这个茄子可能是栽在温室里，由于阳光不足才发生着色异常现象的吧？"

"可以这么设想。而且，它是生长在温室入口附近的。"

"您怎么知道呢？"

"这个茄子不是一侧呈通常的深紫色，而另一侧呈淡茶色吗？这是因为它生长在入口附近，阳光只能照射到它的一侧。埼玉①的园艺试验场调查茄子的着色和温室的覆盖材料的光质的关系时，明

----

① 日本的一个地名。——译者注

确了三百六十至三百八十纳米的近紫外线的透过率，对构成茄子色素的果皮花色素的含量会产生很大影响。以前我也曾见过栽在塑料棚里的茄子发生和这个茄子极为类似的着色异常现象。"

"那是个什么样的塑料棚?"

"是用聚酯树脂为主要材料的纤维强化玻璃板盖的棚子，近紫外线几乎一点儿也透不过去。"

"去找一间和它相同的温室就行啦!"

味泽跃跃欲试。

"现在，已经明确了这种覆盖材料是不透近紫外线的，其实这种温室是为数不多的。"

"您是说使用聚酯树脂覆盖的温室吗?"

味泽仿佛这回可抓住了敌人的尾巴尖。

"一般来说，判定植物体受到的影响，要观察生长在同一地区的同一类物质或其他类物质来断定。这种茄子现在只有一个，因而，只好凭它来断定了。这个茄子可否暂时先放在我这儿?"

"可以，正是为了请您观察才拿到这儿的。"

"或许还潜伏着肉眼看不见的疾病。植物的疾病像婴儿的疾病一样，它自己是不会诉说症状的，必须用肉眼观察之后，再用显微镜检查。根据情况，还必须进行病原菌的培养检查、理化学的检查和血清学的诊断。"

"和人一样啊!"

"是啊，几乎没什么差别。正因为这样，你的未婚妻也怪可怜的。那些罪犯用植物来搞那种不正经的勾当也太可恶了。"

作为一个植物学家，博士对罪犯充满了愤怒。

# 第八章　来自过去的特异功能

## 一

朋子被害后，大约过了一个月，味泽被赖子的班主任叫到学校去，并对他说："我想跟您谈谈赖子的事。"

家长被老师叫到学校，这不是一件寻常的事，何况赖子又不是个一般的孩子。虽然上学没什么影响，但是，学校里却一直在风言风语地说赖子是个记忆不全的孩子。莫非是由于这种关系出了什么问题不成？味泽是忐忑不安地来到学校的。

"您是赖子的父亲吧？在百忙中让您跑一趟，很抱歉。"

"这孩子让老师费心了。由于工作忙，一直也没能到学校来。

赖子她发生什么……"

"不，这也许是件值得庆幸的事。不过，由于我一个人无从判断，所以想跟您谈谈。"老师以一种略带困惑的表情说。

"您说是件值得庆幸的事……"

"最近，赖子在家有什么变化吗？"

"要说变化嘛，她本来就是一个古怪的孩子。不过，就像已察觉到朋子遇害似的，最近，她的神经确实变得敏锐起来。"味泽谈到这里，老师果然不出所料地点点头："最近赖子在家很用功吗？"

"您也知道，她没有母亲，我又不能整天守着她，学习嘛，跟以往似乎没什么两样。"

"特别是在最近，她是否拼命地用功起来了？"

"也没见她怎么特别用功。"

"是吗？"

老师点了点头，然后把事先准备好的一沓纸片递给了味泽。

"这是什么？"

"这是赖子一年来的考试答卷。"

"赖子的考试答卷？"

"您看一下吧！最近赖子的学习成绩特别优异。尤其是这一沓儿，是最新的单元考试答卷。在六个科目里，竟有四门是满分，其他的也都在九十分以上。同上学期期末考试的平均分数六十二分相比，这是很大的进步。不用说，她是全班的尖子。刚转到这所学校时，她的成绩几乎是最次的，所以，她的进步简直令人难以相信。"

"尖子？"

一听说是尖子，味泽也吃了一惊。赖子的直觉虽然很敏锐，但她毕竟是一个对过去的一切已经忘却、在意识的表面宛如蒙盖着一层薄膜的令人捉摸不透的孩子。即使在一般的情况下，从岩手县人口过稀地区的学校转到 F 县最大的城市——羽代市的学校，在学习

上也难免要落后一大截。

味泽虽然和她生活在一起，但是，赖子是怎样学习的，又是怎样克服了自身的不利条件，从最次上升到尖子，他却一点儿也不知道。

"说实在的，最初看到她的答卷时，我也不相信。因为上课时，特别是在最近，并没有看到她有明显的进步。即使在讲课时，她也老是沉浸在自己虚幻的主观世界里。如果不点她名的话，她从来不主动发言和举手。"

"这么说，是不是作弊了？"

"不！不！她不会作弊的。如果作弊的话，不会各个科目都取得这样好的成绩。"

照理说，如果赖子作弊，老师是不会说出"也许是值得庆幸"那番话的。

"那么，到底是怎么回事？"

"我问赖子时，她说是看见了答案。"

"看见了答案？"

"是啊，她说只要定睛仔细一看考题，在考题的下面就能看到答案，照着一抄，差不多就没错。"

"大概是记住习题的答案了吧！"

"眼下只能这样认为。不过，即便是押题，也不会全都押对的。如果把出题的范围全都记住的话，那记忆力也实在太惊人了。何况算术还要出应用题，单凭记忆是答不上来的。"

"……"

"赖子的学习成绩有了进步，这是值得高兴的。不过专为这个，倒也不必特意把您请来。因为，最近还有一些令人担心的事，所以……"

"还有什么事？"

老师似乎话里有话，味泽听起来有点儿惴惴不安了。

"每一个月，班里要举行一次晚会，叫'游艺会'，由学生主办。在晚会上，每五六个要好的孩子组成一个小组，演些小节目。对啦！那叫小型文艺会。每个小组的剧情在开幕前都是保密的，为的是一开幕让大家大吃一惊。现在的孩子思路开阔，连大人都想不出来的点子，他们偏能想出来。一个小学生竟能演出像讽刺洛克希德贿赂事件之类的小喜剧。不过，孩子们有点儿不喜欢赖子，因为赖子一在场，游艺会就变得毫无意思了。"

"那又是为什么？"

"在剧情刚一到高潮或有趣的场面时，赖子一个人又是拍手，又是哈哈大笑，过了一会儿，大家才鼓掌叫好。因为这样的情况一再出现，所以其他的学生觉得扫兴透了。"

"莫非赖子早已知道节目的情节了？"

"大家起初似乎也都是这样想，可是，各个小组的演出计划绝对保密，绝不会泄露出去的。我一问赖子，她说是在看戏的时候，一些有趣的场面，她事先就知道了。"

"事先就知道？"

"昨天，我想您也感觉到了吧，大概是在上午十一点钟的时候，发生了一次人的身体有轻微感觉的地震。"

"您这么一说，我想起来了，是有过一次地震。"

"那时候，赖子在临震前就钻到课桌下面去了。当时，正好在讲课，所以，我就责备她为什么要钻到课桌下面，她说地震要来啦。'什么感觉也没有。'我说，'快出来吧！上课时，不许搞那些捉迷藏之类的小动作。'正说着，地震发生了。"

"是赖子预先感到地震了吗？"

"是的，全班同学谁都还没有感觉到，可偏偏只有赖子预先感觉到了。莫非在赖子的身上有一种能预感未来的异乎寻常的能力，也就是说好像是一种特异功能？而且，我觉得，最近这种能力出人

意料地突显出来了。听说这孩子记忆有些缺陷，是不是这种缺陷与此有关呢？于是，我想也许和家长商量一下为好，所以，把您给请来了。如果确实真有这种超人的能力，为了不引起社会的混乱，以致糟蹋这不可多得的罕见的能力，我想把它朝着正确的方向加以培养。"

味泽在听着班主任的话时，突然想起一件事。

"老师，这次考试是什么时候进行的？"

"九月中旬以后。"

那是在朋子被害后不久。那天晚上，赖子听到了味泽没有听到的朋子的呼救声。也许是从那天晚上起，赖子那特异功能有了异乎寻常的亢进。

"您想到什么线索了？"

班主任机敏地察觉到味泽的脸色起了变化。

"老师，您是不是认为赖子那孩子的特异功能与记忆力的障碍有关？"

在味泽问话的弦声深处，包含着另一种担心。

"关于这一点，我不是专家，所以也说不出个所以然来。不过，假如这种功能是在记忆力丧失以后才亢进的话，也许是有某种关系吧！"

"老师，不会有相反的另一种可能性吧？"

"相反的可能性？"

"直觉能力变得灵敏，那并不是对失去记忆的补偿，而是记忆力恢复带来的一种迹象……"

"赖子的记忆恢复了吗？"

"我也不清楚。不过，最近我隐隐约约地发觉有这么一种迹象。"

赖子时常注视味泽的面孔。她那目光虽然冲着味泽的脸，但那眼神却像在他的脸部后面窥视另一张面孔。味泽一注视赖子，她便像还了魂似的把视线移开了。

"啊，这么说来……"

班主任露出了仿佛想到了什么似的神情。

"老师，您是不是也想起什么来了？"

"我倒不清楚这是不是她恢复记忆力的证据，不过，她的眼神最近倒是变了。"

"眼神？"

"以前，即使在上课时，她也总是用焦点四散、蒙胧无神的眼光凝视远处。现在，眼神已经集中在一点上了，好像在努力想什么事似的。"

就是这种眼神。现在，赖子是想要从味泽的脸庞联想出另外一个人的面孔。

"她在学校有没有过像想起了什么事一样的举动？"

"如果想起来的话，她总会说些什么吧！现在，还没有看到有什么恢复记忆的迹象。"

"会不会是记忆正在一点儿一点儿地恢复着，而本人却默不声张呢？"

"为什么要沉默呢？如果忘却的一切重返脑际，那不正如大梦初醒吗？电影和电视里不是经常出现这种场面吗？比如从悬崖掉下去，或者头部撞在什么东西上，在那一瞬间，好像大梦方醒似的，记忆突然恢复的那种场面。可是，一点儿一点儿地恢复，也许会有这种情况吧！不过，我不是专家，我也说不好。"然而，味泽在想另一种可能性，即赖子的记忆已经恢复了，却瞒着他。

"哦！我突然想起来了，正好有一个很合适的人。"

老师接着又说了一句。

"您说的是……"

"我说的是我母校的一位教授。现在，他正在研究记忆的残缺和直觉的关系。假如向他请教一下，也许能弄清楚赖子的特异功能和记忆残缺的关系。"

"有这样的专家吗？那您一定得给我介绍一下。"

味泽从赖子的班主任那里打听到了一位研究记忆和直觉关系的专家。

味泽开始用一种与往常不同的眼光来看待赖子了。她的记忆或许已经恢复了。莫非她已经恢复了记忆力，而又佯装记忆力的障碍在持续着？是这种功能的亢进使她做出了如此这般的举动吗？

她为什么要这样做呢？那大概是因为记忆力的恢复一旦被味泽发觉，她的处境便会很尴尬吧！而尴尬的又是什么呢？

味泽思索到这儿，觉得脊梁骨冷飕飕的。可是，一个十岁的小女孩果真会装得那么像吗？味泽无从知道。总而言之，她是一个从悲剧中走过来的孩子，也不知这种经历会把她那纯洁幼小的心灵变得何等的狡黠。

自从班主任跟他谈话以后，味泽便开始注意到赖子在注视他。赖子的目光有时盯着他的脊背，而在夜里有时又悄悄地俯视着熟睡的他。等味泽意识到了，一回头或睁眼一看，原来赖子是在漫不经心地望着另一个方向，或者是在他的身边发出甜美的酣声。

一天早晨，味泽和赖子一起出门。离赖子上学的时间虽然还稍微早一些，但是，那天早上，因为有位友人约定这么早要见他，所以他们俩一同出了门。

乍一看，赖子对味泽十分亲昵。味泽和她说话，赖子也乐意回答。但是，味泽却疑神疑鬼，总觉得在赖子的目光深处，隐藏着另一种冷光熠熠的眼睛，而这眼睛又在死死地盯着他。

"赖子，近来你的成绩很好呀！"

味泽委婉地提出了这个话题，因为这个孩子机警得很，如果直撅撅地问，会使她把心扉关上。

"嗯！老师也觉得很惊讶！"

赖子受到了赞扬，心里美滋滋的。

"是不是有什么秘密？"

"没有什么秘密啊！考试前，只要仔细看一看教科书和参考书，在答卷上就能看到考题的答案。"

赖子的话，和班主任说得一模一样。

"那太好啦！爸爸怎么读书，也看不见答案呀！"

"不是读，是看！"

"是看？"

"对！是目不转睛地看着字。这样一看，那个字就印在眼睛里了。瞧！一看太阳什么的，它就会永远印在眼睛里。字也是那样印在眼睛里的。"

"哦——那叫作'残像'。不过，字的残像我还是第一次听到呀。"

"残像？"

"残像是停留在眼睛里的一种光。不仅仅是光，在光亮的地方一看什么东西，那个东西的形状也就印在眼睛里了。"

赖子并没有注意味泽的话。父女俩在人行道上走着。突然，赖子的目光被前方吸引住了。

"赖子，你在看什么？"

味泽对赖子的视线有些放心不下。

"爸爸，我们最好还是不要到那辆卡车那边去！"

大约在十米开外的前方，是个十字路口。正当这时，红色信号灯亮了，一辆大型卡车停在了一长串车辆的最前面。

"卡车怎么啦？"

味泽觉得这话大有蹊跷，但因脚下没停步，转眼就来到了十字路口。

"不能到那边去！"

赖子紧紧地拉住了味泽的手。

"不过十字路口，怎么到公司呀！"

"不行！不行！"

尽管赖子年幼力单，但是，由于她死死地拽着，味泽的脚步也就放慢了。就在这一瞬间，绿色信号灯亮了。卡车就像一匹脱缰的野马，向前猛一冲，突然向左来了个急转弯。由于弯儿拐得太猛，方向盘一时转不过来，卡车一下子滑上人行道，撞在路旁的石头墙上。

假如味泽不放慢脚步，一直向前走下去，他就会夹在卡车和石墙之间，被挤成肉饼。

味泽近在咫尺，被卡车撞碎的石头片飞过了他的身边。他的心脏咚咚直跳，呆然站立在那儿，老半天动弹不得。人们一窝蜂似的跑来问：

"你不要紧吧？"

"真是个十足的冒失鬼，如果再稍微靠近一点儿，人就被压扁了！"

"快叫辆救护车来，司机受伤啦！"

跑上前来的过路人和看热闹的人七嘴八舌地乱嚷一气。最初的震惊一消失，味泽马上出了一身冷汗。

好歹没有受伤，味泽便把善后事宜交给了那些赶来的过路人，自己匆忙赶路去了。他本来没有任何过错，因此也根本无须再去过问违章开车造成的后果。由于差一点儿被碾死，他倒是很想发几句牢骚。

"赖子，方才的事你是怎么知道的？"当走到将要与她分手的十字路口时，味泽才想到这件非常重要的事自己却忘记问了——他竟惊成了这个样子。

"我看见了。"

"看见什么啦？"

"卡车撞在石头墙上。"

"你……你拉爸爸的手时，卡车不是还停着吗？"

"反正我是看见了。"赖子坚持说。

"那么，你对未来……"话说了半句，味泽就没再说下去。

毫无疑问，赖子对未来的危险，在事前就已经觉察到了。"爸爸，尽量早点儿回来，再见！"赖子站在分手的道上，冲着味泽天真地笑了一笑。

这时，味泽可看清楚了，在赖子的笑颜里，有一道没有一丝笑意的目光正径直地向他射来。

## 二

由于赖子的特异功能好歹捡了一条命的味泽，在当天傍晚，又一次地体会到了赖子的特异功能对自己是何等重要。

这一天各报刊的晚报一齐报道了卡车撞墙的事故。因为受伤的只是司机一个人，所以无论哪一家报纸，报道的篇幅都很小。但是，味泽却被这条消息给深深地吸引住了。

撞墙的卡车是平安振兴工业公司的。平安振兴工业公司是中户家私自转包的公司，也是站在正面，为一手包揽收买羽代河滩地而奔波的代理商。

"狗奴才，把魔掌伸到老子身边来了！"

味泽觉得一股寒气侵袭着自己的肌骨。不，魔掌早就伸出来了。前些时候，他们就威胁味泽，让他撒手停止干预，现在他们终于赤裸裸地暴露出了干掉他的狼子野心。

幸亏赖子的特异功能，使他暂且躲过了第一道冲击波。但是，敌人是不会就此罢手的。

第一次攻击失败了，以后的攻击一定会越来越猛烈，越来越执拗。

然而，从敌人这样明目张胆地暴露他们的狼子野心来看，朋子的凶杀案，也是从大场那一条线上来的。

总而言之，大场已经公开地向味泽宣战了。在大场一手遮天的羽代市，如果遭到大场的挑战，无论如何，他是毫无取胜的把握的。

只要看一下大场一伙的第一次攻击，就可以知道手段如何高明。假如味泽丧生于那次事端的话，在谁看来都是一场交通事故。而那些调查现场的警察，又是大场的御林军，把那次肇事鉴定为事故，根本不费吹灰之力。

味泽正处在要作出重大选择的岔路口。越智朋子也死了，再也没有理由使他豁出命来继续留在羽代市了。调查井崎照夫图财害命的嫌疑案件，本来就是味泽提出来的，公司从一开始就不感兴趣。这样的调查，即使中途停下来，也算不了什么。自己单枪匹马，硬逞强和社会上的邪恶势力作斗争，那只不过是一种幼稚的英雄主义。

现在不逃，更待何时！怎么办？味泽扪心自问。朋子惨死的凄楚景象浮现在了他的眼前。难道就这样让杀害朋子的罪犯逍遥法外，自己却夹着尾巴悄悄地溜之大吉吗？难道调查井崎明美的死和羽代河滩地的不法行为，也就这样半途而废，而自己却怯懦地表示妥协，跑到能保全性命的小天地里去避难吗？

169

　　这样确实很安全，不会再有人威胁生命。对一个放弃了抵抗，已经逃离这个王国的懦夫，大场也不会跟踪追来。

　　不过，拿无条件投降换取的安全，难道不是俘虏的安全吗？倒不是大场的俘虏，而是人生的俘虏。从大场的势力范围逃出后，无论走到哪里，只要是怯懦地表示妥协而得到的安全，就会被打上怯懦的烙印，一辈子也摘不掉人生俘虏的这条锁链。

　　味泽正在苦于决断的时候，有人从 F 市给他打来了电话。

　　"喂！你是味泽吗？上次你留下的那个茄子，又查明了一些新的情况，所以跟你联系一下。"

　　耳机里传来了一个熟悉又温和的声音，是农业技术研究所的酒田博士。

　　"这点儿事，您还特意打电话来，太过意不去啦！"

　　味泽的注意力集中在赖子的问题和卡车的撞墙事件上，茄子的事，虽然是由他亲自拜托博士的，但现在却忘得一干二净了。

　　"后来，我仔细观察那个茄子，发现了新的附着物。"

　　"新的附着物？"

　　"是啊，是一种很小很小的蚜虫。"

　　"蚜虫是经常寄生在植物上吧？"

　　"蚜虫从各种植物中摄取营养，又在植物之间传播病毒。可是，这个茄子并没有沾染上病毒，只不过是某些别的物质和蚜虫一起粘在这个茄子上了。"

　　"是些什么物质？"

　　"是重酸钠、碳酸氢钠和黑色火药。"

　　"那些物质是化学肥料吗？"

　　"不，不是化学肥料。重酸本来是属于盐类的，在植物中，它分布得极为广泛。可是，在茄子上发现的重酸钠和碳酸氢钠，是经过分离后粘上去的。而且，在蚜虫的身上，同样也粘着大量的重酸

钠和碳酸氢钠，毋宁说是粘满了。"

"那究竟是怎么回事?"

"飞到田里有翅的，也就是带翅膀的蚜虫，有一种受黄色吸引的性质。现在正在研究利用它们这种喜欢黄色的特性，用黄色水盘来捕捉蚜虫。不过，这不是我的专长。钠在空中经过燃烧，冒出黄色火焰后，就变成了过氧化钠。"

"这么说，蚜虫是朝着空中燃烧的钠飞来，落到这个茄子上的?"

"和黑色火药联系起来看，有这种可能。如果闯入火中，那它就简直成了俗话所说的'飞蛾扑火'了。不过，这些蚜虫大概是在临飞进火焰之前，失去了继续飞翔的力气，落到茄子上了。"

"大概在什么样的情况下，钠和黑色火药才在空中燃烧?"

"这不是我的专业，所以，当时我也没有弄明白。我询问过这方面的专家，据说重酸钠和碳酸氢钠是用于烟花发色的，而黑色火药则是用于烟火爆发火花的。"

"是烟火吗?"

"要说羽代河的烟火大会嘛，是在每年的八月下旬举行一次。我虽然没去观赏过，但它作为这一地区规模最大的烟火大会，是闻名遐迩的。"

正如酒田博士所说，羽代的烟火大会，是这一地区夏季举行的首屈一指的具有传统性的活动。当天夜里，竟有多达十几万的人前来观光，不仅有从邻近的县、市来的，而且有打东京来的。今年的烟火大会是在八月三十日举行的。

"酒田先生，照这么说，这个茄子是长在烟火发射场附近的了?"

"若是发射到空中的烟火，火药的残屑会飞散到相当广泛的区域。但是，在塑料温室内的一个茄子上竟密密麻麻地落了那么厚的一层，那是不可能的。要是烟火的材料一部分未经燃烧就飞散在周围的话，是可以集中落在附近的作物上的。不过，这种钠盐究竟是不是烟火的材料，我还不能肯定。可是，把茄子和蚜虫结合起来看，我想有这种可能性。蚜虫在夜间是不大出来活动的。也许是蚜虫产生了错觉，把烟火当成了白天，受到黄色火光的引诱，才向火光飞去的。或许是烟火从白天起就开始发射了。不管怎么说，如果找一找烟火发射场附近的塑料温室，也许能了解到茄子的出处。我是这样想的，所以才告诉你一下。"

三

柿树村杀人大惨案的搜查本部，一直在半死不活地维持着。开始，因为是件从未有过的大惨案，县警察本部也投入了大批人马，拉开了一个热衷于搜查的架势。然而，时间白白地流逝，搜查丝毫不见进展。于是，他们只抽出少数的几个人来应付搜查。现在的搜查本部，可以说是一丝游气，徒具形骸而已。

然而，它并非是彻底的行尸走肉，实际上还执拗地活着，虽然没有什么生命力。

在生存部分的核心内，就有那位名叫北野的探员。搜查本部初建时，阵容庞大，后来又大幅度地缩编。在这样一个过程中，他是作为专职探员被留下的。他之所以被留下，也是因为他在这次搜查过程中表现出卓尔不群的热情而受到了上级赏识。

北野执拗地盯着出现在嫌疑线素中的味泽。

这是一场拼耐性的侦查。即便是那些犯罪行为得手的"成功者"，随着漫长时光的流逝，也必然会疏忽大意。所以，尽管作案作得不露一丝马脚，但是由于时过境迁，罪犯也会感到罪行已经与己无关了，从而安下心来。这时候，罪犯就会自然而然地暴露出犯

罪的证据，也就是只有作案者才会有的那种言行。

北野设下圈套，虎视眈眈地等待着猎物上钩。这要让罪犯丝毫也察觉不出来。这种搜查要花费几年暗中监视的工夫，等罪犯坦然地认为已无人追踪自己时，抓住他犯罪的破绽。

味泽一点儿也不知道自己正在被监视着。他开始了自己单独的行动。他接近朋子，好不容易得到了她的欢心，便与她同心协力，调查起羽代市区发生的交通事故来。后来又发展到对羽代河童津一带进行搜索。在此期间，朋子不知被谁杀害了。

当时，北野十分痛惜地以为这下子可糟啦。他认为罪犯一定是味泽。他虽然估计味泽之所以接近朋子，一定是和她的姐姐越智美佐子的被害有某种关系，但是，万万没想到就连朋子也被杀死了。

看来味泽和朋子是彼此倾心相爱的。假若味泽是罪犯的话，那他为什么要杀死朋子呢？莫非杀害姐姐的证据被妹妹抓住了不成？可是，接近朋子是味泽采取主动的，他如果不接近她的话，朋子不会知道世上还有味泽这么一个人。自己主动亮相，暴露自己是罪犯，然后又反手把被害者的妹妹给干掉，这也未免太离奇了。

北野懵然不解。朋子凶杀案发生在羽代署的辖区内，所以，北野对此无法过问。假如味泽有杀朋子的嫌疑，北野也还是可以以联合搜查的方式参加搜查工作的。不过，他还是索性躲在背后，密切注视着羽代署搜查罪犯的做法。他内心对羽代署总是有一种无法摆脱的不信任感，羽代署的行径有些可疑。在他巧设圈套盯梢的时候，这种可疑迹象越来越多了

现在，北野把羽代署也列为早晚要落网的猎物了。这绝不能让他们有半点儿察觉。

也不知是福还是祸，味泽从杀害朋子的嫌疑对象中被排除了。从这件事本身来看，他没有感到羽代署有什么失误。不过，看样子，羽代署多半是在敌视味泽，想把味泽搞成罪犯。

可是，若是搜查一桩杀人案件，县警也要参加的。羽代署的恣意妄为是行不通的。从嫌疑人的行列中姑且解脱出来的味泽开始了诡异的行动，似乎他自己开始搜查起杀害朋子的凶手来了。

一个杀人案的嫌疑人被卷进另一个杀人案中，并搜查那个杀人犯，这事确乎罕见，就连北野也没有经历过。

味泽并非在掩人耳目，他好像是在认真地追查罪犯。首先，味泽根本没有意识到北野正在追踪他，所以，也没有必要摆这种迷魂阵。

北野毫不含糊地盯着味泽的一举一动。他拜访了《羽代新报》的浦川，了解到朋子和味泽在调查中户家的大头目为领取保险金而杀人的嫌疑案时，发现了有关羽代河滩地的不法行为。他还从 F 市农业技术研究所的酒田博士那儿了解到有一个"来自烟火基地附近的塑料温室的茄子"。一个意想不到的庞然大物正在落进北野设下的圈套。

这些人知道北野不是羽代署的探员，便好心好意地协助了他。长时间地盯梢，对监视的对象反倒产生了感情，这是一种奇妙的心理上的倒错。

他对风道屯杀人惨案罪犯的憎恨丝毫没有消失。正因为这样，他才强烈地意识到自己盯梢的嫌疑人是"自己的猎物"。在亲手把他牢牢地抓住以前，他不希望第三者从中插手。现在，他倒想把味泽从敌视他的中户家和羽代署，也就是从大场的势力下"保护起来"。

也许是因为北野探员把这种心情坦率地告诉了浦川和酒田博士，所以，对味泽怀有好感的浦川和酒田二人才对北野探员给予了协助。

不管怎么说，一时销声匿迹的味泽又渐渐地活跃起来。他追查杀害朋子的罪犯和北野要搜查的案件究竟有什么关系，现在还弄不清楚，但是确有迹象表明，味泽潜伏不动时所没有的局面正在

出现。

　　北野把在羽代的搜查经过一一报告了村长警长。虽说村长负责搜查的杀人案件牵连到其他县警的情况并不稀奇，但要是和警察本身的腐败绞在一起，就不太好办了，所以他采取了慎重的态度。

　　现在，羽代署和中户家的勾结已是明摆着的事。可以这么说，羽代署是中户家的靠山、大场一成的雇佣军。

　　不过，警察内部的丑闻，即使在警察厅，也作保密处理，发生的件数等对外不公布。大场在 F 县的影响很大。F 县的县警也没有警察内部监督人员——监察官。可是，监察官室长只是一时把警视提升为警视正而已，升任署长一调职，警视正就又恢复成警视了。这也可以说是县警本身并不太重视监察制度的一个证据。

　　还有，经监察官调查，即使抓住了同僚的丑事，只要案情不那么严重，其处理也还是极为宽大的。监察本来是同僚监视同僚的"内部间谍"，所以，在警察内部也以白眼看待。如果正经八百地进行监视的话，那就更要遭到大家的厌恶了。监察室是在这种基础上建立起来的，所以，人们挖苦它是"遮羞室"。

　　警察内部的丑事本来就牵涉到一些棘手的问题，唯其如此，外县的警察对此几乎是毫无办法。

　　"这可是件挠头的事啊！"村长警长抱着脑袋说。

　　"这是我的猜测。情况似乎是，味泽对井崎明美的交通事故有所怀疑，在寻找她的尸体时，发现了羽代河滩地的不法行为。这事从附近的农民丰原浩三郎那里也得到了证实。这就间接地证明了井崎明美的尸体埋藏在羽代河童津附近。"

　　"不过，即使找出了井崎明美的尸体——可它和风道屯的案件有什么关系？"

　　"没有直接的关系。不过，我认为越智朋子是想在报纸上披露羽代河滩地的不法行为而被杀害的。那么，单枪匹马追查罪犯的味泽，对大场一派来说，不正是一个十分讨厌的眼中钉吗？味泽本来就是发现不法行为的祸首，是朋子的伙伴。"

"你是说大场想对味泽使什么坏吗？"

"嗯！现在，他们正在使着呢！"

"啊！已经动手干了？"

"中户家的一个叫作平安振兴工业公司的转包公司的卡车，想伪造一场交通事故把味泽轧死。味泽抢先一步察觉到了，才幸免于难。"

"那肯定是大场指使的吗？"

"虽然不能肯定，但和周围的情况对照起来看，即使说是大场出的坏点子，我看也无妨。"

"这可不得了！"

"头一次失败了，免不了要来第二次、第三次。不能指望和大场、中户家串通一气的羽代署会把味泽保护起来。毋宁说，羽代署正在一马当先，想把味泽干掉。"

"那我们该怎么办呢？！"

让自己负责搜查的杀人案的重点嫌疑人逍遥法外时，该嫌疑人却以一个受害者的身份卷进外县警察署所负责搜查的另一桩杀人案件以及跟警察纠缠在一起的丑闻中去，而外县的警察正想把他收拾掉——像这样的案件，真是从未听说过。这时候，假如味泽遭到杀害，那么，长时间悄悄尾随到现在的意义就荡然无存了。在通常的情况下，往往是和外县的警察署联合起来，共同搜查。但是，由于羽代警察署站在敌对一方，所以，是不能贸然行动的。

像村长那样的老手，竟也感到棘手了。

"等是没有白等，味泽又慢慢地开始活动了。在让味泽继续活动的期间，他和越智美佐子的关系肯定会弄清楚。"

"在此期间，假如味泽被大场干掉，那我们不就竹篮打水一场

空了吗?"

"所以,我们把他保护起来怎么样?"

"保护味泽?"

"对,还能有别的办法吗?"

"从来没有听说过警察把嫌疑人从其他警察的手中'保护起来'呀!"

"这当然是暗中行事。我们的行动要是让味泽知道了的话,那就没有尾随的意义了。当然,也不能让羽代署的人知道。"

"可是,能保护住吗?我们又不能多派人。"

"当然喽,如果人多的话,就让他察觉到了。我打算就由我一个人来追踪。"

"能行吗?"

"试试看吧。由于警察本部也派来了警察,所以,即使是羽代署,对调查杀害朋子的案件,大概也不会太冷淡吧。我们不妨借味泽之手,揭露有关羽代河滩地的不法行为。"

"请不要扯得离本案太远了。"

"不,那件事应该搞它个水落石出。"佐竹探员从一旁插话了。

大家的目光一齐落在了佐竹的身上。

"如果从羽代河的河坝掘出一具叫什么井崎明美的女尸的话,那么天下的耳目都会集中在这具女尸上。《羽代新报》前任社长越智那一派的编辑手里,也许还会保存着越智朋子交给他的新闻材料。在现阶段,这份材料虽然起不了多大作用,但是,假如和发现女尸结合起来,辗转登在其他报上的话,人们肯定会抢着看,而且也有说服力。河滩地的不法行为一旦真相大白,杀害朋子的罪犯一定会自我暴露。味泽将成为羽代的英雄。这就是我们奋斗的目标。"佐竹用他的那双翻着白眼的眼睛,向大家环视了一周。

"这不是兜了个圈子吗?"村长心平气和地反驳说。

## 野 性 的 证 明

"北野君虽然那么说，可是，我不认为仅仅北野君一个人就能把味泽从始至终保护起来。但是事实上，我们又不可能派出大量的保卫人员。可是，此刻，如果从羽代河的堤坝中找出一具女尸来，社会上的注意力就会都集中在这具尸体上，那么敌人恐怕也就来不及去陷害味泽了。还有，他们之所以想把味泽干掉，其目的也是掩盖羽代河的不法行为。因此，等女尸出现以后，再去把他干掉，那就没有什么意义了。这与我们的搜查工作固然没有直接关系，但是，我认为眼下这样做，是保护味泽最好的办法。"

"的确是呀！"村长赞赏地点了点头，"女尸能那么容易地找到吗？"

"关于这个，我倒有一个好办法。"佐竹捂着嘴微微笑了一下。

"什么办法？"

村长和全体人员的目光，一下子全部落在了佐竹的身上。

"我们亲自来搜查羽代河的河堤。如果是把尸体隐藏起来了的话，那一定是在井崎明美失踪前后施工的那一段堤坝中。我们就重点挖掘这一段。"佐竹满不在乎地说。

"挖开看？你……"

村长张开大嘴，由于惊愕，后面的话没能说出来。

要是在本辖区，倒还说得过去。可这是在外县警察所管辖的地区，又是为了一件与自己毫不相干的嫌疑案，那是不能随便挖掘的。

"要装得好像是与我们搜查的嫌疑案件有联系似的。"佐竹补充说，仿佛是在回答村长的疑问。

"不过，要是搜查，必须得拿到证件啊！"

搜查和验证是搜查工作中的一种强制手段，在采取这种手段时，必须要有法官签发的证件。

这种证件与人权有着重大的关系，搜查罪犯时必须要有这么一

个证件。因此，条文严格地规定这种证件只有在认为嫌疑人确实具有犯罪的嫌疑，或在搜查嫌疑人之外的人、物、住宅及其他场所时，在充分认定这个人和这个地方藏有应该没收的物件的情况下方可签发。此外，还规定对应该搜查、验证的对象，最好尽量具体地指出来。

可是，井崎明美的尸体隐藏在羽代河堤坝的推测，只不过是从味泽的行动中引出来的，即使在河堤里发现了尸体，和他们的搜查也根本没有任何关系。这么说来，纵然在管辖地区，也不会发给证件。

"不需要什么证件。"佐竹满不在乎地说。

"不需要证件？"

村长瞪圆了眼睛。

"以前不是没有证件也搜查、验证过吗？"

"那呀，那是在深山荒野中搜查。是曾有过没有证件的时候，不过……"

最近，杀人埋尸、把碎尸乱抛的"隐蔽尸体案"正在急剧增加。

"没有尸体的杀人案"是不能成立的。发现被害者的尸体，是检举罪犯最大的关键。所以，警察厅还规定了"强化搜查月"，各都、道、府、县的警察分别组织专业搜查班，彻底搜查眼下认为被杀的嫌疑十分强烈的失踪者。

"眼下刚好是'强化搜查月'，咱们管区里也有几个很有可能是被杀而下落不明的人，我们要拿这个作为幌子进行搜查。记得山梨县的警察为了挖掘被暴力集团杀害的保险人员的尸体，不是把收费道路也给挖掘了吗？"

"不过，那不是在我们的管区呀！"

"我们就说嫌疑人供认把尸体埋在羽代河堤坝了，不就行了吗?"

"没有这类的嫌疑人呀!"

"没有的话,我们就编它一个。"

"编一个?"

村长又一次瞪大了眼睛。

"对!有时我们上嫌疑人花言巧语的当,不是也要左一次、右一次地搞些毫无收获的搜查吗?有时嫌疑人自己竟把埋藏地点忘得一干二净了。在这种情况下,若是一次一次都去领证件的话,那就没法工作了。我们要是以这样的嫌疑人为幌子前去搜查,羽代署是绝对不会说出'请你们拿出证件'之类的话的。羽代署根本不知道我们搜查的内容,从互相搜查这一方针来看,他们也不能拒绝。假如法官在公审日进行验证,也不需要证件,而我们就扮演验证的配角。"

"这样干,可未免有点儿粗暴啊!"

"要是弄好了,或许连搜查都不需要。"

"那是为什么?"

"假如羽代署和井崎沆瀣一气——这种可能性是很大的——从羽代河的河堤里找出一具女尸,他们是要大丢面子的。由于他们已签发了事故证明,所以这不只是丢面子的问题,他们或许被认为是狼狈为奸。总之,假如井崎明美的尸体从堤坝里搞出来,羽代署会非常难堪。他们也许会和罪犯取得联系,在我们来搜查之前把尸体转移走。我们要是抓住这个的话……"

"可不是嘛,这种可能性大得很哪!"村长拍了一下膝盖说。

"要是用这一招能把尸体搞出来,那可是天上掉馅饼的事呀!"

"那我们就这么干吧!"

村长终于作出了让步。

　　他们秘密地调查了井崎明美五月二十三日失踪前后施工的那一段羽代河堤坝工程。由于已经有了味泽曾在河童津下游转来转去的目标,所以这次调查纯粹是走走形式。

　　搜查地点已经定好了,可他们还是给羽代署发了一道公函,内称:在贵管区羽代河堤坝水洼区砂田附近,很有可能埋着一具被害者的尸体,拟搜查之。羽代署认为这不过是外县的警察在向他们"打招呼",做梦也没有想到"柿树村杀人大惨案"的搜查本部竟找上门来搜查井崎明美的尸体了。

　　而且,羽代署一直还在相信井崎明美已随车掉进花魁潭里一命呜呼了。

　　然而,此刻却有一个大惊失色的人。羽代署搜查科科长竹村立即把他的部下宇野探员叫到了跟前。

　　"喂,这下可糟啦!"

　　"不过,井崎万万不会在那里……"

　　"不对,你去吓唬一下井崎,说眼前要搜查河童津,看一下他的反应。那家伙在那儿准是有不可告人的事情。"

　　"要是这样的话,情况可不妙啊!"

　　"不妙?太不妙了!试想,要是外县的警察真的挖出了井崎夫人的尸体,签发事故证明的我们就没有立足的地方啦!"

　　"能不能想个办法阻止他们搜查?"

　　"那怎么成啊!他们说有一具失踪者的尸体很可能埋在那儿啦。再说,眼下又是'强化搜查月'。"

　　"奇怪,为什么偏要埋在那个地方呢?以前可从来没听说过,两桩毫无瓜葛的案子的尸体,竟偏巧埋在了一个地方。"

　　"事到如今,说也白费。"

　　"一旦决定挖掘堤坝,那工程可浩大了!"

　　"只要是埋着尸体,不管是堤坝还是道路,就非挖开不可。据说对方怀疑的对象是在堤坝动工前埋进去的。"

"当然是那样喽！那我们该怎么办？"

"这样一来，问题就涉及我们的饭碗了。现在，只有让井崎转移尸体这条路可走了。"

"那个蠢货是不是真的把老婆埋在那儿了？"

"不管怎样，我们必须得把搜查堤坝这件事告诉那个蠢货。假如那家伙真的把尸体埋在那儿了的话，在搜查之前，他会设法把它弄走。"

"什么时候开始搜查？"

"听他们的口气，好像是从明天就开始。"

"那，不赶快的话……"

他们俩感到火烧眉毛，大祸临头了。


井崎照夫听了竹村的话，不禁大吃一惊。

"为……为什么岩手县的警察要挖羽代河的堤坝？"

"我不是已经对你说过了吗？那是为了搜查尸体。据说他们逮住的那个罪犯已经供认，把被害者埋在堤坝里了。"

"借口罪犯招供，外地的警察就能跑到我们的管区来搜查？"

"可以的。负责搜查的警察要对案子的全部过程负责，而我们只不过是协助而已。"

"那道堤坝是用巨额资金刚刚筑成的，难道就这样一声不吭地让他们给毁掉？"

"他们说是埋着一具尸体嘛！为了找到一具尸体，有时竟要耗费一千万元以上。"

"这些话，都是对方的一面之词。"

"井崎！"

竹村的怒喝声犹如响雷，猛击耳鼓。井崎吓得身子缩成了一团。

"你为什么那样敏感地搜查羽代河的堤坝?"

井崎紧咬着嘴唇。

"你老婆到底还是你杀的呀!"

"不,我……并没有……"

"事到如今,再装疯卖傻也没用了。为了不让岩手县的警察抓住'尾巴',你要赶快动手。那帮家伙从明天起就要开始搜查了,快想办法吧。为了不至于让人看出痕迹,还要把挖的地方修复成原来的样子。"

"竹村先生,你能放我过去吗?"

"我什么也不知道,只相信你的老婆像事故证明所说的那样死于车祸。"

"对不起,这个恩情我是不会忘的。我不会给您添麻烦的。"

"已经麻烦得够受了。赶快去,一分钟也不能耽搁!但是,可得悄悄地去搞。"

竹村虽然赶走了井崎,但是,他那内心的不安犹如笼罩天空的一片乌云,翻卷蔓延,难以抑制。他以一种动物似的直觉感到,这件事可能和无法挽救的失败已经纠结在一起了。

## 四

一个没有月色的深夜,飕飕的冷风掠过河面,迎面吹来。"山国"羽代市的秋天来得较早,冰冷的寒风宛如一把凶器凛凛逼人。时针刚过凌晨两点,远处稀稀落落的灯火已经消失,在一片黑暗的夜幕里,只有流水潺潺作响。

黑暗中,有几个似乎消融在夜色中的人影,从夜幕降临后就不声不响地伏在那儿,已经等待了好长时间了。

野 性 的 证 明

　　他们已经习惯于暗中监视，耐寒也有过锻炼。但是，今天晚上的暗中监视，他们总觉得与往日有些不同。猎物纵然上了钩，但这与他们负责搜查的案子并没有任何关系。正是为了保护自己搜查的猎物，才想出这个转移敌人视线的招来，所以，探员们在埋伏期间，一时竟不知道自己等待的是什么。

　　"那家伙真的会来吗？"

　　黑暗深处，一个人窃窃低语，这说明有人在这儿埋伏着。

　　"他们要是动手的话，肯定就在今天晚上，因为我们已经告诉了羽代署从明天起开始搜查。"

　　"不过，即使羽代署和中户家沆瀣一气，警察也不会伙同别人去杀人吧？"

　　"今天不来的话，明天我们就要开始搜查啦。"

　　"话虽这样说，但是，我们是不是对另一桩案子插手插得太深了？"

　　在探员们压低的声音里，带有一种疑惑和畏缩。

　　"没有办法呀！因为是这样决定的。甭管怎么着，要来就来吧！"

　　一个人抽了一下稀鼻涕。这时，从远方传来了一阵低沉的马达声。

　　"喂，来车了！"

　　"是那个家伙吗？"

　　"不知道，看看再说。"

　　探员们屏气凝神，注视着那辆在黑暗中迎面驶来的汽车。这是一辆小型卡车。卡车的加速器被控制着。它顺着堤坝顶上的道路缓缓驶来，然后在紧靠探员埋伏的草丛前停了下来。关了车灯后，从驾驶室里钻出两个人影。

　　"好啦，就在附近。"一个人影悄悄地说。

　　声音虽然压得很低，但由于四周极静，听起来非常清楚。

"混凝土好剥掉吗?"另一个人影问。从声音和人影的轮廓来判断,好像是一个女人。

"没问题,因为白天已经灌进去那么多腐蚀剂,它会变得像沙子一样松散。难办的倒是把挖掘的痕迹恢复原样。"

"打一开头我就料到会弄成这样,所以我一直反对弄死她。"

"完了,没有其他的好办法了,事到如今再说也白费。不过,只要把尸体弄走就没关系了,因为他们本来是为另一桩案件来的。"

男的仿佛再三安慰那个女人。他们俩走下堤坝斜坡,来到了修在堤坝内侧、河水上涨时就淹没在水中的平台上。

"我害怕!"

"挖掘的活儿,由我一个人来干,你到堤上给我张望张望。"

他们俩分手后,男人的身影开始在平台的一角用镐头挖掘起来。似乎不大一会儿,他就挖到了想要找的东西。

男人的身影把镐放下,蹲在了地上。

"好,现在行动!"佐竹在草丛中说。

屏息埋伏着的探员霍地站了起来。把手电的光束冲着人影射了过去。

"在这儿干什么?"

北野的怒喝声犹如一支利箭射了出去。夜幕突然揭去,几道手电的光柱集中起来照了过去。那个男的"啊"了一声,木然呆立在那儿一动不动了。

由于丝毫也没有预料到有人埋伏着,他一时不知所措,连逃跑也吓忘了。这时候,另一名埋伏的人把卡车的退路给挡住了。

"咲枝快逃!"当他向他的同伴呼喊时,为时已经晚了。

井崎照夫和奈良冈咲枝在从羽代河的堤坝里挖出井崎明美的尸体时,双双被岩手县警署的埋伏人员给逮捕了,支吾的遁词已经失去了效果。

井崎顽固地沉默不语，但奈良冈咲枝却供认了。由于井崎明美从中作祟，妨碍她和井崎结婚，所以他们精心策划，为明美买了大额人寿保险，从而发了"死人财"。

"最初，打算连人带车一起扔进花魁潭里，由于明美中途起了疑心，拼命挣扎，不得已才把她给掐死了。由于明美的尸体留下了明显的掐死的痕迹，所以便把她的尸体埋在了正在动工的河童津附近的堤坝里。扔到花魁潭里的，仅是辆空车。"

"那时候，你（奈良冈咲枝）也在场吗？"

"明美知道我和井崎的关系后，闯入我的寓所，破口大骂。所以，那天晚上，我们撒谎说，三个人一起谈一下吧，于是把她给引出来了。"

"是你和井崎合谋把她杀死的吧？"

"杀人是井崎一个人干的，我帮他埋过尸体，并帮他把车子扔进花魁潭里了。井崎把车子扔到花魁潭里以后，坐着我的车子回到了市区。为了避免人们的猜疑，我们暂时没有会面。"

没有找到被保险人的尸体就轻率地签发了交通事故证明的羽代署的面子丢得一干二净。指挥事故调查的竹村警长和井崎照夫的关系虽然没有得到证实，但他们彼此串通一气之事，在任何人看来都已昭然若揭了。

村长对预料之外的"副产品"——实际上，从一开始就是冲着它来的——虽然尽力克制了对羽代署调查事故马虎草率的批评，但是，假如他们再认真调查的话，将会牵涉到整个羽代署的存亡问题。

然而，对这一事件比羽代署更要吃惊的，还另有人在。这个人就是大场一成。他立即召集手下骨干，仔细商量对策。

"井崎这个王八蛋，不知喝了什么迷魂汤，把老婆的尸体埋进了羽代河的堤坝！"

大场气得浑身发抖，在全体干部会上破口大骂。如果激起了他的怒火，即使他们这些人都是一方的头目，也休想在这个市镇再活下去。中户家掌帅印的中户多助（中户多平之孙）感到特别惶恐不安。

本应保卫大场的御林军，却在主人的脚下放起火来，御林军队长的责任十分重大。

"现在，对我们来说，羽代河有多么重要，你们知道吗？"

大场的心情非常不痛快。

"实在是抱歉得很，我一点儿也不知道。"

中户一个劲儿地低下头来谢罪。

"这难道不是为了区区六千万元的保险金，利令智昏，把社会上的注意力统统集中到羽代河的河滩地上了吗？如果连带把收买河滩地也给张扬出去的话，将会葬送我的一生。"

"不过，只是埋了一具女人的尸体，我想这也许涉及不到收买河滩地的问题……"

"混账！"

大场咆哮如雷。在座的人缩起了脖颈。

"收买羽代河的河滩地，它牵涉着我们全族的荣盛和衰落。所以，哪怕是稍稍惹起社会上的注意，也必须尽量避免才是。羽代市有的是掩埋尸体的地方，你的部下想把老婆弄死，还是想让她活着，这与我无关。可是，选来选去，却把尸体埋在了羽代河的堤坝里，简直荒唐透顶！要是羽代署的警察发现了，那还有的可说，偏偏让别处的警察发现了，根本无法挽救！"

"由于发现了尸体，我倒有件事很担心。"

《羽代新报》的社长岛冈良之好不容易找到了一个插话的机会。

"你担心什么?"

"据说岩手县的警察提出搜查,是因为他们怀疑另一桩案件中一名失踪者的尸体埋在羽代河的堤坝里,但是,当他们抓井崎时,是埋伏在那里的。"

"埋伏?这是怎么回事?"

"既然为了搜查另一桩案件的失踪者的尸体,他们又何须埋伏呢?他们伏击井崎,难道不是从一开始就冲着他来的吗?"

"岩手县的警察为什么盯上了井崎呢?"

"不知道。不过,假如他们为了另一桩案件搜索尸体的话,根本无须什么埋伏,干脆搜查不就行了嘛!"

"怎么知道他们盯上了井崎?难道井崎不是偶然掉进他们想捕获其他猎物的网里的吗?"

"一逮住井崎,他们就不再搜查了。假如井崎是偶然撞在网上的猎物,那么在逮住井崎以后,他们理应继续进行原来的搜查才是。"

"……"

"再说,时间也太巧合了。他们向羽代署提出第二天开始搜索的那天晚上,井崎落网了。"

"这么说,是岩手县警察设下的圈套?"

"是不是圈套,我不知道。假如是个圈套的话,八竿子都打不着的岩手县警察为什么要盯上井崎呢?这简直让人捉摸不透。但是,他们在通知羽代署的当天晚上就打了埋伏,这里有问题。"

"要是说岩手县的警察为井崎设下圈套的话,那就是岩手县的警察由于某种原因了解到井崎老婆的尸体埋在羽代河的堤坝里,而把他引诱出来的。"

"是这么回事。"

"羽代署为井崎老婆的保险金签发了事故证明。这样一来,岩

手县的警察就要怀疑羽代署和井崎狼狈为奸，否则，即便把搜查堤坝的事情事先通知给羽代署，那也不会引诱井崎上钩呀！"

大场一成的目光越来越咄咄逼人了。

"羽代署嘛，井崎提交老婆死于车祸事故的报告后，出于平素的交情，调查时，只是走了走过场就签发了事故证明。"

"井崎老婆的尸体埋在羽代河的堤坝里，羽代署大概是知道的，要不然，岩手县的警察设圈套就没有意义了。"

"要是一开始就知道是杀害的话，即便是羽代署，恐怕也不会签发事故证明。我想，羽代署是后来才知道的。"

"怎么知道的？"

"因为调查是经他们的手干的。事故证明下发之后，由于看到井崎的态度有点儿可疑，于是，就秘密进行调查或者是追问井崎，然后了解到尸体埋在了堤坝里。这时，事故证明已经签发了，所以，这事也不能张扬出去。而在这时，外县的警察提出要搜查堤坝，他们就慌了手脚，命令井崎把尸体转移到其他地方去，不是吗？如果在那个地方弄出一具已经签发事故证明的尸体，羽代署的信誉和威信将会完全丧失掉。"

"这是可能的呀！不过，岩手县的警察怎么会知道这些内幕呢？"

"这可真奇怪。岩手县的警察是经过埋伏才抓住井崎的，所以，他们是盯上了井崎，这大致不会有错的。"

"岩手县的警察抓住井崎，他们会有什么好处呢？这伙八竿子都打不着的警察，是从哪条线上窜到这儿来的呢？"

"这我们可一点儿也不知道！"

"羽代署为什么要允许这帮外县的警察来搜查羽代河呢？"

"那恐怕是不得已吧！从共同搜查的这条原则来说，如果对方请求协助，表面上是不能拒绝的。何况羽代署又不知道羽代河滩地上玩儿的把戏。说起来，他们好像是我们的御用警察，不过，他们毕竟还是警察，要是他们知道我们搞的把戏的话，也许他们是不能完全置若罔闻的。"

"连你也说搞什么'把戏'，不许这么说！"

"是，我无意中说走嘴了。"

岛冈慌忙闭上了嘴。

"真令人担心哪！"

大场一成眼望着天花板。

"您是说岩手县警察的一举一动吗？"

"是，买河滩地的事，莫非让这帮家伙从侧面给注意到了不成？"

"不会吧！"

"前些日子，险些让人给登上《羽代新报》。在那刻不容缓的紧急关头，只好停机扣下了那篇稿子。"

"对不起，这是我的疏忽。"

"那篇稿子的出处大概调查过了吧？"

"稿子是越智茂吉一手培养的部下、社会部的编辑浦川发的，这倒弄清楚了。但是，到底是从哪儿搞来的，浦川一直闭口不言。不过，最近，我们一定会查出稿子的出处。"

"越智的这个部下会不会给外界捅出去？"

岛冈的脸上掠过了一道突然受到责问的狼狈相。

"现在已勒令他停止上班了。我想，他个人捅到哪里去也没有人会理睬他。"

"是这样吗？岩手县的警察可能对那小子的话倒挺感兴趣。"

"买河滩地和井崎的车祸事件，是不会有什么关系的。"

"正因为是我们，才说没有关系。可是，在第三者看来，理所当然认为是有关系的。如果岩手县的警察认为此事与买河滩地有关

系而出面干预的话，事情可就麻烦了。"

"岩手县的警察为什么对和他们毫不相干的羽代河的堤坝感兴趣呢?"

"那我怎么会知道!"

质问的对象颠倒过来了，整个会场笼罩着一种压抑的气氛。

## 五

味泽领着赖子来到了阔别已久的东京。东京市容的飞速变化，使味泽觉得自己似乎已经变成"浦岛太郎"了。

这次来东京的目的是让赖子的小学教师相泽介绍的大学教授诊断一下赖子的特异功能。

赖子虽然瞠目注视着高高耸立的超高层建筑群和街道上洪水般的汽车，但是，她跟着味泽，并没有觉得不知所措。

"要留点儿神，这儿可不比羽代。"

味泽刚一说完，倒想起了在羽代自己险些被卡车轧死，多亏赖子救了他一事。

赖子初次来东京，步履坦然，镇定自若，这也许是她的特异功能在作怪。毋宁说，需要留神的倒是味泽自己。味泽暗自苦笑着。

相泽介绍给他的大学位于都下三鹰市。他们两从新宿乘中央线电车来到三鹰，在车站前叫了辆出租车。随着汽车的奔驰，透过车窗，沿途看到了许许多多武藏野当年的痕迹。东京畸形发展的机械化使味泽感到快要窒息般地憋闷，来到这儿才总算透了一口气。

大学的校园坐落在一片郁郁葱葱的树丛中。在学校正门的传达室里，一提教授的名字，传达室的人马上就给了他一张通行证，告诉他说，请到西侧的七号楼。

校内的学生寥寥无几。可能是受到学潮的影响吧，局外人走进校园，空气显得特别阴森。

出现在眼前的西七号楼，是一座古色古香的西式楼房，位于校园的最西端。在这座砖砌的二层楼的墙壁上，爬满了常春藤。与其说是大学的宿舍，倒不如说是遁世者的隐居之所。

经相泽介绍过的古桥圭介教授，正等待着他们的到来。

教授请他们进入的那个房间，与古香古色的外表很不相称，是一间现代化的西式厅堂。用钢材做的写字台、书橱、柜橱，都十分讲究地摆在非常适当的位置，使人感到是一间布置得极为方便的办公室。墙壁上贴着五花八门的图表和图解，看上去就好像是商品销售表和月份定额表似的。

"你们好！听相泽说了，我正在等着你们呢！"

古桥教授满面春风地走了出来。以前，味泽曾想象这是位脱离现实、埋头研究、不易接近的学者，但是，见面一看，原来这位教授像一位银行董事那样禀性醇厚、和颜悦色。他感到出乎意料，内心顿时坦然了。

教授年纪在六十岁上下，满头银发，但皮肤光润，显得分外年轻。

"是您的孩子吗？"

初次见面的寒暄过后，教授便用一双温和的眼睛望着赖子。大致的情况似乎已经听相泽介绍过了。古桥教授的目光和蔼慈祥，但在深处却蕴藏着探求真理的热情。那是学者独具的眼神。

古桥教授再一次听了味泽的详细介绍，简单地问了赖子几个问题，然后说："那么，检查一下看看吧！"说着，教授领着赖子向房间一角的屏风走去。

赖子不安地睨视了味泽一眼。味泽点了点头，表示没啥关系，去吧！于是，赖子便老老实实地跟在教授后面去了。

看上去像屏风的那个东西，原来是块屏幕，拉去罩帘，里面是一幅画，上面有一只狗在离食槽不远的地方蹲着。

"赖子，请看这幅画。上面画的是什么？"教授指着画问赖子。

赖子露出惊讶的神色说："画的是条狗。"

"不错，画的就是条狗。那么，你仔细看看这幅画，要目不转睛地看，直到我说'好了'为止。对！就是这个样子，好了！这条狗饿极了。在离它不远的地方放着狗食。好，请你再看一下。这回，你看见什么啦？"

经教授一说，重新注视屏幕的赖子"啊"地惊叫一声，猛地向后退了两三步。

"怎么啦？"教授问。赖子用一只颤抖的手指着屏幕说："那条狗站起来，走到食槽旁边，正在吃食。"

这一回，味泽大吃一惊。按理说，画面上的狗是不会动弹的，然而，赖子的行为却真的让人感到很惊讶。味泽想，莫非这孩子得了疯病，产生了幻觉？

古桥教授以沉着冷静的表情翻过了画。下面是一幅海水浴风景画。

"喂，这幅画画的是什么？"

"是海，人们正在游泳。"

"对！那么你仔细看看这个人。"

教授用手指着一个正在海面上游泳的人。

"这个人其实不会游泳，你瞧，这回怎么啦？"

凝视着画面的赖子顿时脸色大变。

"啊！那个人要淹死了，不赶快救的话，他会淹死的。哪位赶快去救救他！可不得了，怎么办啊？"

赖子开始惊慌起来，好像眼看就要淹死的人就在她的眼前。教授顺其自然地听着赖子的讲述，把海水浴的画翻了过去。下面是什么也没有画的白色屏幕，但赖子依然像看画似的口若悬河，喋喋不休。

"他好像痛苦极了，溅起白色的浪花。啊！又喝了一口水。已经不行了，头沉在水里，只有两只手还在水面上苦苦挣扎。哎呀！这回又游来了一条大鱼，不赶快救，鱼会吃掉他的。这条鱼满嘴锯齿似的尖牙，张着大嘴，嘴里通红通红的呀！"

赖子宛如在屏幕上看见了鱼吃人一般，把细微的特征描绘得有声有色。味泽只是在一旁茫然地注视着这种情景。

教授领着赖子离开了屏幕。如果不拉开她，她也许会无休无止地讲述"虚幻的动画"。

赖子离开画面后，脸上露出了非常遗憾的神色。教授叫来一位像是助手的人："我们有几句话要商量一下，请你领着这个女孩子到研究室去看一下。"说着，把赖子交给了他。房间里只剩他们俩后，古桥教授一边喝着另一位助手新沏的茶，一边说：

"大体上已经明白了。"

"先生，方才看画的幻觉，也是特异功能？"

味泽亲眼看到孩子讲述神秘的"连环画"，一时还不能从惊愕中解脱出来。

"那不是幻觉或者幻视。"古桥教授把茶杯放回办公桌上说。

"那么说……"

"因为只是泛泛地检查一下，所以还不能肯定。不过，我认为，赖子预测未来的功能可能是一种直观像。"

"直观像？"

味泽对这个陌生的字眼感到很惊讶。

"就是重现以前见过的某一事物的现象，连细节都能丝毫不差地回忆起来，鲜明地出现在眼前。直观像跟幻觉一样鲜明，但是，它当然没有实在的意识，所以，也不同于幻觉。"

"这么说，赖子看到的并不是未来的像，而是以前看到的残像之类的东西喽？"

古桥教授的话里夹带着好多学术用语，不太好懂，味泽把它理解成"残像"了。

"虽说和残像不一样，但是，它们却有着极大的相似性。不论是残像还是直观像，在'原刺激物刚一消除就立刻出现'这点上，可以设想它们之间有相似性。但是，直观像不仅仅是视网膜受刺激发生的直接残留效应，它很像是长期的记忆，在数周或数月后，还可能再次出现。而且，这是比较罕见的现象，在极少数具有直观像素质的人身上才会出现，并不是在每个人身上都会出现。所以，它也就是一种特异功能吧！"

"赖子是不是一个具有直观像素质的孩子?"

"在儿童时期，虽有强弱之别，但大部分儿童都会看到直观像。直观像的原刺激物对本人来说，必须是有趣的、欢乐的、稀奇的、伤感的、恐惧的东西等。它是一种随着年龄的增长，经过高等学校的学习和日常的生活，抽象思维一旦丰富就会迅速减退的现象。究竟是因为直观像的消失才能进行抽象的思维，还是抽象的思维使直观像衰退，这个问题还没有弄清楚。但是，也有些学者认为，这种现象更多地见于概念和语言形成迟缓、精神发育较晚的儿童。这种学术上的假设，根据从脑损伤的儿童中检查出许多这类现象的报告而得到了确认。接受这种观点的生理学家赫普，提出了这样的理论，即直观像的出现，是由脑损伤抑制皮质制止神经活动而引起的。"

"就像事前告诉您的那样，这个孩子亲眼目睹双亲遭到杀害的悲惨遭遇，打那以后便失去了记忆。这事是不是与直观像有关系?"

"把这事当作原因，不免为时过早。一般认为，记忆障碍有各式各样的类型和原因。如您所说，我认为赖子的情况是一种不能想

起原有记忆的逆行性健忘症，特别是对某种事丧失了记忆的选择性
健忘症。后来又有人提出研究报告说，脑损伤的儿童并不见得都经
常看到直观像，而且在学术上也还没有确定下来。大体说来，由于
损伤部位的不同，会出现种种症状。只要没有特别明显的症状，是
不能轻易确定为脑损伤的。为了作出确切的结论，必须在确定脑损
伤部位之后再进行检查。"

"可是，我刚才已经讲过，赖子可以预知测验的试题、地震，
并预先告诉我卡车要行凶肇事，救了我一命。这些也是过去看到的
事物的直观像吗？"

味泽还没有理解古桥教授的话——那分明是对未来的预知。假
如这是过去所接受的视觉印象的话，它怎么会和未来的事件联系起
来呢？

"一般认为，直观像有静止型和变化型两种。静止型的直观像，
看到的实物照原样静止着，即使偶尔发生变化，也无非是色影变黑
之类的变化。与此相反，变化型的直观像，要在实物上发生巨大的
变化。有时实物的运动、发展是无休止的。赖子就属于这一类型。
首先，她预知考试的试题——那不是预知，而是把亲眼看到的东西
不折不扣地再现出来。据说赖子曾讲过，她不是读书，而是看书。
这种现象属于静止型的直观像。考试时，精神上的紧张是形成这种
直观像的基础，不过考试是不能利用直观像的，一旦有了想要利用
的企图，直观像就出不来了。还有，在刚才的检查中，第一张画上
画的狗和食盆有段距离。因为在这里已经暗示这条狗空着肚子，所
以，狗向食盆走去了。我认为这张画在实物……也就是在画和直观
像之间形成电路，调节了从原因到结果的机能，进行了修正通信的
反馈。实物对象起了反促作用，在新看到的物品中加进了循序渐进
的诠释。另一方面，在这种反馈产生得相对困难，或根本不产生
时，就可以看到静止型的直观像了。"

"赖子预先知道的地震和危险也是受到反馈变化的直观像吗?"

他对教授迟迟不回答他极想知道的东西,感到有些焦躁。可是,在教授看来,这席话从他的"讲稿"中是不能删除的。

"喂,你听着。"教授扬起了手,似乎在说"请不要急于下结论"。

"可以这么说,经过实物和像之间的反馈,与其说是直观像或残像,毋宁说它已经转化成具有与想象心像相同特性的东西了。"

"想象心像?"

味泽对教授又一次讲出的新术语感到懵然。

"就像方才赖子从狗和海水浴的画中循序渐进地想象的那样。直观像和残像还能起到进而诱发想象心像的作用,这已经弄明白了。在变化型中,直观像和想象心像是很难区别的。话虽然这么讲,但也不能说日常生活中形成的所有想象心像都是直观像和残像的发展。赖子的情况好像是在日常生活中实际产生的,所以,它在什么条件下不出现,在日常生活中又将起到什么作用,都还必须进一步进行详细探讨,而且还必须弄清它同具有直观像素质者的性格之间关系。变化型的直观像,属于这种类型,在原刺激或刺激所触发的想象和实物之间,反馈频繁进行,想象发展变化得丰富多彩。想象力非常卓越,但是它却有一种在自我陶醉的世界中想入非非,把某一事物同其他事物联系起来加以理解的倾向。赖子就属于这个类型。"

"是通过随便的空想,预先知道了未来的地震和危险吗?"

"赖子是一个直观像素质极强的人,想象力非常丰富。预知地震也许是因为她比其他人更害怕地震。正因为这样,尽管平日没有震动,她也总觉得地面和房屋在摇动,所以在真的地震到来前,她已经感到要地震了。这大概是直观像又引出了某种异常的功能吧!"

"卡车交通事故是怎么回事呢?"

"那也许是老早就害怕自己被卡车轧死,还有……"

古桥教授突然把话停了下来。

"还有什么？"

味泽对教授欲言又止深感不安。

"不知道我说得对不对，不过，我认为在赖子的心灵深处，隐藏着一种对你的憎恨，内心暗自希望卡车把你轧死才好呢。这种潜在的愿望，形成了引出直观像的动机。"

"赖子憎恨我？"

味泽的话卡壳了。

"我想她不会憎恨她的保护人，但是，这样的先例确曾有过。不过，赖子确实发出警告，救了你。所以，这种潜在的愿望即使有过，可能她也会立刻感到懊悔的。"

教授的话变成一种安慰的口气。然而，当教授点破在赖子的内心里可能有一种潜在的愿望时，味泽大为震惊。假如有一天，这种愿望发展起来，赖子不发出警告，自己就……他想到这儿，顿时觉得一股寒气向自己袭来。

"从一些先例来看，用直观像观察事物的人，与其说是预知地震和危险，莫如说对音响和气味尤为敏感，这种敏感是一般人所没有的。总之，我认为诸如恐怖、不安、紧张、憎恶等，它们起到了促使直观像出现的作用，而这个诱因有一种刺激的敏感性。这种敏感性可以说是具有直观像素质的人所固有的一种倾向。赖子对声音和气味有没有特别敏感的地方？"

经教授一说，味泽想起了越智朋子被害的那个晚上。那天夜里，味泽的耳朵并没有听见任何声响，而赖子却听到离味泽家三百米开外的灌木林深处传来朋子的呼救声。味泽的听觉是正常的。关于赖子的嗅觉，也有过这样的事情，即从同一所公寓的老远的地方嗅到了另一个房间里香烟的火星掉到席子上而开始燃烧的烟味，从而避免了一场火灾，受到了人们的称赞。

"似乎有这种情况吧。"

古桥教授对味泽的反应满意地点了点头："总而言之，即使是直观像，这种类型也是极为罕见的。大体上说，她的直观像属于变化型，但多少也带有一些静止型的因素。另外，如果说与记忆的障碍有关系的话，那么也是在原刺激已经消失的数年之后才出现的。这种现象作为直观像，直到原刺激消失后它出现为止，要经过一段非常漫长的时间，或许还有其他的原刺激。

"还有，说她最近出现了恢复记忆的征兆。在学习方面，她的记忆没有障碍，对学校生活也没有不适应的地方。按理说经过学校的生活而灌输到脑子里的抽象思考，理应使她的直观像衰退下去，但是，赖子的情况却向相反的方向发展。直观像的内容因人而异，并不是雷同的。根据看到的东西加以区分的各种直观像的存在状态，与产生直观像素质者的种种原因是有联系的。赖子的情况就是这样，假如不把这些原因一一检查出来，就弄不清楚她的直观像。在学术上，这还是一个充满未知数的领域，但是，我认为赖子的特异功能是直观像，而且是极为奇特的直观像素质者所看到的影像。"

"那么，先生，赖子的直观像是不是也总有一天会消失呢?"

"所谓的直观，是对摆在眼前的具体对象的直觉思考。随着年龄的增长，抽象的思考由外部世界灌输进大脑，直观像会逐步消失。也有人等长大成人后，直观像的素质也不会消失。这种现象往往多见于出类拔萃的艺术家等。"

古桥教授避开了对赖子的判断。

六

在羽代市的大场公馆里，以大场一成为中心，继续召开着会议。

"我想，这也许是我的胡乱猜测。"

中户多助又开了腔。大场一成点了点头，似乎在说"你说说看"。

"前些天，越智茂吉的女儿遭到奸污后，被人给杀害了。"

"是不是你手下的那些饿狼干的？"大场面露讥讽地讪笑道。

"没有的事！我的门徒，不，是部下，绝没有这种疯狗似的家伙。"中户板着面孔表示抗议。

"知道了，知道了，干吗这么认真哪！那么，越智的女儿怎么啦？"

"那个姑娘的被杀，是不是与岩手县警察的活动有关系？"

"越智的女儿怎么会跟岩手县的警察有关系？"

"您忘记了吗？越智有两个女儿。前些天被杀的是妹妹。她的姐姐大概是在两三年以前，在岩手县的山区被人杀害的。"

"你，你说什么？"

大场和在座的人大为愕然。

"在岩手县山区的一个人烟稀少的村子里，发生过一件整村人被杀的案件。当时，报界曾大肆渲染过，您还记得吧！她的姐姐碰巧到那儿徒步旅行，路过这个村子时受到连累，做了刀下冤鬼。"

"你这么一说，我想起来了。她的姐姐是在岩手县被人杀死的。那么，你是说岩手县的警察是因此才来调查的吗？"

"除此之外，再也没有岩手县的警察和越智的女儿有联系的线索了。"

"这么说，是因为岩手县的警察追捕杀害姐姐的凶手，才使妹妹招风显眼，致使妹妹也被杀害了。"

"也许是妹妹由于某种原因知道了杀害姐姐的凶手，于是，凶手便灭了她的口。"

"即使杀害姐姐的凶手又杀死了妹妹……可是，这件事又怎么能和岩手县的警察给井崎巧设圈套一事联系起来呢？"

"虽然我觉得这并不是件大不了的事，没有向您报告，但是，劝诱井崎老婆加入保险的外勤员是一个名叫味泽的男人。"

"味泽?"

"是啊! 从行迹上来看,这个外勤员好像是越智小女儿的男朋友,而调查井崎老婆的交通事故,也好像是她和味泽合伙干的。"

"混蛋!"

大场又一次暴跳如雷。在座的人一齐把头缩进脖子里。是什么事让大场大动肝火,他们也不知道。

"你们这些蠢货,脑袋是为什么长的? 难道只为了戴顶帽子才安在脖子上的吗?"

"是! 是!"

在大场面前,大家只是一味地缩成一团,一动也不动。

"听着,一个使人寿保险公司花费达六千万元保险金的女人,如果死得不明不白,而且又找不到她的尸体,作为保险公司,当然要调查喽! 因为是羽代署的警察,他们才签发了事故证明,要是碰上别处的警察,非把他当成杀人嫌疑人关起来不可。作为新闻记者,越智的女儿和这个保险公司的人勾搭上了,这你们还不明白吗?"

"那……这么说来,前些天揭露买河滩地问题的也……"

岛冈这时才露出了知道各个人所扮演的角色的神情。

"当然是喽! 保险公司的人和越智的女儿联合起来调查井崎老婆的尸体,而且了解到尸体埋在羽代河的堤坝里。与此同时,新闻记者——越智的女儿知道了河滩地的收买问题。稿子的出处就在这里。保险公司的人在暗中操纵着她。"

"是谁杀死了越智的女儿?"

"那样的事我怎么能知道? 总之,对保险公司的那个叫味什么的家伙,要盯着他,不要让他溜掉!"

"叫味泽岳史。可是,味泽和越智的女儿在寻找井崎老婆尸体的过程中,即便是嗅到了收买河滩地的事——岩手县的警察是怎么知道的呀?"

"大概是他们告诉的呗!"

"岩手县的警察对与他们毫不相干的井崎老婆的被杀和收买河滩地的事,按理是不会感兴趣的。"

"也许是在什么地方与越智大女儿的被杀有联系。不管怎样,我们要牢牢地监视味泽和岩手县的警察的行踪。"

大场一成的一句话,成了这天会议的结论。

# 第九章　迂回的敌人

## 一

　　古桥教授指出赖子的特异功能也许是以直观像为基础。打那以后，味泽改变了对赖子的看法。特别是教授所说的"在直观像里有种潜在意识的憎恶构成了底流"的那席话，味泽是意识到了的。

　　他所感觉到的赖子的那双"眼睛"，到底不是神经在作怪。赖子的目光不是盯着他的脊背，就是在晚上偷偷地觑视他。那并不是他的错觉，而是确确实实存在着这么一双眼睛。

　　现在，味泽做出了重大的决断。他打算留在羽代市，单枪匹马地追查杀害朋子的凶手。这显然是要对大场的挑战进行一番抵抗。

敌人玩弄的第一次攻击已经失败了，他们会发动越来越猛烈的进攻。味泽一个帮手也没有，在羽代市赤手空拳地与大场对垒交手，简直是螳臂挡车，毫无胜望。

不过，味泽觉得自己也许得到了一个强有力的帮手，这个帮手就是赖子。是直观像也罢，是特异功能也罢，反正在赖子身上有一种能预知危险的能力。这种特异功能要是能很好地利用，就能躲开敌人将来发动的攻击。

虽然是个帮手，但是并不可靠，说不定哪一天要反目倒戈。那是一把也许会刺伤自己的双刃剑。总之，在赖子的心目中，极有可能潜藏着一种对味泽的憎恨，这种憎恨说不定在什么时候会以某种方式爆发出来。她对味泽发泄她的憎恨非常简单，只要不把预知的危险告诉味泽就行了。

这样看来，赖子是个非常危险的帮手，又是件极其有用的武器。但是，味泽还是下了决心，把赖子当作他唯一的帮手，跟敌人厮杀一场。

为了替朋子报仇，除此之外，别无良策。味泽从东京刚一回家，就问赖子：

"赖子，前些天你不是说你看见卡车朝爸爸撞来了吗?"

"是啊!"

"以后，要是爸爸再遇到这种危险的话，你会告诉爸爸吗?"

赖子好像是在琢磨味泽问她话的真实含义似的瞪起一双圆圆的眸子望着他说："不到那个时候，我也不知道呀!"

"你一定要告诉爸爸，这是为了抓住杀害朋子姐姐的罪犯。"

"杀害朋子姐姐的罪犯?"

"对啦! 有个人杀害了朋子姐姐。罪犯还在那里高兴得发笑呢。爸爸很想抓住这个家伙，可是，罪犯也不愿意让人给抓住，所以，他会想尽办法阻挠爸爸。前些天那辆卡车也是罪犯搞的鬼，他们一

定还会捣鬼。爸爸希望你能把他们的诡计告诉给爸爸。"

"要是我知道，一定会告诉爸爸。"

"真的吗?"

"真的。不信，拉钩儿。"

味泽一边跟赖子拉钩儿，一边自己在想，依靠这个少女在科学上还没有完全弄清楚的靠不住的能力，同庞大的大场体制开战，实在滑稽可笑。

然而，无论怎么滑稽，追查罪犯毕竟不是游戏，如果罪犯和羽代河滩地有瓜葛的话，敌人一定会拼命横加阻挠。

"要靠你啦，赖子。"

味泽喃喃自语，好像是向这位弱小的、使他极度担心的、不知道有几分能靠得住的唯一的帮手祈祷似的。

二

羽代市的烟火大会，每年八月末在羽代河的河滩上举行。烟火的发射场安排在河滩中央的沙洲上。由于每年河道都有移动，沙洲的位置也就随着变来变去。今年主河道紧靠着市区的堤坝，所以沙洲也挨近了市区许多。由于沙洲的变迁，羽代烟火大会准备委员会担心会发生意外，所以，曾经研究把今年的发射场放在河对岸而不放在河滩中的沙洲上。但是，观众纷纷提意见说，好不容易盼来的烟火会，放在河对岸离观众太远了，结果发射场还是照往年的惯例安排在沙洲上。

在羽代河和市区之间，筑有两道堤坝。靠河的叫外堤，挨市区的叫内堤，两堤之间是一片苹果园和菜畦。市民们把这一地区叫作堤外新区。因羽代市对羽代河一再泛滥感到不安，前几年，在原有的一道堤坝的外侧新筑了外堤。所以，在市民们的头脑里，内堤之外便是外堤了。

味泽想，烟火的火药和发色剂大量落下的地区，就是这里。羽代河的河滩上是不会有菜畦和塑料温室的。

目标找好后，味泽马上找到了塑料温室。温室紧靠外堤的堤根，呈双屋脊式，左右两边的棚脊长度相等，是最常见的一种温室。

温室的材料不是玻璃，像是一种塑料制品。味泽在这里发现了一件确凿的证据。在塑料温室的入口处，找到了一个和遗留在朋子身旁的茄子完全一样的茄子。茄子也是蛋状小品种。温室入口的门坏了，栽在门口附近的茄子，仅一侧受到阳光的直接照射，茄子两侧的着色不均匀。

在这个地区，栽培茄子的塑料温室只有这一处。味泽走进塑料温室，摘下了一个长在门口附近的茄子，细细观察。他的眼睛看不出有火药的残屑和蚜虫，但是，他确信那个茄子就是来自这儿。

罪犯是用从这个塑料温室摘下的茄子，玩弄了朋子的身体。那时，不知朋子是活着，还是已经死去了。

他总算找到了茄子的出处。由于各方面的帮助，好不容易才进行到这一步，至于罪犯的真实情况，他毫无所知。塑料温室里的茄子，大凡过路的人，谁都可以顺手摘一个。茄子的出处和罪犯没有一点儿联系。

"你在这儿干什么？"

突然，背后传来了怒喝声。

他扭过头来朝怒喝声一望，原来是一个六十岁左右的农民打扮的汉子正在用一双怀疑的眼睛盯着他。

"啊！没什么事儿。"

味泽冷不防被他一喝，猝然张皇起来了。

"你手里拿的是什么？大概是从这儿摘的茄子吧。"

味泽心想，这下可糟啦，但为时已晚，偷摘茄子似乎被温室的主人发现了。对于精心培植它们的菜农来说，即使是一个茄子，恐怕也不允许随便摘掉。

"很对不起，因为有件事要调查一下。"

味泽低头道歉。这种场合，只有老老实实认错。

"调查？你甭骗人！"

农民越来越盛气凌人。

"请原谅，我付给您茄子钱。"

"付茄子钱？你可真有意思。那好吧，以前偷的也全都赔！"

农民脱口说了句值得玩味的话。

"请您等一下，您方才说以前偷的是怎么回事儿？"

"别装糊涂啦！以前把温室糟蹋得够呛了。不光糟蹋青菜，还把女人拉到温室里胡搞一气。把温室的门给弄坏的也是你吧？"

"我不……不是在开玩笑。我只摘了一个茄子，而且，我是头一回到这里的。"

"你这个贼，真不要脸！强奸山田家姑娘的，也是你吧？"

农民又顺口说出了一件非同小可的事。

"走，跟我一块儿到警察那儿去，这回你可逃不掉啦！"

农民逼上前来，好像要把他揪住似的。

"真得请您等一下。那个叫什么山田的姑娘，是被人糟蹋了吗？"

"你这个家伙，分明是你干的，还厚着脸皮佯装不知。"

看到农民真的怒气冲冲的样子，味泽终于明白这是农民对自己产生了误解。然而，使农民动怒的真正对象，也许和自己追查的人是一伙的。

"老伯伯，您误会啦！老实说，我也是来追查糟蹋温室的罪犯的。"

"你说什么？"

农民突然踌躇起来。

"不瞒您说，我的未婚妻被人给杀害了。在她的尸体旁边有一个茄子，那个茄子和生长在这个温室里的茄子一模一样。所以，我想罪犯也许就在长出这种茄子的地方，才找到这儿来的。"

"未婚妻被杀害了，心里不好受吧！"

农民的警惕性虽然还没有消失，但从表情上看，对这件事是有所触动的。

"可不是嘛！那是在九月二号的晚上，报纸也报道了。那时，丢在她身边的茄子很有可能，不，肯定是从这儿拿去的。"

"你是怎么知道的？"

味泽把从酒田博士那儿得到的知识一五一十地叙说了一番。

"没想到从一个茄子的身上，竟能了解到这么多的事呀！"

由于味泽的解释，农民的疑惑似乎打消了大半。

"情况就是这样，所以，我也在追查罪犯。糟蹋您的塑料温室的人，说不定就是杀害我未婚妻的罪犯。"

"是啊！用同样的茄子干那种丧尽天良事的家伙，不会到处都有的。"

"怎么样，您知道罪犯的情况吗？"

"我倒想抓住他，狠狠地整他一下子，但一直也没有碰到机会。"

"被糟蹋的那个姑娘，可能见过罪犯吧？"

"当偶尔过路的人听到温室里的惊叫声跑来时，姑娘已被糟蹋过了，罪犯也逃之夭夭了。据说那家伙逃得特别快。"

"要是姑娘能说出罪犯……"

"姑娘受到威胁，不肯吐露罪犯的名字。她好像是受到了很大的威胁。"

"报告警察了吧？"

"报告警察岂不是等于声张自己的姑娘被人给奸污了！"

"可是，那……"

"这对姑娘和家长来说，是可以理解的。要是没有温室，她也不至于被人奸污。我一想到这一点，总觉得自己也有责任，近几天我想把它拆掉。"

"那是什么时候的事？"

"八月二十日左右。"

"温室里没有罪犯留下的什么东西吗？"

"我也偶然想起是否留下了什么证据，翻来覆去地在里面找了好久，可是，什么东西也没有。"

"能不能让我再找一下？"

"可以。不过，我想不会有什么东西。"

"您能不能告诉我山田家在哪儿住？"

"告诉你也可以，不过，还是让姑娘安静一点儿好，因为她好像是受到了很大的刺激。"

"不要紧，我一定不惊动她。那位姑娘是干什么工作的？"

"大概在羽代电影院工作。出事时，是在晚场电影散场后不久回家的路上。"

"那么，请您让我到温室里看一下吧！哦，我忘记告诉您啦，我是搞这个工作的。"

为了证明自己的身份，味泽掏出了名片。于是，农民的疑虑完全解除了。

味泽仔细查看了塑料温室的每一个角落，但没有发现罪犯带来的或留下的证据。味泽忽然醒悟到，只有山田姑娘才是唯一的"证人"。

味泽心里明白，如果正面问她，她只会越发守口如瓶。这种像被疯狗咬了一口的事，本人当然也想赶快忘掉，家人也想把它遮掩起来。

　　然而，只有这个姑娘见过罪犯。虽说是出于被逼，但她和罪犯是有过"接触"的。味泽估计，强奸姑娘的那个罪犯和杀害朋子的那个罪犯很可能是同一个人。罪犯的性犯罪本来就有累犯的倾向，被凌辱的妇女和家属出于羞耻，不愿声张出去，所以就越发使罪犯肆意妄为起来。

　　味泽经过私下调查，得知那位姑娘名叫山田道子，二十岁，高中毕业后在羽代市专门放映西方影片的电影院——羽代影院工作。她秉性腼腆，工作认真，在上级和同事中信誉颇高。她没有固定的男朋友，一周一次的休假日，总是在家里听听音乐或看看书。由于在电影院工作，朋友们也不邀她去看电影。

　　她在下班回家的路上被奸污的丑事，幸好只有周围的少数人知道。

　　羽代市虽是个地方城市，但在这点上，它却毕竟具有城市性质，街区一不同，居民就变成另一个世界的了。

　　羽代市按各行业划分区域的这种封建主义的经营方式，封住了一般人的好奇心，保护了被害的女性，说来这倒有讽刺的意味。

　　为了观察本人，味泽首先到羽代影院去转了一趟。山田道子是电影院的检票员。由于不能一直停留在入口附近，所以他只扫了几眼。但是，看上去这位姑娘皮肤白净、举止文雅、身材健美、体态匀称，在那轻巧自然的动作中有一股成熟的引诱男人的魅力。也许罪犯知道她的工作要在晚上很晚才下班，便在她回家的途中袭击了她。

　　味泽打听到羽代影院的工作分早班和晚班。山田道子的父亲是市公共汽车公司的司机，母亲在家经营一个小小的日用杂货铺。她有一个妹妹、一个弟弟，分别上高二和初二。看样子，家庭不怎么宽裕。

　　打听到她本人的这些情况和家庭的环境以后，他便打定主意要

见一下本人试试看。味泽选择了一个山田道子上早班的日子，在她回家的路上等着她。

上早班那天，下午第二场电影散场后，五点左右就可以回家了。山田道子在下午五点半左右离开影院，踏上了归途。幸好没有同伴。

味泽尾随了一段以后，看她没有中途办事的迹象，便上前打了个招呼。道子听到一个陌生的男人突然跟她打招呼，顿时紧张起来，摆出一副警惕的姿态。从这种姿态便可以看出她受的创伤是多么深。那创伤看来还没有痊愈。

"我叫味泽，有件事想打听一下。"

"什么事?"

味泽拿出了名片，可她的警惕丝毫也没有放松，显示出的劲头与其说是对男性的不信任，毋宁说是一种敌意。

"是关于令妹的事，我有几句忠告。"

味泽把事先想好的台词讲了出来。

"妹妹的事儿?"

道子的脸上果然露出了莫名其妙的神色。

"只跟你站着说几句话，你能再走近一点儿吗？不耽误你的时间。"

"我站在这儿就可以。"道子固执地说。

"我要说的，就是前些天侮辱你的那个坏蛋的事。"

"那件事嘛，已经成了往事，不必再提了。"

山田脸色一沉，瞪了味泽一眼。可是，由于她并没有掩饰，味泽便觉得可以再说下去。

"希望你能听听!"

"对不起!"

山田转身就走。她断然拒绝了味泽的要求，可是，味泽没有就

211

此罢休。

"等一等！难道罪犯盯着你妹妹也没有关系吗？"

味泽亮出了王牌。

道子的脚步突然停住了。味泽不放过这个机会，说："罪犯吃准了受害者的隐忍不发，气焰更嚣张了！他不仅三番五次地盯上你本人，还会把魔爪伸向你的亲属，包括妹妹。"

道子的双肩微微抖动了一下。看来这一招，恰恰击中了她的要害。打那以后，罪犯似乎一直在纠缠着道子。她认识罪犯。

"你是警察吗？"

道子重新转过身来。

"我也是受害者。不瞒你说，我的未婚妻被流氓污辱后给杀害了。"

"啊？"

在道子木然的表情中，第一次浮现出了惊奇的神色。

味泽连忙进一步说：

"你要是看报的话，我想你会记着的。我的未婚妻是《羽代新报》的记者，名叫越智朋子。她是遭到流氓的袭击，被凌辱后杀害的。"

"啊！那件事……"

"你知道啊！现在，我正在暗中追查这个罪犯。"

"可是，这跟我有什么关系？"

"现场丢下了一个茄子，就是袭击你的那个塑料温室里的茄子。"

味泽简明扼要地讲述了从茄子找到道子的经过。现在道子已经完全被味泽的话吸引住了。

"塑料温室的茄子，谁都可以拿到别处，单凭这一点不能断定是同一伙罪犯。"

"是不能断定。不过，可能性极大。听塑料温室的主人讲，罪犯把那个温室当成了他们干坏事的场所。把同一个塑料温室作为窝巢来为非作歹的人，理应是不会有很多的。纵然不是一个人，起码也会是一个集团。可以认为，用那个塑料温室里的茄子来侮辱、杀害妇女的罪犯，很可能和袭击你的那个罪犯是同一个人或者是同一个集团。"

道子紧咬嘴唇，似乎又重新想起了自己那纯洁的身子所遭受的野蛮的暴行。恐怖和屈辱的回忆已经被唤醒，似乎还交织着一股无名怒火。

"山田小姐，求求你，告诉我罪犯是谁。对你施加暴行的罪犯和杀害我未婚妻的罪犯肯定是一个家伙。警察根本靠不住。忍气吞声会助长罪犯的气焰，使他一再干同样的罪恶勾当。是的！他们一定还会再干的，被害者的姊妹是最容易被盯上的对象。"

"……"

"山田小姐，求求你，把罪犯告诉我吧！"

"我不知道。"

"只讲些特征就行。是一个人，还是几个人？"

"不知道。"

"你不会不知道，你是在受着威胁。打那以后，罪犯仍在纠缠着你吧。像你这样的态度，无疑会使罪犯越发放肆起来。"

"我真的不知道。我很想把这件事赶快忘掉。你的未婚妻真可怜，不过，这和我没有什么关系。"

"难道罪犯一再犯同样的罪行也没有关系吗？"

"那我可不清楚，反正我不想掺和进去，请你放我走吧！"

道子又一次扭身走了。她的步伐异常沉重，看样子，味泽的话给了她相当的冲击。他冲着道子的背影，紧追不舍地喊道：

"你要是愿意讲的话，请按名片上的地址联系！不论什么时候，我都会赶来的！"

无论怎样，他并没有想接触一次就把事情弄个水落石出。山田道子之所以惊恐万状，也许是因为罪犯用最初偷袭得手作为把柄在威胁她，如果不听从，就把这事张扬出去，弄个满城风雨，从而扩大犯罪的范围。女人越是遭受欺凌就越会变得软弱无力。道子一直没有饶恕罪犯，这总还算是个好的征兆。她非常担心如果再这样继续遭受威胁，很可能成为罪犯的俘虏。罪犯把魔爪伸向被害者的亲属，这也是反复侵犯、扩大侵犯范围的一个特征。

味泽经过推想而放出去的引诱的钓钩，正好钓住了道子的心。

味泽想，假如罪犯一伙（可能是好几个人）仍在纠缠着山田道子不放，那么在悄悄监视她的期间，他们一定会出现在她的身边。

山田道子隔一周上一次晚班。味泽想，要是罪犯靠近她的话，很有可能就在她下晚班回家的路上。于是，他打定主意，等下一周道子换成晚班，在她回家的路上尾随她。

山田道子的家在靠近市区的羽代河外堤的堤外新区。从市区到她家最近的一条捷径就是通过那片盖有那座塑料温室的苹果地。然而，自从事情发生后，虽说稍微绕点儿远，可她一直是兜个圈儿，从邻近的住宅区回家。

除了周末以外，最后一场电影一般是在晚上十点左右散场。一过十点钟，居民区也就大都熄灯睡觉，一片寂静了。一个女子深夜里单身从这儿走，是和路过苹果地同样危险的。

可是，他虽然尾随了一个星期，但并没有发现有人接近她。

"哦！这是由于已经成功地弄到手了，所以也就没必要再像头一次干的那样，专等夜深人静了。"

味泽想到了另一种可能性。由于凌辱和事后的威胁，她已经变成了罪犯一伙的囊中物了，或许只一个电话，就会把她服服帖帖地请出来。

如若这样，也许山田道子会把味泽来过这件事告诉罪犯。他可以设想，正因为这样，罪犯才小心提防，对道子避而远之。

味泽不仅监视道子下晚班的归途，而且还把监视的范围扩大到上早班的往返路上和节假日。但是，他依然没有发现形迹可疑的人。

"难道是我估计错了不成？"

他的自信竟然发生了动摇。莫非罪犯只袭击了山田道子一次就销声匿迹了？要是这样的话，那也只有再一次直接会会她了。

## 三

星期天的早上，味泽对赖子说：

"赖子，我领你去看电影吧！"

羽代影院正在放映一部以一个对机械化文明感到失望的家族，在大自然中寻求新天地为题材的惊险电影。

"真的吗？"赖子的眼睛突然熠熠生辉了。

细一想，"父女"二人从来没有一块儿出去看过电影。对味泽来说，是为了掩饰他去侦查山田道子才带赖子去看电影的。赖子高高兴兴地同意了。

由于电影内容的关系，带着家人一块儿看电影的很多。他没有看见山田道子。按理说，电影院的工作人员应该是避开繁忙的星期天和节假日，在平常的日子轮休的。是否她有了什么急事？味泽怀着隐隐失望和担心的心情，拉着赖子跨进了电影院。

看完电影后，两人信步走进公园。由于风和日丽，他想在公园的青枝绿叶和清新的空气中玩味一下电影的余兴。

"怎么样，有意思吧？"味泽望着兴致勃勃的赖子问。

"嗯，以后还带我来。"

赖子似乎尝到了甜头。

"好吧！但可不能影响你的学习。"

这个女孩的心灵深处虽然完全是一个神秘的世界，但是，一起看完电影以后，她和普通的女孩没有丝毫的差别。在第三者的眼里，也许他们是真正的父女。要是越智朋子还活着的话，也应该在近期来填补赖子所空缺着的母亲的位置了。如果赖子有了母亲，她那记忆力的障碍和心理上的伤痕将得到体贴入微的关怀。味泽曾有过一线希望，希望这样也许会使赖子朝着他所期望的方向发展。

自从朋子死后，赖子好不容易才打开的心扉，比以前闭得更紧了。她似乎很听味泽的话，表面上对味泽很亲昵。但是，她的这种举止酷似动物对喂养自己的主人隐藏着野性，伪装顺从，而在顺从的假象后面却隐藏着巨齿獠牙。也不知这獠牙将在什么时候，以何种方式露出原形。然而，即便是伪装，在维持现状期间，他们仍然是"父女"。

深秋柔和的阳光像无边的透明的粉屑，洒到坐在公园长条椅子上的人身上。金色的阳光中飘荡着扣人心弦的电影的余趣，使味泽的全身浸润在柔媚超逸的境态中。眼下，赖子不会暴露本性。味泽的身躯酥软软的，困意逐渐向他袭来。

这时候，远方传来了马达的轰鸣声。这声音打破了星期天下午的恬静，刺入耳鼓。味泽觉得这声音与己无关，并没有怎么介意。尽管轰鸣声离公园似乎越来越近，但味泽却在闲适逸然地品味着已经降临的睡意。当睡魔轻轻地碰着意识的触须，和意识戏耍时，这种超然的惬意是不可言喻的。然而，尽管他眼神恍惚、神游魂荡，但这种微妙的均衡只要一打破，他就会驱散睡意、唤醒意识。他懒得睁开眼睛去弄清声音究竟是怎么回事。

突然，赖子的身体筛糠般地哆嗦了起来。她哆嗦着，屏息静气、全神贯注地注视着远方的动静。

马达声保持着一定的距离旋绕轰鸣。赖子的神态逐渐使周围一带的空气僵滞起来，驱散了味泽的睡意。

"赖子，怎么啦？"

在他刚开口问赖子的同时，赖子疾声呼喊起来："爸爸！危险！"

"危险？什么事？"

当他再问赖子时，旋绕的轰鸣声已经急匆匆地冲到了跟前。

"赖子，快跑！"

味泽拉起赖子，刚要离开长椅逃跑，就被十几辆摩托车杀气腾腾地包围起来了。

摩托车群团团地围着木然呆立的味泽父女俩，犹如戏弄落网的猎物一般，步步威逼，缩紧包围圈。这些年轻的暴徒，清一色地头戴盔帽、身穿黑皮夹克。他们是一群流氓，口喊奇声怪调，驾驭着钢铁怪兽，紧擦他们俩身边飞驰而过。一辆摩托车从吓得缩成一团的赖子身边驶过时，车上的人伸出一只脚，把赖子绊倒在地。后面的摩托车紧挨着她身边一辆接一辆地急驰而过。

"赖子，别动！"味泽用自己的身体保护着倒在地上的赖子。

味泽不能把赖子拉起来。情况万分危急，只要稍一动弹，就会被摩托车碾死。由于恐惧，赖子蜷缩成一团，喊都喊不出来了。尘土飞扬，视线蒙眬，轰鸣声夺去了听觉。长条椅被撞翻在地，滚来滚去。

同在公园游憩的市民神情茫然地望着他们俩。第一道冲击波已经过去了。在第二道冲击波来临之前，还稍有瞬息的工夫。

味泽扶起倒在地上的赖子，拔腿就跑。在公园广场的尽头，有一片树林，估计"飞车族"① 总不会追到这儿来。

――――――――――

① 飞车族——原文是"暴走族"，意思是狂奔的人，是二十世纪七十年代出现的飞车集团。众多的年轻人驾驶着轻便车辆，在城区、交通要道等地任意狂奔，破坏交通秩序，扰乱社会治安。——译者注

　　然而，刚跑出几米远，就被第二道冲击波给缠住了。喇叭好像是在嘲笑他们跑也跑不了似的嘎嘎怪鸣。

　　"哪一位帮我们报告一下警察？"

　　味泽向逃进树林里的市民求救。但万没想到，身处安全地带的市民们，竟然冷眼旁观，好像在观赏巧遇的热闹非凡的精彩节目似的，其中还有人边看边笑。

　　"求求你们，哪位给警察……"

　　味泽的哀求声被再次冲过来的第二道冲击波的轰鸣声吞没了。这次的攻击势头更加凶猛。非常清楚，"飞车族"是冲着他们俩来的。

　　在味泽的心里，产生了一种似乎就这样被他们活活地折磨死的恐怖感。

　　若是自己一个人，不管怎样，总会逃得掉。但是，领着赖子，他毫无办法。

　　这时，他对"飞车族"并不感到惧怕，而对那些一边嬉笑，一边把他们俩的危难当作精彩节目来欣赏的市民们倒是感到有点儿难以形容的恐怖。

　　这是一种整个羽代市与他们为敌的恐怖。整个羽代市正想利用"飞车族"把味泽父女俩干掉。这种恐怖感使味泽受到了沉重的压力。

　　"赖子，使劲儿地拽着我，只要不被撞倒就不要紧的。"

　　味泽抱着由于恐惧而僵直的赖子的身子，只有等待着这场风暴过去。第三道冲击波终于过去了。

　　"好啦！现在快跑！"

　　两人好不容易才逃到了树林中的安全地带。"飞车族"们好像也死了心，一声声地怪叫着，扬长而去。

　　"赖子，不要紧吧？"

　　当知道他们确实已经完全离开以后，味泽这才有工夫注意赖子

的身体是否受了伤。一看，膝盖正在往外渗血。

"哎呀！你受伤啦！"

"蹭破了一点儿。"

赖子终于开口了。

"怎么，已经完啦？"

附近传来了市民们窃窃低语的问话声。他们听到"飞车族"正在胡作非为的传闻后，恣意聚群起哄，尔后又三三两两开始散去。

当味泽父女二人被"飞车族"当作玩物的时候，他们只是在一旁兴致勃勃地观望。即使二人被碾死，恐怕他们也会不闻不问。

这帮家伙！

味泽怒火中烧，在即将爆发的时候，一种想法像一道闪光似的掠过了他的脑海。

在这帮暴徒的背后，不正是有一个意图在起作用吗？这难道不是为了让味泽死了追查杀害朋子的罪犯之心，罪犯一伙故意前来进行的恫吓吗？若不停止调查，就把你干掉！方才的胡闹，并不是过路的"飞车族"对游园的人策划的一场恶作剧。他们把味泽父女俩包围起来，有组织地、执拗地分批向他们冲击，这种行动是在一种明确的意图支配下的作战行动。

证实存在着这种意图的是，赖子事前就通过直觉觉察出来，显出了预知危险的"直观像"。所谓的意图，就是杀机。在杀机的背后，隐藏着整个羽代市的敌意。市民并不是在袖手旁观，而是打心底里期望把味泽父女俩干掉。不是吗？多亏赖子的"直观像"，父女俩才得救。假如他们俩在此被弄死了，整个羽代市也许会一致隐瞒，轻而易举地把死因掩盖起来。

当想到全市的市民都是敌人的时候，味泽的内心不由得颤抖起来。这种颤抖不是军人临阵的紧张心理，可以说，它是一种战栗。

"赖子，以后可千万别一个人出去，放学回家也要和同学们一块儿走。"

赖子爽快地点了点头，方才的恐怖似乎已渗透到她的骨子里了。

在"飞车族"的背后假如有犯罪的意图在起作用的话，罪犯一定知道味泽正在追踪他。或许是罪犯从山田道子那儿了解到味泽在接近她，从而一直监视着味泽的行踪。罪犯开始的蠢动，恰恰表明味泽的追踪正准确地步步逼近。

强奸山田道子的罪犯和杀害朋子的罪犯到底还是同一个人。

然而，罪犯一伙由于过分焦急，在此留下了重要的线索，这线索就是暴露了暴徒的存在。也许罪犯是一个对"飞车族"很有影响的人物，或许罪犯本人就是"飞车族"。据曾碰见山田道子遭到凌辱的过路人说，罪犯逃得很快。假如罪犯就是这些"飞车族"的话，当然跑得快了。只要跟踪"飞车族"，就可以找到罪犯。

## 四

井崎明美的尸体虽已顺利地找到，但那仅仅是揭露了井崎照夫和奈良冈咲枝合谋骗取保险金的杀人案件，搜查本部所期望的结果却没有马上暴露出来。

羽代警察署虽然大为丢脸，但那并不是致命的过失。对骗取保险金一事，由于手段高超，他们轻率地签发了事故证明，虽然难免受到"办事草率"的指责，但总还是扯不上有同谋关系。花魁潭本来就是个很难找到尸体的鬼地方，掉进深潭的尸体即使没有被发现，已死的情况也还是确凿可信的，这不能成为拒绝签发事故证明的理由。

企图转移尸体的井崎，恰好中了岩手县方面布置的圈套，把他

同羽代署的勾结关系摆得一清二楚。但是，岩手县方面的期望并不在于揭发井崎和羽代署的勾结，而是在于从羽代河的堤坝里找出井崎明美的尸体，来牵制大场一伙。这个目的或许可以认为已经达到了。

从羽代河的堤坝里找出一具自己部下的妻子的尸体，这定然会使在收买河滩地问题上心里有鬼的大场一伙感到心惊肉跳，也许他们对味泽也一时顾不得下手了。

圈套分明是村长他们亲手布置的，但竟能这样巧妙地逮住猎物，就连村长他们也暗暗地感到惊奇。猎物的上钩，为味泽争取了时间。"味泽，周旋吧！你会露出致命的马脚来。"北野宛似味泽的影子，形影不离地尾随着他，目不转睛地盯着他的一举一动。

# 第十章　可怕的假设

## 一

　　眼下，这桩错综复杂的案子，从一个意想不到的角落又出现了一条线索。

　　味泽岳史虽然收养了长井赖子，但他们却不是正式的养女与养父的关系。母亲方面的一家远房亲戚原来提出要暂且收养父母双亡的赖子，而当自称父亲方面的亲戚的味泽提出要收赖子为养女时，他们便顺水推舟地把赖子托付给了他。但是，收养后，赖子的户籍依然留在长井家。虽然称之为"养女"，但味泽只不过是以一种抱养的形式，把她接了过来。

事情过后，村长由于担心，不时地向柿树村村公所打听，得知长井赖子依然保留着长井家的户籍。

随着味泽的嫌疑日益加深，这件事作为村长的一桩心事，便越发沉重起来。味泽为什么要收养赖子？越智朋子和长井赖子，她们都是同风道屯事件有关联的人，味泽成了搜查本部绝对不能放过的人物。

如今，越智朋子被害，只留下长井赖子一人与柿树村案件尚有一线关系。味泽对赖子究竟打的是什么主意？

所谓搜查，实际上是一种无数次的无效劳动。案件的真实脉络，有时仅仅试探一次便可挖掘出来，而有时进行无数次徒劳的搜查，到头来却一无所获，关键是在于不厌其烦地进行挖掘。

为慎重起见，村长准备向柿树村村公所问一下，虽然他心里明白没有什么用处。然而，这次得到的答复是，户籍法已经修改，除本人及与本人有关的人员，或强制搜查以外，户籍抄本是不能交给其他人或让人翻阅的。

户籍法的修改，村长也知道。他已经料到，修改以后，如果不能从户籍关系上追查的话，搜查将难以进行。这次，他是用电话问的，无意中忘掉了这种情况。不过，当时柿树村村公所职员的答复，使村长有点儿放心不下。

长井赖子的户籍非常简明：父母和姐姐都死了，现在，长井家户籍的成员只剩她一人了。村长也托付了柿树村村公所，长井赖子的身份一旦发生变化，烦请通知一下。

即便是由于户籍法的修改不能告诉村长，如果没有变动，对村长的询问也不必死搬条文——说一声"没变化"不就得了吗？

若是大城市的派出所，那还说得通。作为东北地区的一个人口稀少的乡村公所来说，未免有点儿太死板了。

村长总觉得长井赖子的身份有点儿问题。这回，村长带着法院

223

签署的命令要求查阅。

查阅后发现，长井赖子由于被味泽申请收为养女，原来的户籍已被销掉。因此，长井家户籍内的成员全都没有了，户口册已被注销。

味泽岳史在和赖子结成养父与养女关系的同时，另立了门户，编成了新的户籍。过去一直是个谜的味泽的生活经历，通过他的户籍线索，一下子暴露了。

村长紧紧地抓住了这条线索。味泽的籍贯及出生地是千叶县山武郡山武町埴谷八百二十×番地。现在父母仍然于原籍健在。

搜查员马上赶到了千叶县。若能弄清他的出生地，找到他的亲属，就容易追查出他以前的生活经历了。

根据在当地进行的身份调查了解到，味泽在当地的高中毕业后，曾加入自卫队。

"他参加的自卫队，好像不是一般的部队。"从味泽的出生地调查回来的搜查员向村长报告说。

"不是一般的部队？"

村长提高了警惕。

"最初，他是在陆上自卫队东北方面第九师团驻扎在八户的第三十八普通科连队服役，也就是说，他被分配在步兵部队。不久，他似乎被分配到其他兵种去了。"

"分配到哪里去了？"

"由于自卫队方面保守秘密，所以说不清楚，好像是以间谍活动和游击战为主的秘密的特殊部队。"

"什么？间谍和游击战？"

村长一听，目瞪口呆了。

村长作为一名刑事警察，把大半辈子的热情都倾注到了追查杀人犯、强盗等凶残的罪犯上。间谍和游击战虽然归属公安警察管，

但对他来说，犹如另一个世界，摸不着头脑。

"经向警察厅警备局和本部的警备公安部询问，据说味泽曾得到提升，由普通科进入在陆上自卫队内部秘密设立的培养间谍策略工作人员的学校，修完了其中的'特战教育课程'及特种中队的课程。从学校毕业后，他便参加了由毕业生组成的秘密组织'筑波集团'，成了该集团的一员。"

二

村长只是默默地听着搜查员的报告。虽然同是警察，但村长一向不喜欢以收集情报和进行镇压活动为主要任务的警备公安警察那一行。若被分配到这些方面，他一定会中途转业改行。警备公安标榜他们是自由的拥护者，总是强调他们是拥护民主主义体制的，然而，人们却怀疑他们实际上就是继承了臭名昭著的"特高"（特别高等警察）衣钵的"特高"的化身。

不管凶残的犯罪案件多么频繁发生，他们从不动用警备公安警察参与搜查。他们总是专门为维护"公共的安全和秩序"搞特务活动和镇压"暴力主义的破坏活动"。警察厅警备局掌握着全国的警备公安警察。警备股作为沿袭旧天皇制的警察组织——内务省警察局保安科——第二次世界大战结束，"特高"解散后，内务省警察局公安科的一个系，重新悄悄地建立起来。现在，它指挥全国的公安警察，成了日本搜集情报和镇压破坏活动的大本营。

自卫、公安调查厅，内阁调查室等部门搜集的情报也集中在警备局。正因为如此，旧警察机构内的秘密主义也被承袭了下来。

这就是村长不喜欢这一行的理由。

现在，他并不打算对警备公安警察在各方面比刑事警察所受到的优待发泄不满。但是，那些在权力机关的核心机构里掌权的人们所具有的那种使平民百姓望而生畏的神气，是和村长的禀性格格不入的。

一位学者曾经说过，民主主义体制是通过无休止的怀疑和监视建立起来并得以维持的制度。这句话在村长的心里深深地扎下了根。

独裁者滥用为了达到最高理想而付出无数鲜血，好不容易才得到的自由，并轻而易举地把自由给破坏得支离破碎了。而且，自由一旦失去，为了再次取得自由，还必须付出无数的鲜血。民主主义体制在结构上，有其脆弱的一面。所以，为了维护民主主义，就不得不对反民主主义的思想和言论不断进行监视和怀疑。

现在的警备公安警察，就是这种自由的维护者，监视反民主主义的机关。由于遗传因子，反动和秘密主义又成了使警备公安警察腐化、堕落的极理想的温床。说不定在秘密的面纱后面隐藏着曾经践踏了国民政治思想自由的"特高"留下的獠牙。

大规模的游行和罢工一爆发，全体警察实际上分别接受警察厅警备局、管区警备局公安部、警视厅警备部，以及道、府、县警备部的指挥，被编入近乎紧急状态时编制的体制里去。

当他看到大群用黑色的战斗服、盾牌和钢盔武装起来的机动队收敛起凶猛的战斗力而整装待发去对付各种事态时，自己虽然也是权力机构的一员，但村长却觉得仿佛看到了当权者为了维护权力而暗藏着的獠牙。

在亲眼目睹武装起来的机动队时，民主主义的那种应该由人民所有并行使的权力猝然变得不能令人相信了。

警备公安警察宣称："我们要保卫的民主主义，是站在'以个人为一切社会价值的基础'这个立场上，把尽量保障每个人的自由和幸福作为理想的主义。"然而，当他们为"保障每个人的自由和

幸福"而储备那么凶悍的武装和强大的战斗力时，对权力的存在就不免产生了怀疑。

既然要怀疑和监视民主主义，就不能不怀疑和监视奉行民主主义的政权。一味地对反民主主义的思想保持警惕，就会造成一种危险，使至关重要的政权走到邪路上去。

然而，一旦问题涉及间谍和游击队，那就非借助警备公安方面的力量不可了。

"据说，后来他离开了自卫队，从'筑波集团'脱了身，在羽代市干上了现在的工作。当他退役时，似乎与柿树村的案件发生了关系。"

"什么？自卫队与此事有关？"村长插嘴问道。

假如与自卫队有瓜葛的话，事情就麻烦了。

"自卫队与此案有没有关系还不清楚，不过有这么个迹象：在事件发生的同一时期，'JSAS'正好在柿树村一带举行秘密训练。"

"你说那是真的吗？"

"由于自卫队方面绝对保守秘密，所以不能完全证实。不过，从警备公安收集来的情报看，这种迹象是有的。"

"秘密训练是怎么回事？"

"据人们讲，自卫队的学校，是为了在继承旧陆军中野学校的间谍教育的同时，把法国部队的特别伞兵部队特种中队的教育引进自卫队而设立的一所学校。所谓的日本特种中队课程，是以培养中野学校和特种中队两种优点兼备的特别部队为目的的。课程是由中野学校的旧教官、毕业生和法国特种中队的将校以及美国陆军第一特殊部队——'绿贝雷帽'的将校等讲授的。课程的内容，除了通常的基础训练外，还有白刃格斗术、爆破术、爬绳、登梯、跳伞、潜水、山地渗透、密林生存术和扰乱后方心理术等。在从秋到冬的这一段时间里，每年都在北海道和东北地区的山地进行测验体力和精神忍耐限度的行动训练。有一次，训练的地点好像是在柿树村附近，时间也是在案件发生的前后。"

"那么，你是说罪犯不是味泽一个人，而是正在进行行动训练的自卫队的秘密部队吗？"

村长对搜查员的这种毫无道理的推论，露出了难以掩饰的惊诧神情。

"行动训练要不分昼夜地持续一个礼拜左右，但让他们带的食物，只是少得可怜的'度命粮'。当然啦，粮食不够，他们要想法自给自足。由于不能从老百姓那里讨粮食，训练要在山沟沟里进行。他们要把所有能吃的野果、草根、野鼠、野兔等当作食粮，从而最大限度地磨炼自己的生存能力。不过，据说由于饥肠辘辘，难以忍受，有不少人跑到老百姓家苦苦要吃的或向登山运动员乞求食物。那些饿得要死的队员，由于体力不支、精神错乱，袭击老百姓的可能性也不是没有的。在北海道山里的老百姓家里，就确实发生过正在训练中的自卫队员盗窃食物的事件。"

村长听着听着，想起了一个重要的情况，即长井赖子曾经说过一个"穿绿色西装的人"领着她。绿色西装，不正是自卫队员的战斗服吗？在因震惊而失去记忆的赖子的眼里，涂着迷彩的战斗服，莫非正像通常的草那样，被看成是绿色的？

"那要是真的，可不得了！"

假如是自卫队的特别部队在秘密训练中闯入老百姓家，把整个村落血洗一空，可是件不得了的大事。

"即使自卫队与此案有关，也不像是有组织的。是不是一名神经错乱的队员或少数队员犯下的罪行？"

"可是，即使味泽参加了秘密训练，又怎么能说他和犯罪有关系呢？"

"因为味泽是 Z 种队员。"

"Z种队员?"

"在自卫队的内部有个警务科,它的任务是和警察联合起来,搜集治安情报,维护自卫队内部的纪律,逮捕逃兵,监督和防止队员犯罪。他们把需要注意的队员分为A、B、C、O、X、Z等六种,这六种队员是危险队员,叫作'特定队员'。从A种到X种的,是现役队员,Z种是已经退役的原队员。"

"为什么要把已经退役的队员区别开来?"

"所谓Z种,据说是在服役中被配属在自卫队的秘密部门,或与这种部门打过交道的队员。他们知道自卫队不愿意泄露出去的机密和情报。Z种队员是能把这种机密泄露出去的危险人物。"

"这么说来,是掌握了自卫队的短处喽!"

"假如味泽是柿树村案件的凶手,或者是一个与本案有牵连的人物,那么,他就是一个不折不扣的Z种队员。"

"不过,你能调查得这么清楚,可真了不起。"

"全靠警备公安从中帮忙。"

这时候的警备公安倒是难能可贵的了……

村长在心中暗暗私语。

搜查稍微一拖长,刑事警察的预算和人员便毫不客气地给砍掉了。而警备公安则不然,无论是资金还是人员,都是绰绰有余的。在这个时候,警备公安能以这种形式,发挥自己的长处来帮助刑事警察,实在令人啼笑皆非。

不管怎么说,味泽暴露出来的非同一般的履历,使案件的侦破有了新的视角。他们根据这一新的情况召开了会议。

"那么说,味泽收长井赖子为养女、单枪匹马地追查杀害越智朋子的罪犯,莫非是打算赎一赎他在柿树村所犯下的罪行?"

有人提出了新的见解。

"很可能是这样吧!因为长井赖子和越智朋子的共同之处,仅在于她们都和柿树村案件有关。"村长回答道。

"不过，仅凭这一点就把味泽看成是柿树村案件的罪犯或有牵连的人，我认为还为时尚早。"

有人从其他的角度提出了不同的意见。这种意见也就是说，即使味泽属于自卫队的特殊部队，是否在这个案件发生的前后参加了在柿树村地区举行的秘密训练，现在也还不清楚。还有，即便是参加了训练，也不能证明他就是屠杀风道屯居民的罪犯。这只不过是从味泽的履历和特殊部队每年进行训练的区域推想出来的。

"假如说味泽不是罪犯，或者说与此案无关，那么，他又为什么把赖子收为养女，又接近越智朋子呢？朋子被害之后，他又为什么那样执拗地追查凶手呢？"

北野提出了疑问。

两年多以来，北野一直在形影不离地跟踪着味泽。在他看来，眼看这个猎物一步一步地走近了他布下的圈套，一旦搞错了，可就不好交差了。

"在现阶段，这一点还不清楚。总之，味泽这个人有点儿怪。不过，眼下这些都是案情的旁证，仅仅根据这些旁证来断定他是罪犯，还不够。"

提出反对意见的一方也毫不让步。

# 第十一章　碎石子与岩石

## 一

调查"飞车族"集团，并不像开头想得那么简单。单是羽代市就有大大小小十几伙，而且还忽而合并，忽而分裂，反复无常。另外，还有从邻近羽代的市或县流窜进来的。

不过，从遭受袭击时的瞬间观察来看，估计是市里势力最大、最凶恶的"狂犬"集团，因为黑哔叽和黑皮夹克是这一集团的队服。"狂犬"集团大约有二百五十名到三百名成员，是以双轮摩托车为主的"飞车族"集团。这一集团是由年轻人组成的，成员的大多数是高中生和店员，年龄都在十七八岁到二十岁之间。

他们的老巢是"钢盔"快餐部，位于市内的轿夫街。于是，味泽乔装成一名陌生的客人，潜入"钢盔"快餐部侦查。在这个三十来平方米的狭小天地里，沿着柜台和墙壁并排摆着一排候车室里那样的固定长椅。一群不满二十岁、身穿黑皮夹克的青年和披着长发的少女随随便便地围拢在一起。他们虽然打扮得神气十足，但一摘下钢盔，就露出满脸的孩子气。

本来他们就满口都是黑话，说话快得像机关枪，根本听不懂在说些什么，而自动电唱机还用最大的音量放着当前流行的音乐，听起来一片嘈杂，盖住了所有的声音。青年们就在这嘈杂声中吵吵嚷嚷地谈着话。

音乐像是由节拍强烈的摇摆舞音乐演变来的，在演奏中加进了类似摩托车或是赛车马达的轰鸣声。店里与其说充满了青年人的朝气，不如说充满了"飞车族"盲目东冲西撞的疯狂与混乱。

墙壁上贴满了重型双轮摩托的相片。相片上分别写着"阿古斯塔750S"、"布尔塔克阿比纳250"、"哈列达毕德松FLH 1200"等牌号，并附有说明。

偶尔也有普通顾客走进来，但一见店里异乎寻常的气氛便吓得赶紧溜走了。

味泽在这家店里悄悄侦查了几天。"狂犬"集团的成员对他毫无反应，他们都一味地各自吹嘘自己的摩托车和当天的行动。

如果说他们是受人指使袭击了味泽和赖子的话，那么他们理应对味泽的相貌有些反应才对，可是他们对味泽理也不理，只顾谈论自己的事。在他们的话题里，一点儿也没有沾到袭击味泽的边儿。

也许是另一个集团干的吧！

就在味泽认为找错了对象，想要罢手的时候，一阵震耳欲聋的摩托车排气的噪音在门前停了下来，随即有二十几个更加神气的人拥进了店里。看情形，他们是到哪儿兜了一圈回来，小小的店里顿

时又增添了新的汗臭和热气。

"啊呀！真他妈痛快！"

"搞到什么野味了吗？"先回来的那一队人问道。在这种场合照例要问一声，这似乎是他们的礼节。

"又是公园吧！"

——还是公园呀！

"那儿有对男女正在甜言蜜语，咱给他们吃了'搓黄瓜'。哈！那个男的吓哭了，女的吓得尿了裤子，难看死了。"

那个头头连说带比画地报告着，引得在座的人哄堂大笑起来。看到他指手画脚的样子，味泽明白了，他们正是前几天袭击他的那伙罪犯。对味泽他们父女俩搞的袭击，可能就是"飞车族"威吓无辜行人而取乐的所谓"搓黄瓜"游戏。他们把人当作黄瓜，用摩托车揉搓，稍一失误，就会把无辜的人置于死地。他们拿这种危险的游戏来取乐。

一群混账东西！

一股怒火勃然冲上味泽的心头。不过，由此倒也弄清了"飞车族"的背后并没有罪犯在搞鬼，他们只是独出心裁地把味泽他们父女俩当作了玩物。

那个头子似乎已把曾经是他们玩物的味泽的相貌忘得一干二净了，在味泽的眼前扬扬得意地吹嘘着"战果"。味泽悄然站了起来，因为他觉得一股狂暴的冲动涌上心头，如果再待下去，说不定自己会干出什么事来。


既然"飞车族"集团中没有罪犯，那就只好再回到山田道子的线索上去了。可是，自从味泽在公园遭到袭击以后，道子一直没上班。味泽不露任何痕迹地问了一下电影院，只听说道子请了病假，其他情况一概不得而知。道子家里开着一个小小的杂货店，看来她

233

也不像是待在家里。

味泽心生一计，跑到附近的水果店里买了一篮水果，提着就到山田家去了。山田的妈妈迎了出来，味泽对她说：

"我是羽代电影院的，公司让我来探望道子小姐。"说罢，递上了水果篮，一本正经地询问起道子来。道子的妈妈是个五十多岁的慈祥的老太太，她说：

"哎呀呀，真是的，太感谢了。孩子这次请了好多天假，给你们添麻烦了。"她说着，惶恐地把头一个劲儿地贴在地板上答礼。

看来，她深信味泽是羽代电影院的人。味泽估计道子家的人不会熟悉电影院的每个人，他这一宝恰好押着了。

"那么，道子小姐请假后身体好些了吗？"味泽进一步问道。

"噢！托您的福，不久就能出院了。"

这么说是住院喽！看来有病并不是扯谎。味泽暗暗点了点头。

"方便的话，我想到医院探望一下。"味泽又深入一步试探。如果她把医院的名字通知了工作单位，味泽就难免要露出马脚。

"不用啦！百忙之中不必特意跑一趟啦！再过三四天，她就会出院了。"

道子的妈妈越发慌乱了。

"我是专程来探望的，好久没见到她了，很想见见道子小姐。"

"真的不用啦！我转告她就是了。孩子脸皮薄，不愿让人看见她病得邋里邋遢的。"

道子的妈妈慌慌张张地谢绝了，可是话音却使人觉得，她很不乐意让人直接去见道子。这真的是为腼腆的女儿着想呢，还是有别的难言之隐呢？

味泽从直感上判断出是后者。于是，他又深入一步试探说：

"道子小姐害的是什么病，其实我还一点儿都不清楚哪！"

这回她可搪塞不了了！

可是，道子的妈妈有点儿不好意思地说：

"嗐！是阑尾炎，以前就常犯，一直用药控制着。这回大夫说可得动手术了，所以……她自个儿觉得很难为情。"

从道子母亲的语气里，味泽听出她在扯谎。要是阑尾炎的话，有什么难为情的呢？道子肯定是由于别的什么病——一种不好声张的什么病住进了医院。

味泽估计，从道子母亲的嘴里绝对问不出医院的名字，如果再问下去，就会引起对方的警惕。正在这时，听到一声"我回来啦"。随着话音，进来一个身穿水兵服①的高中生，脸盘儿很像道子。趁这个机会，味泽起身告辞。"哎呀，您贵姓？"道子的妈妈慌忙问道。直到这时，味泽还没说出自己的姓名。

"我是代表公司来的，那么，请她多多保重吧。"

味泽若无其事地避开回答，走出了山田家。


味泽装作走开的样子，实则转身监视起山田家的动静来。这里是城市的边缘，稀稀落落地有几户人家，监视起来有些困难。他硬着头皮尽量不引起附近人家的注意，大约在那里监视了一个小时。这时，刚才回家的妹妹抱着水果篮从家里走了出来。果然不出味泽所料，她肯定是去她姐姐住院的地方。味泽立即尾随上去。

道子的妹妹走到市内药师街的县立医院，一直走进了第三病房。

味泽装作探视病人，在传达室问明了山田道子的病房，结果证实自己的猜测是对的。县立医院有四栋病房：第一栋是内科，第二栋是外科，第三栋是妇产科和儿科，第四栋是其他一些患者的病房。

---

① 日本女高中生的学生服，是水兵式的制服。——译者注

未婚女子隐瞒住院原因，一般都是患了妇产科方面的病。

味泽在这里又想起一件事：第一次见到道子的时候，道子的身体看起来就有些笨重，那时她会不会已经怀孕了呢？而怀孕的原因，如果是坏人强奸造成的，那么家里人不肯说出所住医院的名字和得的什么病，就是理所当然的了。

味泽在传达室磨蹭了一会儿。道子的妹妹从病房走了出来，看来她是专程送水果来的。

味泽一时有点儿迟疑不决。他心里很清楚，即便是到病房里去，道子也肯定不会说出罪犯的名字。她可能连家里人也没有告诉，所以，妹妹也不会知道糟蹋她姐姐、使她姐姐住院的罪犯。不过，当味泽第一次接触道子的时候，曾故弄玄虚，说罪犯可能还要糟蹋她妹妹，道子对此反应很强烈。这是否说明罪犯是要向她妹妹伸出罪恶的魔掌呢？

据说，遭到这种迫害的人，情愿向年纪相仿的姐妹坦白地讲真话，而不愿意向父母讲。

迟疑的念头转眼就打消了。味泽拿定主意，去追赶道子的妹妹。

"山田小姐！"

道子的妹妹猛地听到有人叫她，稍稍吃了一惊，扭过头来。她的脸盘儿比姐姐丰满一些，线条很优美。

"对不起，你是山田道子的妹妹吧？"

"是呀！"

道子的妹妹疑惑不解地看着味泽，好像并没什么戒心。方才在山田家门口，她已见过味泽一面，不过一转身就错过去了，似乎没有记住。

"我叫味泽，是你姐姐的熟人。"

"啊，是味泽先生！"

妹妹的表情上出现了意外的反应。

"我的事你知道吧?"

"听姐姐说过,您的未婚妻遇害了。"

"这话她都对你说了?"

"您是在追查罪犯吧!姐姐刚才还说呢,那篮水果也是味泽先生送的。"

道子的妹妹注视着味泽。

"你知道糟蹋你姐姐的坏蛋吗?"

味泽霎时间浑身来了劲儿,他以为终于碰到了一个反应敏感的对象。

"不知道。我问姐姐好多次了,她总是不肯告诉我。"

难得的反应,转眼间变成了一场空欢喜。

"不过,姐姐说,杀害味泽先生未婚妻的罪犯和糟蹋姐姐的罪犯好像是同一个人。"

"既然这样,那她为什么还不说出罪犯的名字呢?"

"她害怕。罪犯威胁姐姐,不让她说。"

"为什么不去报告警察?"

"爸爸妈妈说,要是一报告,就会闹得满城风雨,所以绝对不让去,姐姐也说不乐意去。可是,我恨死那个坏蛋了,他把姐姐糟蹋成这副样子竟不闻不问了。"

妹妹抬起眼睛,眼中充满了憎恨和愤怒。看来她是个性格刚烈的人,和温柔的外表截然不同。

"我也同样恨那个坏蛋。警察根本靠不住,我正在单枪匹马追查凶犯时碰上了你姐姐。可你姐姐知道罪犯的名字,却不肯告诉我。你姐姐住院,也是由于罪犯的暴行造成的吧?"

味泽虽然猜出个八九不离十,但还想核实一下。

"据说姐姐是宫外孕,从班上一回来就突然大量出血,用救护车送进了医院，差一点儿送了命。"

按理说，她不会确切地知道宫外孕究竟是种什么病，但她却像自己就是受害者本人那样地诉说着。

"即使那样，她也不肯说出罪犯的名字吗？"

"我也一再问过她，坏人差一点儿把你给弄死，干吗还瞒着不说呢？可姐姐就是守口如瓶，就像她在拼命包庇坏人似的。"

"包庇坏人？"

"我想，她可能受到了可怕的威胁，要是说出罪犯的名字，不光她自己，全家都会遭殃的。"

"你一点儿线索也没有吗？有没有类似罪犯的人向你伸出过魔掌？"

"有过一次。"

"有一次？"

味泽不由得提高了嗓门儿。

"有个男的给姐姐打电话，正好是我接的。我觉得那个男人或许就是罪犯。"

"他说了些什么？"

"开头，他把我当成了姐姐，姐姐马上把电话接了过去。看样子，我在身边，姐姐好像不好意思说话似的，于是我就离开了。所以，不知他们说了些什么。"

"那你怎么知道可能是罪犯呢？"

"凭感觉。他嘴里不干不净的，很下流。姐姐是个正经人，从没有那种男人给姐姐打过电话，而且，她战战兢兢的，就像被人揪住了辫子似的。"

有的女人一旦失贞，就觉得像干了见不得人的勾当。正像味泽估计的那样，罪犯利用了受害者的幼稚可欺，得寸进尺，扩大了欺凌的范围。

"那次电话，你没有注意到什么吗？"

"电话里有乱哄哄的音乐和摩托车的马达声。"

"摩托车！"

味泽眼前唰地一亮。

"好像是从一个特别吵闹的地方打来的电话，所以，他把我的声音当成姐姐的了。对啦！对啦！电话里还有一句奇怪的话。"

"什么奇怪的话？"

"听起来，像电话旁边的人说的话，说'搓黄瓜'什么的。"

"'搓黄瓜'！"

味泽大叫一声，道子的妹妹吓得往后一闪。

"对不起，让你受惊了，的确是说'搓黄瓜'了吗？"

味泽压抑着冲上心头的兴奋，赶紧核实情况。

"没错！的的确确说'搓黄瓜'了。"

最初侦查的目标是正确的，罪犯一定是从"钢盔"快餐部打来的电话。

罪犯就在"狂犬"集团里，杀害朋子、强奸山田道子的罪犯就在"狂犬"群里，他们还用"搓黄瓜"耍弄了味泽他们父女俩。这三次罪行之间不像有什么牵连，他们不管谁都要乱咬一口，就像他们的名字那样。

"您怎么啦？"

交谈之间，味泽忽然沉思起来，道子的妹妹担心地瞅着他。

"不！没什么，我也许能找到罪犯。"

"真的？"

"你的话很有参考价值。如果你再发现新的情况，请务必告诉我。我的联系地址是这儿。"

味泽这才递给她一张名片。

"我叫山田范子，范围的范。凡是我能做到的，都可以协助您。"

范子恢复了女学生羞羞答答的样子，深深地行了个礼。

"谢谢！罪犯也许还在打你的主意，你不要一个人夜里走黑道或没人走的路。"

长期的孤军奋战之后，味泽觉得终于得到了一个帮手，他用这种心情嘱咐范子。

<h1 style="text-align:center">二</h1>

"搓黄瓜"是"狂犬"集团发明的戏码。虽说别的集团也可能会跟在他们屁股后面效仿，但只有"狂犬"集团叫"搓黄瓜"。可是，他们有二百五十到三百名队员，怎样才能从他们当中找出罪犯呢？

味泽又一次来到"钢盔"快餐部进行侦查。他挨着个儿地问聚集在那里的"狂犬"队员，是否认识在羽代影院工作的山田道子，并观察他们的反应。可是，谁都没有什么表情，都说不知道。

"你干吗打听这些事呀？"

一个恶狠狠的家伙反问他，但这不是味泽心里期待的"反应"，而是"狂犬"分子对混入他们老巢的异己分子做出的拒绝性反应。

"我认识她，听说她是'狂犬'的队员。"

"咱可不晓得那个女人。你和她是什么关系？"

"是朋友。"

"朋友？朋友也有各式各样的呀！"

他们下流地嘲笑着。

然后，他突然声色俱厉地说："最近你老是在这儿转来转去，真讨厌！你莫非是警察不成！"

"警察？我这样的人？哈哈哈……"

"笑什么!"

几个横眉立目的家伙把他团团围了起来,那种气势像是说"如果你是警察就不会轻饶了你"。

"请不要误会,我是干这个的。"

味泽把印着公司名称的名片掏了出来。他们瞥了一眼说:

"啊,是个保险商啊!保险商到这儿来干什么?"

"干什么,我想诸位会知道的。'狂犬'队员嘛,是我们的好主顾。对了,诸位现在来加入保险如何?加入人寿保险就不用担心啦!"

"叫我们加入人寿保险?"

他们愣了一下,便大笑起来,一个个笑得前仰后合。笑了一阵之后,他们才说:

"保险商先生,你来到这儿要是为了劝我们加入保险的话,来多少趟也是白跑腿!保上了险再去开飞车,那也太不带劲儿了!"

结果,还是没有看见谁对山田道子的名字有反应。

在"钢盔"快餐部暗暗侦查的第三个夜晚,味泽返回公寓时,刚走到朋子遇害的乱树林附近,突然有人从背后喊住了他:

"你是味泽先生吗?"

在树影格外黑暗的地方,似乎蹲着几个人。味泽刚一说"是",一道道刺眼的白光就一下子射到他的眼睛上,震耳欲聋的马达吼叫声刺破夜空,乌黑的钢铁野兽从黑暗中对准味泽扑上来。他忙把身子一扭,刚刚躲过去,第二辆又扑了过来。不容他站稳脚跟,第三辆又直扑向他的咽喉。这分明是"狂犬"在伏击味泽。

三辆车都是500CC以上的重型摩托,它们团团围住手无寸铁的味泽,轮番进攻。味泽感到杀气腾腾。在公园那次遭到"搓黄瓜"袭击时,中间还有点儿空隙,像耍弄人似的,还有回旋的余地,而这次却毫不含糊地猛扑上来。

　　摩托车开足马力全速冲过来，在眼看就要撞上味泽的一刹那，又来了个急转弯，冲了过去。一个过路人也没有，就是有过路人，也奈何不了他们。唯一逃避的方向是乱树林，但是，他们进攻的方法很巧妙，根本不给味泽钻进树林的机会。

　　味泽被追得无处可逃了。三辆摩托车从三个方向包围了味泽，刺眼的车灯使他看不见后面的骑手。味泽惊恐地站在车灯交叉的焦点处。马达声稍稍低了下来，在正面的摩托车上有人开了腔：

　　"你悄悄侦查山田道子是何居心？"

　　"我不是说过吗，是因为我认识她。"

　　味泽嘴上答着，心中猛然察觉到，他们正是杀害朋子的凶手。他们袭击过朋子，熟悉这一带的地形，所以偷偷地尾随味泽，摸熟了他回公寓的路线，便埋伏在这有利的地形上了。

　　"你同她是什么关系？"

　　"是朋友。"

　　"对她怀有什么鬼胎吧！"

　　"没什么鬼胎，只是想劝她加入保险。"

　　味泽一边拖延谈话的时间，一边一心想抓住个可乘之机。罪犯是经过漫长的追踪之后才露面的。

　　机不可失，失不再来。

　　"以后，你要再到处询问山田道子的事，绝不轻饶了你！"那个人威胁说。

　　"为什么不能询问山田道子的事？"

　　"少废话！因为我们讨厌。以后也不许你再接近'钢盔'快餐部，那不是你去的地方！"

　　味泽还想核实一下朋子的事情，可话到嘴边又咽了下去。他们若是知道味泽的真正目的是追踪杀害朋子的罪犯，也许就不会白白把味泽放走了。

真巧，这时偶然出现了对味泽有利的情况：远处传来警察巡逻车的警笛声，看来是朝着这里开的。也不知警察是为了另一个案件紧急出动呢，还是附近居民看到"飞车族"拦劫行人而拨了110报警电话。

一听到巡逻车的警笛声，"飞车族"马上慌了手脚。他们加大油门，一辆接一辆地挂挡启动，车轮刚一动，就马上加速猛冲。

味泽看准了这一时机。在第二辆摩托刚要加速猛冲之前，一道闪光似的东西从他手里飞了出去。那东西在明晃晃的车灯中一闪，咔嚓一下卷进了第二辆车的前轮。那辆车在加速猛冲前受阻，往前一栽便翻倒在地上。高速挡已挂上了，车翻倒在地后还在转动。由于猛冲的惯性，车上的骑手被甩到五米多远的地方，一头栽在路面上。正好第三辆车又一下子冲了过来。

第三辆车的前轮猛然撞在一头栽倒在地、一动也不动的那个骑手身上，车身眼看就要翻倒，但又稳住，加大油门全速去追赶第一辆车。剩下的只有那个受了两次冲撞、死人一般僵卧在地的第二辆车的骑手。

味泽走过去看了看，那人还有一丝游气，因为他戴着头盔，大大减轻了冲击力。

这时，警察的巡逻车赶到了。

"喂！没什么事吧？"

"我们接到通报，说有人让'飞车族'给拦劫了。"警察从巡逻车上跳下来，拉开架势紧张地说。

"不要紧，他们听到巡逻车的警笛声后刚要逃，有一个人没抓好把，受了伤。"

听说"飞车族"的主力已逃走，警察才松开了架势，看了看受伤的骑手，用报话机呼叫着救护车。在警察叫救护车时，味泽解下了缠在倒地的摩托车前轮上的锁链，藏到兜里。那是他预想到要同

"飞车族"决斗，悄悄准备了藏在怀里的细长锁链，两头拴着砝码，是个既像木流星①又像带链镰刀的一种凶器。倒在地上的"飞车族"根本还没来得及察觉身边发生了什么事就失去了知觉，逃跑的"飞车族"也一心只顾自己逃命，没顾得上看一眼。

味泽这时才亲眼见到自己过去特殊经历的一点儿效益，一根锁链竟然变成一个凶器，打倒了一名"飞车族"。

<h1 style="text-align:center">三</h1>

受伤的"飞车族"被送进了羽代市民医院。他名叫风见俊次，是个十七岁的高中生，头部受了两次猛烈撞击，右锁骨骨折，X 光透视结果，未发现颅内出血，但头部伤势将会如何发展还无法预测。

风见俊次的父母急急忙忙来到医院。他父亲在市内开一家牙科医院，家里生活很富裕。

他妈妈哭天抹泪地说：

"俊次是小儿子，从小娇生惯养，终于闯了祸。平时要什么就给他买什么，结果反而害了他。这孩子要摩托车时，我就没同意。他拦劫行人，摔成这副样子，完全是自作自受。"

不管怎样，风见并没有生命危险。

味泽虽然身处受害者的立场，却摆出协助抢救风见的姿态，使风见的父母对他又惶恐又感激。

"我也有一份责任呀！一个人夜里慢吞吞地走黑道，这不等于让人来劫吗？他这个年纪，正是不知天高地厚的年龄，请不要过分

---

① 一种两头拴有木质疙瘩的链子，此处译为"木流星"。——译者注

责备他。"

别有用意的味泽反倒庇护起风见来，因而博得了风见父母的信任。味泽装作探视的样子，随便在风见的病房出出进进，可把风见吓坏了。而他的父母却以为这是儿子在耍脾气。

"他可是个难得的大好人。你用摩托车拦劫人家，人家反而担心你的伤，天天来看你，你倒讨厌起人家来，你也太任性啦！"

尽管受到母亲的责备，风见却不敢说出怕见味泽的真正理由。

"妈妈，那个人要把我弄死，您别让他进病房！"风见苦苦哀求。

入院以后，他头部的伤没有什么发展，但胸部还打着石膏，身子不能动弹。

"胡说！还不是你想要把人家弄死吗？"

"我不要单人病房，给我换个大房间。"

"糊涂虫！这个房间安静，好得快呀！"

妈妈总是不理他的话。

"他被我拦劫过，正怀恨在心，过几天就要报复了。"

"拦劫他的也不是你一个人呀！"

"现在动弹不了的，不就我一个人嘛！"

当父母、护士都不在的时候，味泽要是来算账，可就再也逃不过去啦。风见的脸上像从皮下渗出脂肪似的，不住地泛出恐惧来。

住院后的第三个夜晚，风见被人用力摇醒了。在蒙眬的睡眼里模模糊糊地现出一个人来，好半天才集中了焦点，一看，那是味泽的面孔。他吓了一跳，想爬起身，但身体被石膏固定着，一点儿也动弹不得。

"慢着，可别慌慌张张的，对伤口不利呀！"

味泽的嘴角上挂着一丝笑容。他轻轻地按住了风见的身体，虽然只用了一点点力气，却像泰山压顶似的。

"这……这么晚了，你有什么事？"

风见极力装得镇静，但手表就在枕边，却连瞅一眼的工夫也没有。估计已经过了深夜十二点，四周一片寂静，夜显得更深了。

"我是来探望你的呀！"

"探望？你白天不是来了吗？"

"来上两趟有啥不好！"

"现在不是探视时间，你走吧！"

风见说着，手悄悄地朝枕头下伸去——那里放着叫护士用的电铃拉线。

"你手在找什么？"

味泽早就盯住了风见的手。

"没……没什么。"

"你要找的，是这个吧？"味泽用手指挑着电铃拉线，对面部肌肉颤抖的风见说，"你有事也别找护士啦，由我来代替。"

"没……没什么事。"

"是吗？那么，这个电铃就暂时靠边站吧！"

味泽恶作剧地把电铃拉线放到风见够不着的地方。

"我要睡觉了，你没事就走吧。"

"有点儿事要问你呢。"

"问我？"

风见的心扑腾一跳。

"前些天，你们干吗拦劫我？"

"不为什么，碰巧你从那儿路过，想和你开个玩笑。"

"你们说不许打听山田道子的事，为什么？"

"不知道呀！"

"我听得真真切切。"

"我不记得说过那种话。"

"是吗？那么，我来让你想起来吧！"

"我真不知道。"

"山田道子和你是什么关系？"

"拦劫你是我不对，请你原谅。"

"你还有两个同伙呢，把他们的名字和住址告诉我吧。"

"我不知道。"

"你们不都是'狂犬'的队员吗？"

"我们不过是在'钢盔'快餐部认识的，不知道名字和住址。"

"你是一问三不知啊！好吧，好吧！我来让你一下子都想起来吧！"

味泽冷笑着，靠近了床边。

"你……你要干什么？"

味泽逼上来的样子是那么可怕，把风见动弹不得的身子吓僵了。

"你脑袋挨了撞，什么都忘了。因撞击引起的健忘症可以凭新的撞击恢复过来。我把你的头往铁床架子上撞几下，大概你就会想起来了。"

"别碰我！"

"不过，再次敲打敲打你的脑袋，你那好不容易要痊愈的伤口，说不定会再破裂。你的脑袋现在处于微妙的状态，当初要是没戴头盔，你早就上西天了。现在你的脑浆可能就像快要熄灭的余烬似的勉勉强强保持着平衡，要是再给它加上点儿新的撞击，你想会怎样呢？这回，你可没戴钢盔啊！"

"你再不走，我要叫警察了！"

"哈哈，你怎么叫呢？"

味泽把电铃拉线垂到他眼前晃来晃去地摆动着。

"我求求你，你走吧！"

"我不是说了吗，你要是回答了我的问题，我就走。"

"我不知道，没法回答你。"

"你好像还不知道自己的处境。你的同伙把你撞倒就逃走了，你差点儿被你的同伙撞死，你没有任何理由掩护他们。"

"……"

"那么，你还是要让我来撞撞你的脑袋，好叫你想想吗？"

味泽说着，手两下插到风见的头下，就要把头抱起来。

"等等！"

"怎么？这回想说啦？"

"我没强奸她！"

"你们三个人轮奸了山田道子吧？"

"我没有！我只是放哨，我一直都是放哨。"

"那么，是谁干的？"

"……"

"说！"

"可别说是我说的。"

"你要老老实实交代，我就给你保密。"

"是头头和津川。"

"头头和津川？是哪儿的人？"

"津川在汽车厂工作。"

"头头是谁？"

"为了你的安全，还是不知道为好。"

"说！"

"是大场先生。"

"大场？"

"大场市长的公子。"

"你是说大场一成的儿子是你们头头?"

味泽猛然觉得一束强光照射到眼睛上。

"对啦!他是'狂犬'的统帅,是我们学校高三的学生。"

"市长有三四个儿子哪!"

"是老三。"

这回捉住的猎物可真不小。不仅猎物本身非同小可,在他的后面还有一大帮眷属。

"是大场的三儿子和津川强奸了山田道子?"

"嗯!头头老早就看上了山田道子,勾引过她,可是她置之不理,于是我们就埋伏在塑料温室附近强奸了她。头头让我也去强奸她,可我觉得没劲。"

"你们后来是不是还继续纠缠着山田道子不放?"

"山田道子的爸爸是羽代交通公司的公共汽车司机,我们头头的哥哥是那个公司的经理,我们吓唬道子说,要是她胆敢不听头头的话,就把她爸爸开除。她无可奈何,只好和我们鬼混。"

"你们前些天袭击我,是山田道子告诉你们的吧?"

"不是。'狂犬'的队员告诉我们说,你在'钢盔'快餐部追查山田道子,所以我们才想吓唬你一下。"

"你刚才说,他们一直让你放哨?"

"除了放哨,我还要去叫头头玩弄过的女人。其实我从没动过女人一根汗毛。"

"这么说,除了山田道子,还搞过别的女人?"

味泽一步步向核心问题追问下去。

不打自招的风见脸上现出了不知所措的为难神色。

"不过,那都是些女流氓。"

"越智朋子可不是流氓!"

追问的刀锋在要害部位的表皮上先划了一下,然后一拧就刺进

249

了核心。风见大惊失色。

"怎么？吓坏了？九月二日夜里，不！正确地说是九月三日的凌晨，强奸了一个名叫越智朋子女人的不正是你们吗？"

"不！不是我们！我一点儿也不知道！"

强奸和强奸杀人，犯罪的性质是不同的。风见满以为味泽不过是为山田道子而来，一知道他的真实意图，便慌了起来。

"既然不是，你又为何这么害怕呢？"

"和我没关系！"

"别喊！你们拦劫我的地点就是杀害越智朋子的地点，你们对那一带很熟呀！"

"是偶然……偶然的巧合！"

"你就是不说也没关系！我会从大场的混账儿子和津川的嘴里掏出来，我就说是你说出来的。"

"求求你，可别这样！"

"那你就老实交代！杀害越智朋子的是谁？在场的是不是就你们三个？另外还有谁在场？"

"求求你，我说了他们会整死我。"

"你要不说，现在就整死你！如果你不是凶手，做别人的替死鬼，你不认为太傻了吗？你要老老实实交代清楚，我会请求警察保护你。"

"警察靠不住，羽代的警察都是头头他爸爸的人。"

"是吗？凶手还是大场的混账儿子啊！"

"啊！"

"现在你想不说也晚了！你也是同谋犯吧？"

"我没杀人，我在旁边放哨来着。头头和津川慌里慌张地跑来，我就跟着一起逃跑了。后来才知道把那女的给弄死了，我觉得这下子事情可闹大了，吓得魂都丢了。"

"你们为什么袭击越智朋子？是像山田道子那样，早就盯上了吗？"

"不是。那天夜里，我们三个还像往常那样兜风，发现一个挺俊的女人独自在那里走着，就一时心血来潮袭击了她。可是，没想到那个女人拼命抵抗，由于用力过猛竟把她弄死了。不过，我离那地方挺远，知道得不太详细。真的，请相信我，我可不敢杀害女人。"

正如推测的那样，大场的儿子就是罪犯，说起来也真是该着。

"现场就是大场、津川和你三个人吗？"

"就三个人，我在路边放哨来着。"

"'狂犬'有三百人呢，为什么就你们三个人去兜风？"

"全体行动大伙都参加，找女人的时候，一直是我们三个人，这是为了保密。一年前，我们三个偶尔在一起兜风，搞了一个单身走路的女人，从那时起就得到了甜头。"

"你放哨得到甜头了吗？"

"头头给了我钱，是一笔很好的业余收入。"

"真没出息！你不是有的是钱吗？"

"我想换一辆功率大的摩托，爸爸不肯给我买 500CC 以上的摩托。"

这位高中生，把帮助别人强奸妇女的报酬拼命攒起来，竟是想买一辆功率更大的摩托车！这是在机械文明高度发展中，精神还停留在幼稚阶段的可怜的年轻人的写照。他也许想跨上高性能的摩托车，来挽救他精神上的落后！

味泽终于找到了罪犯。虽然弄清了朋子之死，但同大场体制正面交锋已成定局。不管对手多么强大，为了雪耻朋子遭受的欺辱和被杀的怨恨，这场冲突是不能回避的。

为了同大场进行决战，味泽认为必须把自己这方面分散的力量集结起来。面对大场的强大体制，即便尽量集结自己的力量，也不过是在巨大的岩石前把沙子变成碎石而已。但碎石至少比沙子要大些，而且，要是用法得当，碎石子也会变成炸毁岩石的炸药。一小把炸药，也会把一堆巨大的岩石炸得粉碎。

## 四

"糟蹋你姐姐的罪犯已经知道了。"

"哦！真的？"

山田范子瞪大了眼睛。在分散得稀稀落落的自己人当中，她是味泽心里暗自依靠的一个人。

"是真的，罪犯还不止一个。"

"到底是谁？"

"是'狂犬'一伙，主犯是他们的头子大场成明。"

"大场？"

"是大场家族里的，大场一成的三儿子。另外两个是他的小喽啰。"

"原来是大场家族的人啊！"

可以看出来，范子突然像身上没劲儿了似的。她的表情说明，她心里已经体会到，姐姐不肯说出罪犯的名字，也不无道理。

"不要因为是大场家的人就胆怯呀！"

"不过，要是和大场作对的话……"

"我知道你爸爸在羽代交通公司工作，可是，奸污你姐姐的罪犯也是杀害我未婚妻的凶手，我们一起控诉，就会非常有力。"

"有证据吗？"

"他的一个同伙招供了。"

"我害怕！"

"范子，怕是不行的。市民中还有好多咱们的人，拿出勇气来吧！"

"可是，被奸污的不是我呀！"

听到大场的名字，范子突然变得胆小怕事了。

"那些混账东西说不定还在打你的主意呢，只是还没暴露出来罢了。受害者，除了你姐姐，还有好些人，今后还会出现受害者。现在是让这伙人尝到罪孽报应的大好时机。"

"您说我该怎么办？"

"你要设法说服你姐姐和你父母，请他们去控告大场成明。奸污你姐姐的至少有两个人，这种情况，就是你姐姐本人不去控诉也可以告发。不过，不管怎么说，还是受害者本人的控告要有力得多。那个好不容易才招供了的小喽啰，不知什么时候就会推翻自己的供词。不！警察一出面，他肯定要翻供，到那时，若是没有本人的控诉就没有力量了。"

"姐姐不同意呀！"

"所以我才来求你。此时你要不毅然决然地站出来，罪犯今后肯定还会缠住你姐姐不放！"

味泽提高了嗓门。

"今后还要？"

范子的神情有些变化。

"是啊！肯定还会纠缠不休。你姐姐是他们叼在嘴里的一块肥肉，那伙衣冠禽兽绝不会把好不容易弄到手的猎物轻易放掉。"

"……"

"范子，现在不是前思后虑的时候，是行动起来的时候。你要真想搭救你姐姐，就助我一臂之力吧！"

味泽抓住范子的肩膀，使劲摇晃了一下。

味泽下一个访问的目标，是原《羽代新报》社会部的编辑浦川悟郎。由于那次失败的造反，他受到停职处分，待在自己的房里闭门不出。事情明摆着，虽说是停职，但肯定不会让他恢复工作的。

幸好工资还照发，生活倒不成问题。这种做法正是大场的狡黠之处，因为一旦堵死了生活之道，说不定会逼上梁山，什么事都干得出来。所以，只剥夺了他的工作，把他养活到死拉倒。

离开工作岗位还没多久，浦川却完全消沉潦倒了。味泽访问他的时候，浦川正躺在卧室里看电视。大白天屋里酒气冲天，他两眼通红无神，表情呆滞，胡子乱蓬蓬的已有四五天没刮了，看上去老了好多。电视虽然开着，他却几乎不瞥一眼。

他这副样子，叫人怎么也想象不出他和那个帮助朋子策划对大场造反的《羽代新报》社会部的编辑是同一个人。味泽亲眼看到了一个失去工作的人竟然老得这么快。

他看见味泽时，几乎忘掉了是谁——大场"养活到死"的策略看来真有效。

味泽扼制着大失所望的情绪，开始了说服动员工作。对味泽满腔热忱的话，浦川一点儿也没有反应，也不知他听见了还是没听见。

"浦川先生，现在可是杀回马枪的好时机呀！刚刚从羽代河堤里挖出了井崎明美的尸体，又弄清了杀害越智朋子的凶手是大场的儿子，以大场的儿子为头目的市内'飞车族'集团轮奸年轻姑娘的事情也揭露出来了。把这些受害者团结起来，一同控诉，再加上浦川先生把羽代河滩地的不法行为通报给新闻界，就满能够推翻大场体制。浦川先生要是站出来，就有了强大的说服力，新闻界会站在我们一边。"

"没用！毫无用处！"

浦川喷出浓浓的酒味，把味泽的话拦腰打断了。

"没用？"

"是啊！那么做了也毫无用处。在这个城市，要想推翻大场，简直是痴人说梦！"

"不是做梦！您知道，井崎明美的尸体是从羽代河堤里找到的呀！现在人们的视线都集中在羽代河上，要是现在揭露河滩地的不法行为……"

"所以我说是做梦呀！叫井崎什么的那具女尸与河滩地问题根本是风马牛不相及。就是有联系，我也敬谢不敏，和我没关系。"

"和您有关系！"

味泽想说，您莫非忘了越智茂吉对您的知遇之恩了吗？但一说此话就会吵起来。

"事情已经过去了，统统完了。我已是风烛残年，不想再流落他乡了。只要不吭气，老老实实的，就有碗饭吃，工资还可以照领，我老伴儿也蛮高兴。刚停止工作的时候，可真够受的。不过，我一点点地想通了，你就是呕心沥血地干，一生还是一生，纵然为那争分夺秒的特快消息拼死拼活地干，读者也未必殷切地盼望那种消息。用什么洗衣剂啦，闹钟啦等扩大报道，就轻而易举地把报纸的面貌改变了，这就是证据。我们面向的读者，毕竟就是这一类！工作嘛，你就是说得多么神乎其神，也不过是公司的事。少了我一个，公司一点儿也不为难。即使认真工作下去，到了退休年龄，还不是被赶出去？反正都是一样，舒舒服服领钱该有多美！我算明白了，以前忙得连和家里人说话的时间也没有，就像驾辕的马一样，那种日子不是人过的。现在的生活才是人的生活哟！"

"不对！你在欺骗自己。因为你被剥夺了工作，感到寂寞，才以酒浇愁。"

"我不打算同你辩论。总之，我现在的生活蛮舒服。革命也好，造反也好，想搞你就搞吧！不过，不要把我拉进去，谁想搞就让他去搞好啦！"

"浦川先生，你从敌人那里领得堵口钱，厚着脸皮活下去，不觉得于心有愧吗？"

"堵口钱？"

浦川喝酒喝得蒙眬的眼睛，闪出一线光芒。

"是的！是堵口钱！你现在从大场一成那里领来堵口钱，把什么新闻记者的良心，什么男子汉的骄傲都抛到九霄云外去了！如果不是忘掉，就是把眼睛闭上了。为了几个臭钱，你就把做人的基本东西统统出卖了！"

"你给我走！我的基本东西，是家庭和现在的生活！浪漫的正义感是当不了饭吃的。我再也不想和你谈了，你走吧！"

"您再想一想，再想一想吧！您真的满足于现在的生活吗？就这样把新闻记者的灵魂浸泡到酒里，对大场的胡作非为置若罔闻，您就不后悔吗？"

"后悔？我丝毫也不！你口口声声说大场胡作非为，把他揭露出来又能管什么用！羽代能好起来吗？哼！你无论怎么揭露胡作非为，世道一点儿也不会好起来，反而会更糟！羽代正是由大场掌握着才得到安定，要是推翻了大场，就会闹得飞沙走石、天昏地暗！而那些飞沙走石还不是落到市民身上！大场是否一手买下了河滩地，那和我们没关系。对那些去卖河滩地的市民来说，也不过是些年年遭水淹，无法侍弄的赖地。在那里修上一条大坝，把它变成上等地，那正是大场的高明才智。对你这个外来户来说，毫不沾边。你要是知道了杀害朋子的凶手，你自己去告发好啦！根本没必要和河滩地的问题扯在一起。好啦！话说到此，你都明白了吧？你还不走吗？我要睡午觉了。"

"你嘴上说不打算和我辩论，可你却热情十足地为大场进行辩护，这也是为领工资……不！是为了'领赏'吗？"

对味泽这句辛辣的挖苦，浦川醉醺醺的脸上出现了另一种神情。他本想反驳几句，但突然泄了劲儿似的把手一摆，做出赶味泽走的姿势。

256

# 第十二章　窒息致死的阴谋

## 一

大场一成有四个孩子。长子大场成太是大场企业集团的核心企业——"大场天然气工业"的总经理。次子大场成次是羽代交通公司的经理，兼任大场几个子公司的董事。女儿繁子嫁给了羽代新报社的社长、大场集团专务董事岛岗良之。

最小的四子成明还在上高中。他的哥哥姐姐个个出人头地，成了家庭的支柱，唯独这个成明从中学起就走上了邪路，整天和一些不三不四的女人鬼混或是嗅香蕉水①，因而常被警察拘留。

但是，因为警察也是大场一成手下的走卒，所以总是内部悄然处理，从不声张出去。不过，成明却屡教不改，警察很感棘手。

最近，他在市里组织了一个叫"狂犬"的"飞车族"集团，自己当了头头。每当周末，他们就开着车从郊区一直窜到外县去，和其他地区的"飞车族"打架斗殴。

羽代警察署不止一次对大场一成说："在我们管区内怎么都好说，在外边闯了祸，我们可就爱莫能助啦。"

一成也很挠头，就把成明叫来严加训斥。成明当场虽然表示要痛改前非，可是一转身，依然恶习不改。

"这小子是大场家的败家子儿！"

一成气得直骂。可是，逆子反招宠，他对成明最偏爱。成明完全看透了一成的偏爱，便越来越有恃无恐。他以大场家的势力为保护伞，随心所欲地胡闹，一闯祸就逃到父亲偏爱的翅膀下。

最近几天，大场发现成明有些心神不定。大场发家以后，一成的孩子一个个都独立出去，成了一国一城甚至数城之主。成明是小儿子，是在一成以为不会再有孩子的时候出世的，现在还没有成家立业。最近几天，成明一直没在餐桌上露面。

"成明怎么啦？"

一成问摆饭的女用人九野。

"他说心情不好，不肯出屋子。"

九野比一成的妻子还了解成明的事。

"心情不好？已经三四天没露面了，是病了吧？"

---

① 香蕉水本是一种稀释剂，由于它的成分主要是甲苯，故具有麻醉神经、产生幻觉的作用。一九六七年前后曾在日本青少年中流行。——译者注

"不像有什么病。"

"饭都不吃，整天憋在屋里，就会真的憋出病来呀！"

"我把饭送到他房间去了，可是他总是吃得不多。"

"成明这小子是不是又闯祸啦！"

一成猛然回过味儿来，而且，这次的祸看来还不小。他咋咋舌头，急忙吃了点儿饭，便起身离开了餐厅。别的孩子，已成了他得力的帮手，协助他掌管着大场王国，唯有成明使他头疼。可是，也正因为如此，他又觉得成明可爱。为了保护成明，大场王国不惜倾国出动。

一成溺爱成明。

一成走到成明的房门口，想推门进去，谁知门从里面锁上了。他越发感到事情非同小可。一敲门，他觉出里面正屏息注意着自己的举动。

"成明！快开门！是我呀！"一成说。

"爸爸，现在我谁也不想见，您让我一个人待着吧！"

"到底怎么啦？大小伙子整天憋在屋里……"

"行啦！让我一个人待着吧！"

"开门！"一成斩钉截铁地说。

这位大场家族的统帅，又是这个巨大王国的帝王，一声充满威严的大喝，顿时把败家子软弱无力的抵抗征服了。

屋里乱七八糟，成明蜷缩在屋子中间，像堆腐肉瘫在那里。实际上，屋里也确实充满了霉烂的气味。

"臭！真臭！把窗户打开！怎么能老憋在这种地方？"

一成紧皱双眉，亲自把窗户打开，转身看了看成明的面孔，见他面容憔悴，完全变成了另一个人。

"你怎么啦？要是病了，就快让大夫看看。"

一成被成明那憔悴的模样吓了一跳。

"没什么。"

"还嘴硬呢！快说实话，闯什么祸了？"

"我不是说了什么也没干嘛！"

"成明！"

冷不丁听到父亲厉声大喝，成明吓得哆嗦了一下。一成抓住这一瞬间的机会，立即用温柔的声调说：

"好孩子，听话啊！你是我儿子，你闯了祸，正烦着呢，这点儿事我这个当爸爸的还会不知道？父亲有保护子女的义务，不管你闯了多大的祸，爸爸都有本事把你搭救出来。"

"不管多大的祸……"

成明抬起眼皮，怯生生的眼神里显出要依偎的哀求。

"是啊！不管你闯了多大的祸，没有我办不到的事。"

大场一成的话里充满了自信。

"爸爸！我害怕！"

成明的神态就像婴儿要扑向母亲的怀抱似的。他这么大了，懂得父亲的心理，在父亲面前做出害怕的样子，就会得到父亲更宽厚的庇护。

"不要怕，有我在你身边。来，快说吧！"

一成把手温存地放在成明的肩上。这副样子，与其说是普通的父亲，倒不如说是个溺爱宠儿的糊涂父亲。

"风见被抓住了。"

"风见是谁？"

"我手下的人。"

"你手下的人被谁抓住了？"

"被警察！他肯定都招了。"

"风见怎么会被警察抓住了？你说招了，招了什么呀？你从头按着次序说。"

　　一成一边诱导，一边归纳成明前言不搭后语的话。等到弄清了成明闯的祸，一成轻轻地舒了口气。

　　原来是这么回事啊！一块石头落了地。强奸一两个姑娘，花上几个钱总会了结，警察那方面通融一下也就会给打圆场的。可是，一看成明还是心神不定，一成心里又出现了新的不安。

　　"你是不是还瞒下了什么？"

　　"都说了，没瞒下什么。"

　　"既然这样，就别愁眉苦脸啦。不管风见讲了些什么，我会很好地给你处理的。你要接受这次教训，不要再搞良家妇女了。像你这个年龄，搞女人还太早。"

　　一成准备事情处理完后再好好教训成明一顿，现在要是训斥他，恐怕会起反作用。

　　"我再也不干了。"

　　成明一本正经地低下了头，这在他是从没有过的。一成心里的疑团并没有消除，而且越来越大。是啊！成明刚才的话里有个人名他好像听到过，这在他心里结成一个疙瘩，加上成明愁眉不展的样子，越发加重了他的疑虑。

　　"成明，你刚才说过 AJISAWA①？"

　　"嗯！那人三番五次地在'钢盔'快餐部打探山田道子的情况，所以我们才去吓唬他。"

　　"那家伙是个什么人？"

　　"不知道。好像和山田道子有关系。风见就是吃了那人的亏，给逮住了。"

　　"AJISAWA，是味泽吧……嗨！那人不是人寿保险商吗？"

　　大场按照名字的读音，终于找出了心中猜想的人，不禁惊得目

――――――――――

　　①　"味泽"二字的读音。――译者注

瞠口呆。

"噢！您这么一说，我也想起来了。他自称到'钢盔'快餐部是为了劝人加入人寿保险什么的，我想反正是瞎说，就没放在心上。爸爸，您知道那个家伙吗？"

父亲对味泽做出的反应，倒使成明吃了一惊。

"味泽怎么会打探山田道子的事？"

一成的眼神顿时紧张起来。

"不知道。不过，一男一女嘛……"

"胡说！"

大场一成厉声打断了成明的话，把成明吓得发抖。对他来说，父亲虽说慈爱，但在任何方面都赫赫不可一世的父亲也还是他敬畏的对象。一成好像看透了成明的内心世界，两眼盯着他说：

"味泽那个人，好像和九月初被弄死的那个名叫越智朋子的姑娘有过来往，你也许知道那件事吧？她是《羽代新报》的记者，越智茂吉的女儿，所以《羽代新报》和各种报纸都大肆报道过，凶手至今没有发现。味泽要是到处活动的话，一定与这个女新闻记者之死有关。那个案子，被害者也遭到了强奸！"

一成说话的时候，成明的脸色越来越苍白。儿子脸色的变化，一成早就看出来了。

"成明！你怎么啦？哪儿不舒服吗？"

成明像个哑巴，身体像筛糠似的抖起来。

"嗨！你说，到底怎么啦？莫非你……"

一成脑子里闪过一个可怕的念头，但他赶紧打消了。那种事不会是他干的，可是，成明的神色越来越说明事态的严重。

"糟蹋越智女儿的罪犯说是不止一个人。"

一成像是追溯记忆，自言自语地说。

成明突然歇斯底里地叫喊起来：

"不是我！我没干！"

成明态度的突然变化，使一成觉得再也没有指望了。

"谁也没说是你干的呀！"

"我没干！我没干！我没干哪！"

成明号叫着，一副走投无路、失魂落魄的样子。一成让成明的感情任意发泄了一阵，然后说：

"好啦！都说出来吧！"成明也明白，除了投靠在父亲的保护伞下，再也无路可逃了。爸爸也许能把他从困境中解救出来，只有爸爸有这种能力。

然而，成明的坦白给了一成当头一棒。一般的事情他是不会吃惊的，要是杀人可就不同了，而且这又不是单纯的杀人，是轮奸了一个女子之后又把人弄死。这种事是无法搭救的，况且他的儿子已亲口承认自己是主犯。

纵令羽代署是大场的私人警察署，要是知道大场家族里的某人是强奸杀人犯，也不能坐视不管。就是想坐视不管也办不到，还有别处的警察盯着，因为只要是强奸杀人犯，羽代署是不能凭自己的意愿处理的。

"风见也在场吗？"一成还想找出一线希望似的问。

"快说！在，还是不在？"一成连连逼问。

"在……在场。"成明用嘶哑的声音勉勉强强地回答。

"还是在呀！"

事态比预想得还要严重。风见如果都吐露出来，那就一切都完了。不！也许他已经全部招认了，正因为这样，成明才担心得吃不下饭。如果消息已传到警察耳朵里，总会有个通禀才对。既然还没有风声，那么……一连串的想法在大场一成的脑子里团团打转。

"爸爸，我该怎么办呢？"成明向父亲坦白后，像卸下一副重担似的带着明快的表情问。

"混账东西，你先老老实实在屋里待着吧！"

一成这次才真的动了肝火。

不管怎样，一成还是把中户多助找了来。这种时候，最可信赖的还是中户。

"这么说，是成明少爷把越智朋子弄死的？"

凶手出乎意料，连中户都吃了一惊。

"听说还有两个恶作剧的伙伴，但主犯是成明。"

"这可不好办啦！"

"那浑小子竟干了这等意想不到的事，弄不好会要我的……不，要大场家族的命！还有买河滩地的问题和从河堤里找出井崎明美尸首的问题。现在，无论如何也得把成明闯的祸遮掩过去。"

"味泽四处活动，真令人担心哪！"

"如果风见对味泽都交代了就糟了。不，说不定他已经都交代了！如果味泽拿风见当证人出来控告的话，就一点儿也遮盖不了了。哎呀呀，有没有万全之策呢？"

"把风见的嘴巴封起来怎么样？"中户不动声色地说。

"这个，我也想过，不过太危险。"

"如果不封他的嘴，不是更危险吗？"

"你看行的话，就随你的便吧！但绝对不能给我惹麻烦！"

"过去我干过一次砸锅的事吗？"

"没有，所以我才把你找来。"

"这件事就请您交给我办吧！"中户信心十足地说。

中户辞别了大场一成，立即派人了解风见俊次的情况。俊次是市内牙科医生风见明广的次子，羽代高中二年级学生。他的学习成绩在学校居中游，性格拘谨，独自一人什么也干不成，整天围着大场成明转，像个"跟屁虫"。

他和成明以及另一个伙伴拦劫味泽时，逃迟了一步，从车上摔下来，住进了市民医院。

"市民医院？他可进了一个好地方呀！"

中户冷冷一笑。这个医院是大场一成的私人医院。风见俊次因脑震荡和锁骨骨折住进了这所医院，神志还很清醒。

糟糕的是，听说味泽进过风见的病房。

"不好办哪！"

听了手下人的报告，中户咋着舌头。现在已是刻不容缓了。

"味泽本来是被拦劫的受害者，却装作救了没来得及跑掉而摔伤的风见，博得了风见父母的信任。不过，味泽肯定另有鬼主意。"

中户的心腹党羽支仓一五一十地作了汇报。他的头衔是中户家的核心——中户兴业调查部部长。这个部是中户行凶作恶的执行机构，支仓就是这个部的头子。如果说中户家是大场家族的私人军队，那么，支仓就是冲锋队队长。

"另有鬼主意？"

支仓的汇报，使中户的脸动了一下。

"味泽差点儿被风见轧死，所以他不可能真心实意地探视风见。"

"是啊，不错，这点可以利用呀！"

中户眼里炯炯发光。

"我们要是将计就计，利用他的话……应该越快越好。听说 X 光透视的结果，风见头部受的伤不算严重。由于年轻，骨折部位很快就会痊愈。"

支仓很快就领悟到了中户的"将计就计"。也许，在中户还没想到以前，他心里早就在琢磨将计就计利用味泽了。

"据说，头部的伤很不稳定，忽好忽坏。"

中户注视着支仓的眼睛，像是在说，你明白我的意思吗？

"方法就随你便吧！风见俊次突然头部伤势恶化。"

"是，一两天内，我给您送'喜报'来。"

支仓像一条忠诚的狗，在主人面前低下了头。

## 二

味泽走了以后，浦川悟郎一直呆呆地出神，一副失魂落魄的样子。味泽的话深深地刺痛了他的心，他心里就像开了锅一样翻腾起来。

"堵口钱？说得多刻薄呀！"

浦川反复回味着味泽临走时丢下的一句话。

"不！岂止说了'堵口钱'，还说了'领赏'！"

这话使他像吞下了黄连、苦胆，越来越感到苦得要命。酸甜苦辣中感觉最强烈的要算苦味了，而味泽的话竟成了浦川心里的苦水，控制了他的全身。

的确，像现在这样老老实实待下去，生活的安定是可以保证的，也无须为争分夺秒的特快消息去拼死卖命。能和老伴儿一起安安稳稳地生活，这才是真正的人的生活。以前的生活是一场错误。浦川极力想这样说服自己，然而味泽却说他为了换取可怜巴巴的"赏钱"，把新闻记者的灵魂都泡在酒里，对大场的胡作非为佯装不知。这些话使他心里的苦汁漫延开来，随着苦水的水位和压力的升高，在他心里占据了压倒的优势。

"可是，这让我怎么办呢？我什么力量也没有呀！"

"真是这样吗？我要是全力以赴去把如同朋子遗书的那份有关羽代河滩地不法行为的报告刊登在报纸上，不是还能做得到吗？我是原社会部的编辑，现在对《羽代新报》还有点儿影响。在我还有影响力的时候，要是把'朋子的遗书'传播给以前的同行们的话……"

　　"如果把遗书散布给大场势力没有达到的新闻界人士，就完全有可能刊登出去。那篇文章不仅新闻报道的价值高，消息的具体性也无懈可击。公布这份遗书的报社如果有兴趣独自去调查，也许会挖出更深的根子来。"

　　"这样一来可就太棒了。不过，达到这一步还有重重险阻。羽代市也有不受大场直接控制的全国性报纸的分社或通讯社。但是，在那些机构里一般都有大场的拥护者。我浦川提供的消息在被采用以前，要是被这些拥护者发现了，马上就会遭到扼杀。不只是单纯地扼杀报道，我浦川的生命也会有危险。我浦川曾策划过一次失败的造反，由于大场的宽容，才让我'养老'苟活，如果这次还要造反，他肯定不会饶恕的。从过去的做法来看，即使你逃到天涯海角，巧妙的杀人魔爪也会把你抓住。如果只有我浦川一人，也没什么可怕的，可是年老而只有依靠我才能生存的妻子也要牵连进去，那我就太于心不忍了。"

　　造反失败过一次的浦川，就因为这一点而变得胆小怕事了。

　　作为一个"叛逆者"，浦川很清楚自己是处于严密的监视之下。在这种情况下，如果跑进其他报社，肯定会被发现。即使是把消息直接送到这些报社的总社，他们也只能把此事当作一个地方城市的不法行为。那样一来，就会大大降低报道的价值。只有先登在地方报纸上，打下基础，然后再和盘托出大场和建设省暗中勾结、大规模违法乱纪的丑闻，才能掀起摇撼大场体制的轩然大波。

　　不！即使想把消息送到总社去，在那之前也会遭到阻止。现在的处境，就连逃离羽代都比登天还难。

　　浦川一个个数着办不到的因素，想说服自己撒手不干。

　　"我对前社长越智茂吉已经尽到了情义，你还要我牺牲家庭和自己的生活去干什么？"

　　"这不是报答谁的情义的问题，你懂吗？"

问此话的并不是味泽，而是另一个浦川从内心发出的声音。

浦川终于屈服于另一个自己的声音了，那另一个自己是他泡在酒里的新闻记者的灵魂。他终于在酩酊大醉中两腿晃荡不稳地站了起来。虽然他步履艰难，险些摔倒，但他总算迈出了一步。

他想去访问被大场的儿子一伙轮奸了的那位姑娘，这是味泽为说服他而吐露出来的一份材料，如果属实，的确会成为动摇大场势力的有力武器。

浦川凭自己的经验知道，新闻界会马上抓住这类丑闻宣扬起来。与其说这是浦川用丑闻作诱饵吸引新闻界，莫若说想和他们联合起来，共同投入揭发大场不法行为的真正使命中去。据说强奸之后害死朋子的凶手也是大场的儿子。虽说朋子这个受害者已不在人间了，但那个被轮奸的受害者还活着。只要有了和朋子同样遭到奸污的受害者的证词，就会使大场儿子的处境极为不利。然后再大力宣传羽代河滩地的不法行为，也许会有意想不到的效果。浦川虽这样想，但还是三心二意，不敢贸然行事。所以，他准备随时缩回去似的，也不同味泽联系，便自己试图去接近那个被轮奸的受害者。

味泽留下了受害者的姓名和住址。听说受害者的妹妹比受害者本人积极。浦川虽然不想马上有所做为，但还是想先见一下这位妹妹，来作为自己今后应采取什么态度的"参考"。

## 三

"爸爸！爸爸醒醒！"

味泽被赖子从天亮前最惬意的睡眠中摇醒了。他睁开睡眼，但大脑还沉睡在梦中。

"什么事?"味泽眯缝着睡眼问赖子。

赖子面色苍白,毫无睡意,看样子已经醒了好一阵了。

"爸爸,我听见姐姐的声音啦!"

"姐姐?是朋子姐姐的声音吗?"

"嗯!从好远的地方叫爸爸呢!"

"哈哈!那叫幻觉,是耳朵的错觉。你耳朵再好,也不会听到死人的声音呀!"

味泽使劲打了个哈欠。

"真的!我真听见了嘛!"

"是吗?是吗?那她说什么啦?"

"说快点儿打电话。"

"打电话?深更半夜给谁打?"

"给谁都行,给爸爸认识的人打。"

"哈哈,赖子,你睡糊涂了。这深更半夜的,又没什么事,要是给人家挂电话,会把人家吓坏的。睡吧!马上就天亮了,要是错过这阵不睡,明天,不,今天就会缺觉的。"味泽看了一眼枕头旁边的闹钟说。时针正指着四点。

"不过,姐姐可真的那么说了啊!"

赖子有点儿失去信心了。她似乎也没有清楚地听到朋子的声音,那一定是梦中的声音萦回在耳旁。据说有直观像素质的人想象力极为丰富,所以,说不定是梦境发展成空想,她和幻影进行了交谈。

这个房间没有电话,不能为了和幻影交谈的事去敲醒房东借电话。

赖子的直观像多次挽救过味泽,而这次由于困和赖子的信心不足,味泽竟然忽略了赖子的特异功能发出的警告。

"姐姐!叫味泽的那位先生又来了。"

听到妹妹范子的话，山田道子惊得瞪大了眼睛。

"范子，你认识味泽先生?"

"认识。味泽先生把侮辱你的那个人的名字告诉我了。"

"不会吧?"

"真的，是大场成明，大场市长的浪荡公子。怎样? 说对了吧!"

"他怎么会知道?"

道子大口大口地喘着气。道子并不了解味泽侦查的线索，这突如其来的冲击把她吓呆了。

"这是真的呀!"

"味泽先生干什么来了?"

"他说让你去告发罪犯。如果忍气吞声，坏人就会肆无忌惮，今后还会缠着姐姐不放。"

"范子，你就是都信了，也别去告发。如果事情嚷嚷出去，我就没脸活下去了。"

"姐姐有什么丢脸的?"

"范子，我求求你!"

"我要是也被那些坏人糟蹋了，姐姐也无动于衷吗?"

"他们不会侮辱你。"

道子好像迎面挨了一拳。

"味泽先生说，那些坏人可能还打我的主意呢!"

"瞎说! 这不可能。"

"你怎么能断言是瞎说? 那伙坏人还给我打过电话呢!"

"范子，是真的?"

"是真的。味泽先生说，受害者还有好多好多呢! 你如果忍气吞声不告发，今后，受害者还会越发多起来。"

"为什么必须由我去告发呢?"

"姐姐的事已经声张出去了。"

"哪里，没有声张出去啊！范子，要是告发，我这一辈子就再也嫁不出去了。街坊四邻都会戳我的脊梁骨。更重要的是，爸爸就会被公司解雇，这你也不管吗?"

"姐姐，想不到你这么顽固!"

范子冷笑了一声。

"顽固?"

"可不是！这也不是你心甘情愿地放荡胡来，而是被疯狗咬了一口，怎么会嫁不出去？怎么会有人戳你的脊梁骨呢?！至于爸爸嘛，干坏事的是对方，如果把他解雇了，岂不是倒打一耙了？社会也不容许！我要给报社写信去!"

"所以说，范子，你还是个孩子。让疯狗咬了一口，对女人来说就是致命的呀！这个羽代市是大场的世界呀！绝不能和大场顶牛。你要是替我着想，就别声张出去，姐姐一辈子就求你这一次!"

姐姐的保身哲学和妹妹的正义感几经交锋，总是谈不拢。和姐姐谈来谈去，范子觉得经味泽鼓动而活动起来的想法逐渐坚定了。姐姐并非屈服于罪犯的威胁，她是把对罪犯的憎恨丢到脑后去了，一味想保身，想要躲开一切风浪，只要能在风平浪静的内海里停泊，即使那水是污浊的、腐烂的，也毫不在意。由于坏人的凌辱，她连精神也被腐蚀了。

范子憎恨姐姐这种心理胜于憎恨罪犯。范子决心不理姐姐的想法，协助味泽干下去。

正在这时，浦川来访了。不论是对范子还是对浦川来说，这次访问都正是时候。然而，这也许并非吉事。

范子走了以后，道子马上走到电话机旁，拨了一连串的号码。医生还在禁止她随意走动，可是，事情已经万分紧急，无论如何也要打电话联系。幸好那人接了电话。一听道子的通报，那人吃了一惊，马上回答说："我一定妥善处理。"

"求求你，不要对我妹妹胡来!"

道子刚打通电话，马上后悔了。

"你放心吧!"

对方一声冷笑，把电话挂上了。电话一断，道子才反应过来，自己犯了个大错误。

由于她一心想阻止妹妹的行动，就把事情告诉了大场成明。她一味地担心妹妹一控告，自己的污点就会声张出去，便自作主张地和那个使自己蒙受羞辱的罪犯商量对策了。

"我多傻呀!"她后悔不迭，可是已经晚了。大场成明为了阻止妹妹的行动，可能什么手段都使得出来，也许就和迫使自己就范一样，用暴力侮辱妹妹。不! 肯定会用暴力侮辱她! 成明本来对范子就怀有卑鄙的用心。

绝不能让妹妹受到同样的侮辱! 可是，为了搭救妹妹，怎么办才好呢? 道子正在毫无办法的时候，脑海里忽然浮现出味泽的面孔。

现在，能够阻止大场成明的人只有味泽。在羽代，能和大场家族顶着干的只有味泽。味泽曾留下一张名片。

道子按名片拨了电话号码。可惜，事不凑巧，味泽不在公寓，说是不知什么时候回来。山田道子只好把自己的名字告诉了接电话的人，然后放下了电话。

## 四

羽代市民医院值夜班的鸣泽惠子早晨按时巡查病房。再过两个小时，就可以从漫长的夜班中解放出来了。

　　早上八点，值白班的护士就会来上班。算上惠子，值夜班的是三个人，要照料八十来个病人，从夜里零点一直值到上白班的来接班。医院与一般公司值夜班不同，一刻也不能睡，要按时巡查病房，随时准备应付病情突变。不论发生什么紧急情况，都要立即采取相应措施。

　　因为一栋病房大约有七八十个床位，同时发生几起病情急剧变化的事例并不稀罕。附带性的事务也很多。一连值几个夜班，就是年轻的护士也会搞得精疲力竭。这样的夜班一个月就得轮上十来次，所以，护士连悠闲地谈情说爱的工夫也没有。

　　鸣泽惠子有时也想，为什么自己挑来挑去偏偏挑上护士这一行呢？

　　她不止一次想改行，去干女秘书工作。那种工作很舒服，用不着什么特殊的技术，只要按时上班画卯，就能领到工资，好像是从校门到结婚的一座金桥。

　　可是，救死扶伤的责任感在支配着她。如果没有这种责任感，就干不了这种工作，唯其如此，才觉得生活有意义。

　　尽管如此，早晨巡查病房却是夜班护士松口气的时候。漫长而冷清的夜班就要结束了，病人在晨光熹微中醒来，不管是重病号还是轻病号，都迎来了"今天"这个新的一天。

　　护士一进病房，病人就迫不及待地打招呼，不能说话的病人也在殷切地盼着护士的第一次到来。

　　睡得腻烦的病人更是渴望黎明的到来。护士边问候边检查体温。这时候，病人和护士攀谈上三言两语，对他们来说就是从健康世界里传来的消息了。护士是把与世隔绝的医院和广阔的外界连接起来的"病人的唯一对外窗口"。

　　惠子逐个巡查自己负责的病房，同病人打招呼，把体温表递给病人。

推开 320 病房门的时候，惠子忽然觉得情况异常。她一时以为这是自己神经过敏。

"风见先生，早晨好！"

惠子像要打消这疑神疑鬼的念头似的，尽量用明快的嗓音说。可是，没有回音。

"啊呀！今天可睡懒觉啦！"

惠子向床边走去。风见虽然是因头部重伤和锁骨骨折住的院，可是 X 光透视和脑电图检查的结果，头部未发现异常，所以现正专门医治骨折。

由于他年轻力壮，住院觉得腻烦，要不是打上了石膏，他马上就会出院的。他身体要是能自由活动，也许就从医院溜出去了。平时，总是风见主动向护士开腔。

"喂喂！睡得真香啊！是不是昨天晚上偷偷地瞎折腾了？嗨！快醒醒，要量早晨的体温了。"

惠子一边开着玩笑，一边扫了一眼风见的脸色。她一下子吓呆了。因为是护士，她一眼就能看出，风见的脸色失去了生气。

"风见先生，你怎么啦？"

她很自然地把手放到风见的胳膊上。为了慎重，她摸了摸脉，脉搏已完全停止了跳动。她这才明白，已经晚了。

"糟啦！"

她惊慌起来。深夜两点左右巡查病房时，风见还呼吸正常，睡得很香。要是病情骤变，就是在深夜两点以后，恶化的原因完全不清楚。

不管怎样，为了向夜班的主任护士内藤铃枝报告情况，惠子赶紧返回了护士室，正赶上病房护士长佐佐木康子来上班。

佐佐木康子又把情况转告给了主治大夫前田孝一。前田孝一一把抓起听诊器，急急忙忙跑到了风见俊次的病房。光凭眼睛看看，

医生也不能断定死因，所能想到的情况可能是风见颅内有块不稳定的伤（闭锁性头部外伤），伤后没有症状，随着时间的消逝，一点点恶化起来，猛然达到致命的程度。

头部如果受到超过承受能力的外部力量的撞击，颅内就会出血。出血少的话，保持安静就可以吸收掉。出血量一达到20CC到25CC，就会形成血肿，压迫脑中枢，使呼吸和循环中枢麻痹，直至死亡。

颅内血肿有的在受伤后很快就出现，有的则慢慢地持续出血，形成血肿，还有时会过三个星期以后才出现症状。在此之前，有一个神志清醒期，叫清明期。

可是，一直到昨晚，风见的呼吸、脉搏、血压都完全正常，脑电图检查结果也正常。

风见的头颅没有发现外力打击造成的伤痕。前田大夫又详细检查了尸体，发现风见的嘴唇和牙龈上有轻微的脱皮，皮下有出血现象，而且还发现门牙上粘着一小块像是咬下来的塑料薄膜。

前田用手指捏下那块塑料片，仔细一看，想起了一个可怕的可能性，吓得她面如土色。

"昨晚，除了值夜班的，有没有人进过病房？"

前田看了看护士长，又看了看鸣泽惠子的脸。那种紧张的语调，使两个人都觉得事情非同小可。

"除了我，不会有人进来。"鸣泽惠子战战兢兢地回答。

"不会错吗？"

前田追问的神态是那样吓人，吓得惠子要哭出来似的说：

"我想，除了我，不会有人进来。"

"大夫，到底怎么啦？"

佐佐木康子像要缓和一下气氛似的开了腔。

"这个病人有可能是被人杀死的！"

"杀死的？！"

前田出人意料的判断吓得聚集到那里的人们噤若寒蝉。

"在解剖之前还不能断定，但死者呈现出窒息而死的症状。因为暴死尸体的一般症状和窒息而死的症状有相似之处，所以，在没弄清窒息原因之前，不能马上判断死因。不过，风见牙上粘着的东西是一块塑料薄膜，这是乘病人熟睡时猛然用塑料薄膜捂住鼻子和嘴，使他喘不上气而憋死。因为病人的上身用石膏固定着，所以就能像对待婴儿似的轻而易举地把他憋死，嘴唇和牙龈上的伤就证明了这一点。"

"不……不过，大夫，到底是谁干的呢？"

佐佐木康子这才挤出一句话。救死扶伤的医院里竟然出了杀人案，这太说不过去了。不过，罪犯要想杀人，在医院是最方便不过的了。这里出入随便，为了方便急诊病人就诊和护士的巡查，夜里也敞着门，各病房也不上锁。

"我也不知道。总之，那已经属于警察的职权范围了，快去拨110！"

身兼外科部长的前田按照自己的判断下了命令。接到医院报警的警察，不一会儿就赶到了现场。

昨晚夜班时负责护理风见的鸣泽惠子当然要首先承受讯问的炮火了。

罪犯一定是钻了她巡查病房的空子作的案。

"你没看见形迹可疑的人出入病房吗？"

这是审讯的核心问题。而鸣泽惠子只是回答"什么也没看见"。事实上，她确实什么也没看见。警察一边讯问值夜班的人，一边严密地搜查了病房，但没有发现罪犯遗留物之类的东西。

接着，又把和鸣泽惠子一起值夜班的另外两个护士叫来审问。她们是内藤铃枝和牧野房子。

内藤的回答和鸣泽一样。最后叫来的牧野房子战战兢兢地说：

"碰到这种可怕的事，我一慌就忘掉了。昨天夜里，从风见的病房向走廊钻出过一个人。"

警察忙问："那是谁？"

"我记得，大约凌晨四点左右，定时巡查完了以后，我就整理病历卡。从厕所回来的时候，我看见一个人影站在走廊的尽头。我只扫了一眼，看见一个侧面，好像是常来320病房探视风见的味泽先生。"

"味泽？他是个什么人？"

"就是常到风见病房来的那个人。"

"是陪住的吗？"

"风见是全护理，没有陪住的人。"

"那个味泽凌晨四点左右到病房干什么？"

"不知道，我只是看见他了。"

这时，风见的母亲闯了进来。

"没错！就是那个人杀了俊次！俊次老是怕味泽，他说过味泽要杀他，味泽终于下毒手报复了。警察先生，是那个人杀了俊次，快把他抓起来！"

风见的母亲狂呼乱喊。

"噢，老太太，请冷静些。味泽为什么要对你儿子进行报复呢？请详细谈一谈。"

在警察的劝说下，风见的母亲原原本本地把事情讲了一遍，父亲又作了补充。根据这番话的内容，味泽成了极为可疑的对象。

味泽岳史在羽代署本来就是个时有所闻的人物。在井崎照夫为了弄到保险金而杀害妻子的事件中，他好像不相信警察的事故证明，暗地做过调查。

结果，想不到岩手县的警察出面介入，把井崎明美的尸体找到了，使羽代署大大丢脸。负责这一案子的竹村侦探长因为有和井崎照夫同谋的嫌疑而受到了革职处分。

不过，在与大场家族和中户家紧密勾结的羽代署里，竹村受到了革职处分，不过是起个替罪羊的作用。在目前的情况下，由于有碍岩手县警察的情面，挽救竹村很难办到。羽代署也好，大场也好，都想挽救竹村，但如果这样干，恐怕会有无穷的后患。说起来，味泽是在同羽代署作对中，搞掉了一个最有战斗力、最可恨的强敌。

就是这个味泽，成了杀害风见俊次的最大嫌疑人。羽代署的人万没想到，嫌疑人竟是他，最初还吃了一惊，后来马上乐得跳起来。

风见俊次的尸体当天下午就在该医院解剖了，结果分析出三大特点：一、血液呈黑紫色，未凝固，是窒息致死的特征。二、黏膜下、浆膜下有溢出的血斑。三、内脏有静脉性瘀血。据推断，死亡时间大约在凌晨三点到四点之间。

羽代警察署决定先口头传讯味泽。然而，在这次口头传讯中已设下了一个大圈套。

# 第十三章　马利奥特盲点

## 一

　　味泽刚一回到公司，就有人告诉他，他不在的时候，山田道子来过电话，大约在两个小时以前。味泽马上按留言条上的电话号码回了电话。

　　电话一打通，很快传来了道子的声音。看来道子病情有所好转，已经能到电话机旁接电话了。

　　"我是味泽。"

　　"啊！味泽先生，我该怎么办呢？"

　　道子的声音在发颤。

"沉住气！出了什么事?"

"我都讲出去了。不知怎的，我只考虑了自己。"

"喂，喂！你说讲了什么啦?"

"妹妹坚决要去控告大场，我就……就把这事告诉了大场。"

"告诉了大场?! 是告诉了成明吗?"

味泽禁不住大叫起来。

"真对不起。"

"那，成明说什么啦?"

"嗯……他说一定要妥善处理。味泽先生，我很担心，大场会不会对我妹妹下毒手呢?"

"你妹妹什么时候到你那儿去的?"

"给您打电话之前。已经两个小时了，可是现在还没回到家。"

"什么？还没到家?!"

不安的成分着实增加了。

"味泽先生，您说我该怎么办呢?"

"不管怎么样，我马上到你那儿去。在我到达之前，你不要把此事告诉任何人。"

味泽安慰了不知所措的道子，离开刚沾了一下屁股的椅子，站了起来。

味泽刚要走出分公司的门，一个目光锐利的中年人和一个青年人，像前后夹击他似的向他走来。

"您是味泽岳史先生吧?"

年长的开了腔。他们好像等了很久。

"是我。"

"我是警察。有点儿事要问问您，请跟我们到警察署去一趟。"

话说得很客气，却是不容分说的口吻。

"警察，你们到底有什么事?"

"您去一趟就明白了。"

"我现在正忙着呢，过会儿去行吗？"

"不行！马上就得去！"

"是强制传讯吗？"

"倒不是强制传讯，不过，拒绝了对您可大为不利啊！"

年长的那个警察板起面孔狞笑着。他的神情充满了自信，知道味泽身后的那个警察已经拉开了架势。味泽察觉到自己处在十分不利的境地。他虽然惦记着山田范子的安全，但眼下还得服服帖帖地听他们的。

随同他们一到警察署，一种剑拔弩张的气氛立即把味泽包围了起来。

看来事情还非同小可呢！

味泽心里警觉起来。

"是味泽先生吧？我是搜查科的，叫长谷川。我先问一下，昨晚，不，是今天凌晨四点左右，您在哪儿？"

看样子这位是接任竹村的搜查科长。他连句客套话也不说，便单刀直入地提出了问题。那种直截了当的态度说明他们已很有把握了。

"凌晨四点？当然在家睡觉了。在那种既不是白天也不是黑夜的时候，我哪儿也没去呀！"

味泽觉得问得很奇怪。

"此话不假吗？"

长谷川盯着味泽的眼睛。味泽也理直气壮地盯着他说：

"千真万确！"

"真奇怪呀！有人说那段时间在某个地方一清二楚地看见你了呢！"

"谁？是谁说的？我就是在家里睡觉来着。"

"谁能作证?"

"我女儿,她和我在一起睡。"

"女儿不能作证!"

"那人到底说我干什么了?这岂不成了调查我当时在不在犯罪现场了吗?"

味泽大声提出了抗议。话一出口,他不由得猛然一惊,有件事儿突然涌上心头:他撬开了风见的嘴巴,查明了杀害朋子的罪犯。那罪犯是个非同小可的人物,对大场家族来说,就等于被他掐住了咽喉。

大场一成的儿子成了强奸杀人犯,这不仅是大场家族的天大丑闻,说不定还会成为大场王国崩溃的缺口。正因为这样,对大场来说,肯定要千方百计地把它掩饰过去。

眼下的证据只有风见俊次的口供,只要把风见的嘴巴一封,就再也没有任何有力的证据了,这样他们就能瞒天过海了。不过,他们不会做出那种伤天害理的事吧!

"怎么?好像想起点儿什么苗头了吧?"

"哪里!难道……"

对自己的不祥揣测,使味泽吐了口气。

"难道什么?"

"是不是风见俊次出了什么事?"

"哦!您很清楚嘛!"

长谷川眼里现出讥讽的神色。

"请告诉我,到底出了什么事?"

"你不是知道得一清二楚吗?"

长谷川的口气变了。

"到底出了什么事?风见还好吗?"

"你可真是个名演员啊,竟能装到这种地步!真了不起!今天

早晨，天没亮，也就是三四点钟吧，风见被杀死了。是用塑料薄膜把鼻子和嘴捂住憋死的。"

"被杀死了?"

味泽气得咬住了嘴唇。他恨的不是罪犯，而是自己的粗心大意。这种事情他本来早就应当预料到的。风见对大场家族来说是致命的缺口，为了保护整个家族和成明，为了维护大场体制，他们肯定会把魔掌伸向风见，这都是能预料到的。

尽管如此，他却把这个对敌人来说是致命的缺口，对自己来说是个杀手锏的风见丢下不管，多么粗心大意啊! 他悔恨得直咬牙。

"别那么大惊小怪的，本来就是你干的嘛!"

"我干的?"

"今天凌晨四点左右，有人看见你从风见的病房里走出来。"

"瞎说! 纯属捏造!"

"嘿! 如果不是你杀的，那是谁杀的呢? 事情很明显，你差一点儿被风见的摩托车碾死，因而耿耿于怀，无时不想报仇雪恨。风见不是也说过怕你杀死他吗?"

长谷川这么接二连三地一讲，使得味泽猛地想到这是敌人巧布的圈套。他们不单单封住了风见的嘴，而且还想把这一罪名加到味泽头上。到了现在，味泽才对昨晚，不，今天黎明赖子的奇怪举动回过味儿来。她口口声声说听见了朋子的呼叫声，一再叫他给某人挂个电话。那是她的特异功能察觉到了这个圈套，让味泽做好准备，应付这次关于不在犯罪现场的审讯。这或许是朋子的灵魂为了搭救味泽在向赖子呼唤吧!

那时要是听从了赖子的劝告就好啦! 味泽非常后悔，但为时已晚。只是迟了一步，敌人就逃进了铜墙铁壁的安全圈里，自己反而置身于万丈悬崖之巅了。

"你硬装糊涂也是枉然。我们知道是你杀的，老老实实彻底交

283

代了该多么利落啊!"

长谷川扬扬得意地把罪名加在味泽头上,那副神气,似乎完全肯定了味泽是凶手。可是,他们要是把握如此之大,为什么还不逮捕呢?味泽突然想到了这一点。

"或许,他们还没掌握足够的证据来抓我。"

对味泽的怀疑,可能是出于"味泽险些被风见碾死,因而也许会怀恨在心"的推测,以及所谓目击者的证词,说是在今天黎明估计作案的那段时间里,看见他从风见的病房里走了出来。反正目击者能够随意编造。

"这么看来,也许还不至于像开头所想的那样,完全没有挽救的希望。"味泽转而又想。

敌人干掉风见,满以为这回可去掉了唯一致命的隐患,可是,他们却又编造出来一个假目击者这一新的致命证据。而且,除了风见以外,成明还有另一个同伙津川。这里还留着一个可以进攻的缺口。

总之,只要摆脱了眼前的被动局面,还可以抓到反攻的机会。味泽的大脑飞快地开动起来。


"风见算收拾掉了。"

听了中户多助的报告,大场一成满意地点了点头。

"辛苦了!这回可把味泽套住了。"

"他想逃也逃不掉了!"

"嗯!没发出逮捕证还有点儿美中不足呀!"

"那不过是时间问题。那家伙越挣扎,套子就会越紧。"

"作证的护士靠得住吗?"

"这一点请放心,我们不会让味泽知道证人是谁。"

"津川呢?"

"给他点儿钱，让他到九州我弟弟那儿去了，咱们尽可以放心。那小子完全知道，如果稍微露出一点儿出卖的行道，后果将是如何。而且，不论他跑到哪儿去，我弟弟的眼睛都会盯住他。"

"这么说来，剩下的只有味泽这块骨头了。他妈的，这个案子连我这样一个人也让个跳梁小丑给弄得心惊肉跳，这都是你们的责任！多年的平静把你们惯坏了，放松了警惕，所以才让那帮家伙钻了空子。"

"是！让您劳神，真对不起。"

中户赶紧深深鞠了个躬。

二

味泽岳史作为杀害风见俊次的嫌疑人被羽代署传去审讯的消息，给了柿树村大屠杀案搜查本部一个很大的震动。

"这到底是怎么回事？"村长警长双手抱着头说。

一直追踪下来的嫌疑人成了另一桩案件中的杀人嫌疑人，在受别的警察审讯。而且，据说嫌疑极为严重，眼看就要签发逮捕证了。

同一个罪犯到处流窜，干出累犯的勾当倒也并不新鲜，可是，岩手县方面追踪的味泽，根本没有累犯的迹象。

眼下，和羽代署联合起来，就能够一鼓作气把味泽置于死地。不过，从警察的立场来看，羽代署的做法总是有些令人怀疑。

"味泽似乎在根据风见提供的线索追查杀害朋子的罪犯。对味泽来说，风见是个最重要的活的证人。所以，味泽绝不可能杀害风见。"

北野探员也大为困惑不解。

"风见是那个杀害越智朋子的罪犯的同伙吧!"

"这种嫌疑很大。事实是味泽追问风见,知道了罪犯的真实情况或者掌握了有力的线索。这点虽然还没有得到证实,但我想风见的嘴巴是被大场一伙人给封住了,并把罪名安到了味泽的头上。"

"等等! 风见是'飞车族'吧! '飞车族'肯定与杀害朋子有关。"

"我看也是这样。轮奸以后杀死,这不正是'飞车族'的一贯手法吗?"

"不过,朋子很像是大场为预防造反给弄死的。这么说来,'飞车族'是在大场的指使下干的。"

村长他们并没有像味泽那样对朋子的死因追查得那么深,所以对他们来说,把两者捏合到一起,看来未免有些离奇。

"现在还弄不清杀害朋子的罪犯是大场还是'飞车族'。我只是觉得,风见很有可能是由于知道罪犯的一些重大情况才被干掉的。"

"干掉风见,把罪名安到味泽头上,这种手法不像是'飞车族'的。我觉得在杀害风见的背后,有大场的影子在活动。"

"这么说,是'飞车族'风见知道大场的罪恶勾当,那必定是和杀害朋子的罪犯有关的勾当。而罪犯既可以认为是'飞车族',也可以认为是大场集团的人。不过,若是说事情对大场不利的话,那么只能认为大场与'飞车族'之间有瓜葛。"

"对呀! 不是说味泽常常到羽代电影院和一位可能被'飞车族'糟蹋过的名叫山田道子的女子见面吗?"

"他会不会打算把他们联合起来,掀起赶走'飞车族'的运动呢?"

"因为造反失败,浦川不是被开除或停职了吗?"

"但他可能还有内线。"

"被大场盯住，什么内线也不顶用。味泽追查的目标莫非在别的地方？"

"在哪儿？"

"羽代河。"

"是羽代河滩地的不法行为吗？"

"对！浦川和越智朋子联合作战，把羽代河滩地事件作为重磅炸弹，企图发动政变，造大场一成的反。造反事前被发现而失败了。那炸弹没有爆炸，依然完整无缺地保存下来。味泽是不是要把炸弹拉出来引爆呢？"

"浦川如果有意干，说不定要把这颗炸弹捅到新闻界去。"

"嗯！这时，味泽注意到了山田道子的作用。"

"那是为什么呢？"

"按理说，羽代河滩地与山田道子风马牛不相及，味泽为什么要把这两个人同时拉出来呢？"

村长环视着大家。从他的表情上可以看出，他已经有了一套自己的答案。看来朝杀害朋子罪犯的同伙问题这个方向探寻一番还是有一定道理的。

"这样说来，浦川和山田还有什么瓜葛吧。"

佐竹漫不经心地嘟囔了一句。

"对！对！"

村长使劲儿点了点头，仿佛在说：我也有同感。

"杀害朋子的罪犯很可能是大场集团的人。他们为了掩盖羽代河滩地的不法行为，杀死了朋子，赶跑了浦川。正因为这样，味泽为了共同作战，给朋子报仇，想把浦川再请出来。另一方面，山田道子是'飞车族'魔掌下的牺牲品。只有在他们有一个共同敌人的时候，他同浦川联合作战才能成为一股强大的力量。"

"共同的敌人？"

佐竹这种独自道白似的推理，使大家的眼光进入了一个新的境界。

"是啊，他们的敌人是共同的！风见本来是个'飞车族'，味泽之所以一再纠缠住风见不放，就是因为风见知道有关杀害朋子的关键事实。我们如果真实地描绘味泽追踪的路线，就只能得出这个结论。也就是说，杀害朋子，大场和'飞车族'双方都有份。这时浦川和山田道子出场了。拉浦川去揭发羽代河的河滩地问题，拉山田道子去控告'飞车族'，把他们联合起来共同作战，只能说明大场与'飞车族'是他们的共同敌人。也就是说，大场和'飞车族'是一丘之貉。不！'飞车族'中也有大场家族的人。如其不然，就不会兴师动众，大做文章，干掉风见，把罪名安到味泽头上了。"

"'飞车族'中有大场家族的人，怪不得呢！"

村长的表情也像突然洞悉了一切。如此看来，山田道子的作用以及似乎很离奇的大场和"飞车族"纠合在一起之事，也就一清二楚了。

"这么说来，羽代署不仅参与了罪犯的捏造，而且还充任了主角，味泽可逃脱不掉啦！"

无法掩饰的失望神色笼罩着北野探员的脸。他坚定不移地追踪下来的杀人嫌疑人，又卷入了另一场杀人案。嫌疑人本人正在变做侦探追踪罪犯时，却掉进了罪犯设下的陷阱，而巧设圈套的人又是一个了不起的庞然大物。这庞然大物把一个地方城市——一个堪称日本之一角的大城市掌握在手心里，宛如封建领主君临其上。

在这里，可以说大场本身就是法律。尽管味泽勇气十足地奋起螳螂之臂反抗大场，但结果仍是白费心机，反而落入了大场的魔掌。

村长他们的心情和处境是很复杂的。味泽本是他们追捕的对象。

羽代署也在追捕同一个对象，并逮住了他。这样说来，他们都是追捕味泽的同志。现在，他们可以向羽代署提出共同围剿味泽的请求了，这个办法也许是立见成效的捷径。即使羽代署是靠捏造的罪名逮捕了味泽，一旦知道味泽还有其他罪行，羽代署一定会大为高兴。正因为罪名是捏造的，才有必要凭其他罪状来把味泽抹得更黑。

不过，对岩手县来说，没有抓住定罪的根据，就顺便借其他警察署捏造罪名的机会来解决自己要负责侦查的案件，这是歪门邪道。不管是什么样的捷径，也不应该走这条道路。

可是，如果不同羽代署联合起来，将会怎样呢？那就会眼睁睁地看着自己负责的案件的嫌疑人让另一个警察署靠捏造的罪名给吃掉。

"眼下只有一个办法。"

佐竹用他那利刃般的目光看着村长。

"又来啦！"村长满脸不耐烦地说。

佐竹的言外之意大家很清楚。上一回为了保护味泽的安全，他们从羽代河堤里找出了井崎明美的尸体，因此，使大场在一个时期内未能向味泽伸出魔掌。味泽要是就此老实下来，也就平安无事了。可是，他又去追踪杀害朋子的罪犯，一直追到了大场的家门口，终于掉进了设好的陷阱。

现在，救出味泽的唯一办法就是揭露这个圈套。不管怎样，先把味泽从羽代署设置的陷阱里解救出来，然后再来追查自己负责的案件。

此时，村长他们陷入了一种倒错的心理状态。他们要保护自己捕捉的对象，让味泽活下去，直到味泽实现为朋子报仇的愿望。但是，他们绝不会让味泽成为羽代署信口雌黄捏造罪名的牺牲品。这个决心是雷打不动的。

## 三

"我在家里。"

味泽一口咬定。

"能拿出证据吗?"侦探长长谷川紧逼着问。

"我没法证明凌晨四点是在家里睡觉。我倒想问问是谁提出了
这种荒诞无稽的证词。"

"你对风见怀恨在心,因而风见一死,就怀疑到你身上了。要
想解除对你的怀疑,你就得证明当时不在犯罪现场。"

"正因为如此,就得让我见到那个作证说在医院看到我的那个
人,我好证明那人的话是无稽之谈。"

"等到了法庭上,就会让你见个够。"

"为什么现在不能见呢?"

"她是个重要的证人,我们不想让你吓唬她,使她不敢说话。"

长谷川冷冷一笑。不过,要知道他的处境也很难。目击者的证
词不能算是确凿的,如果让她与味泽对质,就会很容易露出破绽,
而警察也很清楚这个证词的脆弱性。

这时究竟应该由谁来拿出证据证明不在犯罪现场,这个问题很
微妙。清白无辜的人根本没有必要去证明在不在犯罪现场,只有严
重的怀疑对象才有必要拿出证据来推翻警察罗织的黑材料,证明自
己不在犯罪现场。

警察手里的牌只是一个目击者。而人的感觉是靠不住的。由于
当时的环境和身体状况等原因,人的感觉会有很大的差异,让目击
者和这位老练的嫌疑人对质,说不定西洋镜一下子就会被戳穿。

而且,要说味泽的杀人动机是出于怀恨风见险些碾死他的报复

心理，还有些地方讲不通。风见的病已经快痊愈了，在风见刚住院还处于神志不清的时候，根本无须用塑料薄膜去憋死他——会有许多下手的机会。而且，如果那时弄死风见，还可以认为是病情恶化了，惹人怀疑的危险性很小。

警察手头有的材料，只有一个靠不住的目击者，这作为证据无力得很。警察无奈，只好姑且让味泽回去。

"你们为什么要把味泽放了呢？"

大场一成气得暴跳如雷。

"不是释放，只是暂时放他回去……"

没等中户多助解释完，一成又怒吼起来：

"回去就等于释放！你们为什么不就此把他关到牢里去？味泽杀害了风见，你们怎么能放跑杀人犯呢？"

一成大发雷霆，与其说是因为放味泽回去，不如说是因为中户未能忠实地执行他的旨意。在羽代市，他绝不允许有这类事。

"那是因为咱们安排的证人一直态度不够明确，所以警察不能下决心逮捕他。"

"为什么安排一个态度含糊的人？不！管他证人不证人，你让羽代署赶快把他抓起来，你就这样去告诉署长。"

"即使羽代署想这么做，地方法院也不会签发逮捕证的。"

"地方法院？"

一成咆哮起来，他的势力还没有达到法院。不！虽然也达到了法院，但还没有像警察署那样完全渗透进去。

最近，羽代地方法院也受到青年法律协会的影响，严格地控制着逮捕证的颁发。

"我的安排也有点儿不太周到，真对不起。我想只要有个目击者也就足够了。那个护士是我强拉出来的，所以她作证的态度不够坚定。"

"事到如今，听你的辩解也没用！味泽是个讨厌的家伙，现在不把他关起来，还不知会出什么事呢。他可能已经把风见的嘴撬开了，你们必须想个万全之策！"

"办法已经想好啦！"

"什么？已经想好啦？"

"让味泽回去，是因为手头的材料还不充分。他有固定的住址，不必担心他逃跑。如果我们逼得他不得不逃跑的话，法院就会签发逮捕证的。"

"好主意！不过，怎样才能逼得他逃跑呢？"

中户看看周围一个人也没有，就把嘴凑近一成的耳边叽咕了几句，满腔不高兴的一成渐渐温和下来。

"好啦！逼他逃跑倒是妙计，可是不能让他逃出羽代一步啊！"

"这一点您就放心吧！会长也知道，警察不会让他一下子溜掉的。"

## 四

味泽从警察那里暂时获释回来后，就马上去了解他一直放心不下的山田范子的情况。范子已平安无事地到家了。

"太好啦！因为你从医院出来迟迟没有到家，我很担心。"味泽这才放心地对着电话里的范子说。

"一个叫浦川的先生来找我，我们在回家的路上交谈了一会儿。"

"浦川？是原来在《羽代新报》工作过的浦川先生吗？"

"是他。"

"那位浦川对你说什么啦？"

"他说，从味泽先生那里听到我姐姐的事情，为了大力协助，

控诉大场，来找我核实情况。"

"他说要协助我们控诉吗？"

"是的。"

"太好啦！"

"怎么？"

"你不知道。如果浦川先生站到我们一边，我们就有了百万大军，就一定能够狠狠教训大场成明。"

"我听了浦川先生的话也有这个感觉。我也跟他说，即使姐姐不愿意，我也要控告大场。"

"是吗？这些话我听了也很高兴。你自己现在可要加倍小心，谁也不知道大场会使出什么流氓手段来。"

"我一定多加小心。"

"你还不知道吧，风见已经死了。"

"风见死了？"

"是被杀，被成明杀死的。"

"啊！太可怕了！"

"因为他要是活着，糟蹋你姐姐、杀害越智朋子的事就有了活的证人，所以就把他干掉了。而且，他们妄图把杀人的罪名安到我头上。"

"把罪名安到您头上？"

"是啊！因为证据不足才没有逮捕。那些衣冠禽兽为了保护自己，什么事都干得出来，所以你可要处处留神。"

"不至于对我也下毒手吧！"

"你姐姐把你上诉的事统统告诉了成明。"

"姐姐？是真的吗？"

"是真的。你姐姐对我说，她自己把事情告诉成明之后马上又后悔了。"

"真没心！真没心！我告状还不是为了姐姐！"

"总之,事已至此,我们必须分秒必争。明天你就递交受害控告书吧!你把受害控告书一递交出去,你住院的姐姐就无法否认了。我去找成明的另一个同伙津川。在明天上学以前,你能否递交受害控告书?我去接你。"

"那就拜托了。"

"今天你哪儿也不要去了。"

味泽叮嘱了范子之后,又去给浦川打电话。浦川不愧是个新闻记者,他完全了解风见之死和其中的阴谋。

"味泽先生,这回事情可闹大了。"

浦川的语气和前天味泽拜访时已大不相同了。

"还有一个证人呢,我去追踪那个家伙。"

"他们既然能杀死风见,对另一个同伙肯定也会早就下手采取什么办法了。如果那个人再向你讲出情况来,杀死风见岂不是没有意义了?我倒是想,您能从虎口里逃出来,可真了不起呀!"

"他们的手法蠢得很,不过,我想他们一定还会来找我的麻烦。我的事不说了。浦川先生,听说您见到山田范子啦!"

"那是因为我听您说,受害者的妹妹很积极。"

"这么说,您下定决心要把羽代河滩地的不法行为捅出去喽?"

"还谈不上什么决心。不过,看到那样一个幼小的女高中生竟要起来同大场作斗争,我也想再振奋一次自己的正义感。"

"谢谢您!"

"用不着您来道谢,这本来是羽代的问题。噢!我还忘说了,某方面好像也在侦查河滩地的问题呢。"

"某方面是哪里?"

"岩手县宫古署来了个探员,打听了一些河滩地的情况。"

"岩手县宫古署?"

味泽的脸色唰地变了。因为是打电话,浦川不可能看见。

"您那里有什么线索吗？探员对您和朋子似乎也很感兴趣。不！好像他们对正追踪杀害朋子的罪犯的您最感兴趣。宫古署好像从另外一个立场在追踪那个罪犯。岩手县的警察干吗追查不同管区的羽代的杀人事件呢？因为搜查事关秘密，他们没有告诉我。不过，我觉得他们至少要比羽代的警察可靠些，所以就把我所知道的事情一股脑儿地全都告诉他们了。"

"岩手县的警察来过吗？"

味泽还没有从岩手县来了警察这个冲击中缓过劲来。

"是啊！那个探员好像对收买羽代河滩地一事颇感兴趣。尽管是外县的警察，要是他们能出来帮把手，县警察署搜查二科也许能动手调查吧。"

"宫古署的探员没有提起越智美佐子的事情吗？"

"越智美佐子？"

"就是朋子的姐姐。"

"啊！想起来了。朋子是有个姐姐，大概是徒步旅行时遇害了。等一等！哦！我怎么有点儿糊涂了。她姐姐的确是在岩手县的深山中遇难的。这么一说，那个探员可能是为这件事来的吧！"

浦川话说了半截就陷入了自己的回想之中。

"要是没问越智美佐子的事，我想是为了别的案件来的。对了！前几天，岩手县的警察不是从羽代河河童津的堤坝里发现了骗取保险金一案中被杀害的女招待员的尸体吗？多亏他们的发现，承担那份保险的我才露了脸。听说，当时岩手县逮捕了一个杀人犯，他自己供认把被害者埋在羽代河堤坝里了。一搜查堤坝，女招待员的尸体就作为偶然的副产品被发现了。我想宫古的探员大概就是为了这件事来的。"

味泽自己提出了问题，又巧妙地把浦川的注意力从越智美佐子的身上引导到另一个方面去了。

# 五

这时，北野探员正拼命分析，寻找那个看见"味泽作案"的目击者。不知为何，羽代署把目击者的名字秘而不宣。由于警察之间的本位主义，各自隐藏手头的秘密本是常有的事，但不应有任何理由隐藏目击者。

尽管如此，他们还是秘而不宣，看来里面有鬼。

"那人说是凌晨四点左右看见的，这就排除了探视者的可能性。首先应该是夜班护士，其次是同病房的住院病人。"

"不过，住院的病人认识味泽吗？"

"说是他常在风见的病房出来进去，所以也许记得他的面庞。"

"虽说也许能认识，但那时是凌晨四点，只一转身模模糊糊地看了一眼，就能立即看出是谁，我看不一定。护士的可能性要比病人大些。而且市民医院和大场有牵连，拉拢一个护士要比拉拢病人容易得多。"

根据这个分析，宫古署的警察就盯上了肇事那天晚上值夜班的三名护士。首先是负责风见病房的护士鸣泽惠子，她是案情的发现者。让一人身兼两职，既是发现者又是目击者，当然可以，但这样安排效果不好。如果安排她当目击者，那么，在那种意外的时刻看见味泽从风见的病房出来时，作为负责该病房的护士，就应该有所怀疑，对他有所询问才是。

对护士长内藤铃枝来说，情况也是一样。剩下的就是牧野房子了，她的嫌疑最大。北野准备对三个护士都讯问一下，但决定审查的顺序是：牧野、内藤、鸣泽。

　　北野乘牧野房子不值班的时候来到护士室找她，她马上就惊慌失措了。内藤铃枝、鸣泽惠子都是护士，而牧野房子还是个见习护士。她上完中学，刚从见习护士培训班毕业出来不久，今年十八岁，是个初出茅庐的护士。

　　一个陌生的探员突然来访，使牧野房子提心吊胆。北野把她的表情看作是强烈的"反应"。

　　初次见面的客套话说完后，北野一针见血地问到了事情的核心。

　　"听说风见先生死的时候，你看见味泽先生从他的病房出来啦？"

　　"是的。"牧野房子垂着眼皮回答。

　　"你怎么知道是味泽先生呢？"

　　"因为我觉得是味泽。"

　　"你说是在护士室前面看见味泽先生的吧？"

　　"是的。"

　　"风见先生的病房是在走廊的最里面，护士室在走廊的中央，离最里面的病房有很远的距离。而且，夜里的灯光不太亮，你能确实认清是味泽先生吗？"

　　"那……那……虽然没有看清那人的脸，但从轮廓、姿势的特征等是可以看得出来的。"

　　在北野针针见血的追问下，牧野房子慌作一团。

　　"这么说，你并没有看清味泽先生的脸，而是从脸的轮廓和身体的姿势猜想是味泽，对吗？"

　　"说来也许就是那样，人的观察大致不就是这样吗？"

　　房子抬起头，勉勉强强地反问了一句。这时，她的眼睛正好处在光线的照射下。北野觉得有个亮光一闪，这给了他一个启发。

　　"牧野小姐，我很唐突地问一下，你的视力怎么样？"

"眼睛的视力？"

这突如其来的问题，使房子吃了一惊。

"是的。"

"右眼 0.1，左眼 0.3。"

"不能说太好啊！"

"您的意思是说，这样的视力是看不到走廊尽头的吧。可是，我已戴上了角膜接触眼镜，两眼都矫正到 1.2 了。"

北野这才知道，方才看到房子眼睛上的"光"，是角膜接触眼镜片的光。不过，既然牧野房子坚持说她的视力已矫正了，这也无法否认。


第二天清晨，山田范子等待着味泽的到来。她准备在上学前顺便把"受害控告书"递给警察。为了这件事，她宁肯上学迟到一会儿，因为她知道，如果让爸爸妈妈知道了，一定会阻止的，所以决心一声也不吭。

现在，要造羽代市的"帝王"大场家族的反了，范子非常兴奋。据浦川说，现在已经掌握了羽代河滩地等大场的不法行为。浦川也说过，要配合范子的控告，揭露那些不法行为。范子的控告也许会成为推翻大场家族的导火线。

范子觉得，自己好像当上了戏剧中的女主角，她完全沉浸在高度的兴奋之中。

在她递交"受害控告书"时，味泽说要全程护送她，由他来照料一切。

眼看要到离家的时候，也就是味泽约定好的时间了。恰好这时，一个年龄和她相仿的少女站在了家门口。范子从未见过这个少女。

这个少女对刚要出门的范子说：

"你是山田范子小姐吗?"

范子点点头。

那个少女接着说:

"味泽先生让我来接你。"

"味泽先生让你?"

"嗯,味泽先生正等着你呢。他说有点儿什么急事。"

范子相信了她的话,跟在她的后边走。

"到这边来。"

少女把她领进一条胡同时,那里停着几辆车,几个梳着摄政发型的青年在那儿聚拢着。范子一惊,转身要跑,但已经晚了。那个少女用急切的刺耳声音喊道:"带来啦!" 于是,那些青年人立即散开,从四面八方把范子围了起来。

"你们是什么人? 到底想干什么?"

看到范子浑身紧张地大声责问,一个满脸酒刺的像是头头的人嘿嘿冷笑着说:

"跟我们来一趟就明白了。"

"你们想干什么? 我要上学去呢。"

"一个上学的人为什么一说味泽就急急忙忙跟了来呢?"

"这与你们毫无关系。"

"有没有关系,我们要慢慢问你。上!"

领头儿的向喽啰们丢了个眼色,五六个小伙子立即扑上前来,把范子推进车里。

"住手! 你们要干什么? 我要喊警察了!"

范子拼命抵抗,无奈,她寡不敌众,很快就被推进了车里。把范子一推上车,这伙青年人立即各自坐上车,开车就跑。前后只有几分钟工夫。路上一个行人也没有,谁也没有看到这个清晨绑架的场面。

　　就在事情发生前不久，一个电话打给了正准备去范子家的味泽。房东来叫味泽接电话，味泽一拿起听筒，一个陌生的声音钻进了耳膜。

　　"味泽先生吗？山田范子在我们手里。要想让她平安地回去，你就得打消起诉的念头。"

　　"什么？你是大场成明？"

　　"是谁都没关系，既然本人不想告发，你这个局外人就别再多嘴多舌啦！"

　　"你们打算把范子怎么办？"

　　"不打算怎么办。我们要好好看住她，直到你放弃那多管闲事的起诉。"

　　"你们这是绑架！"

　　"不敢当。她是自愿来的，而且已通知学校和家里了。"

　　对方在电话里轻轻一笑。

　　"等等，别挂电话，我们面谈一下……"

　　味泽还没说完，对方就挂上了电话。

　　"是从'钢盔'快餐部打来的。"

　　味泽感到无论如何也要马上到"狂犬"根据地"钢盔"快餐部去一趟。大场成明终于把魔掌伸向范子了。到了"钢盔"快餐部，就可以知道他们要干什么了。

　　味泽刚要走出家门，身背书包准备上学的赖子喊了起来：

　　"爸爸，您上哪儿呀？"

　　"我马上就回来，你和同学一块儿上学去吧！"

　　"爸爸，不要去！"

　　味泽想，赖子的直观像可能又预感到危险了。但为了搭救范子，必须要到"钢盔"快餐部去一趟。

　　"放心吧，赖子。"

"我和您一起去。"

味泽略微犹豫了片刻，用坚定的口气说："算啦，你上学去吧！"

# 六

北野越来越坚信牧野房子是个伪证人。她一定是被人收买或受到威胁而伪装成目击者的。她的证词是捏造的。正因为如此，证词缺乏足够的说服力，敌人也不能一下子就把味泽逮捕起来。如果不赶快下手，敌人就会根据她的证词接二连三地捏造材料，栽赃陷害，把味泽逮起来，这是显而易见的。

一定要抢在事情发生之前，揭穿牧野房子的谎言。

北野仔仔细细地检查了现场。风见住的 320 号病房是外科病房的单间，在病房的最里面，离走廊中间的护士室大约有三十多米远，这段距离也并不是就看不清风见病房前面站着的人。

夜间又会怎样呢？牧野房子一口咬定在凌晨四点左右亲眼看见了味泽。为了在同一条件下对现场进行观察，北野在凌晨四点又来到现场。整个病房寂静无声，灯光非常明亮，从护士室前面满可以清楚地看到风见的病房。荧光灯隔五米就有一个，直接安装在顶棚上，而 320 号病房前的灯光特别明亮。

北野把整个现场调查了一遍，仍不能推翻牧野房子的假证。房子的态度有些暧昧，但言词却顺理成章。如果把视力矫正到 1.2 的话，站在护士室前，完全能看清站在 320 号病房前面的人的脸。

北野自己的左右视力就都是 1.2，用自己的眼睛就可以证明这一点。

但北野的心里还总像有个疙瘩解不开似的。他自己也不知道那是什么。尽管把现场查看得很仔细，但心里仍是忐忑不安，好像漏

掉了一个什么重要的东西。那漏掉的东西使他心神不定。唯其原因
无从知晓，这使他焦躁不安。

他明白，味泽正被一步一步地逼进无路可走的境地。绝不能让
他们把味泽抢走，这人是他要抓的对象。北野心急如焚，岩手县警
也被逼到无可奈何的境地了。

他们是声称搜查一个失踪的人而来到羽代市的。本来的任务是
为味泽而来，但一直没有明说出来。他们把发现井崎明美的尸体说
成是出乎意料的"副产品"，声称真正要搜查的对象还没有发现，
就在羽代市待了下来。但也不能总是待着不走。

而现在，发现井崎明美的尸体之后，岩手县的警察好像再也没
有进行像样的搜查，就在羽代市泡了下来。这使羽代署对他们投下
了狐疑的目光。他们来到别的警察的管区里，就说是搞到了一个
"副产品"吧。当地的警察已经把那个事件当作事故处理了，他们
却把死尸找出来，弄成了"杀人"案，因而，使羽代署和暴力集团
的勾结关系暴露出去，使搜查科科长丢了饭碗。对于点燃这根导火
线的岩手县警察，羽代署怎么会有好感呢？

一般来说，别处的警察来到自己的管区内到处活动，心里总不
是滋味，况且羽代署又是心怀鬼胎，很想请岩手县的警察赶快
离境。

跟上次不同，这回已经暴露出本来面目，就再也无法进行秘密
搜查了。岩手县的警察也不得不赶快收场。

北野从市民医院前面上了市内环行汽车，正赶上早晨上班、上
学的时间，车内职工和学生挤得满满的。

好像正值考试期间，几个同学在互相提问：

"什么是马利奥特盲点？"

"就是没有视觉细胞的地方。在白纸上一左一右地并排画上一
个十字和一个圆圈，从二十五厘米的地方闭上左眼，右眼盯着十

字，就会看不见圆圈……"

车到站了，学生们吵吵嚷嚷地下了车。

"马利奥特盲点？"

学生们下车后，车里顿时空了，北野把身体伸展开来自言自语地说着。北野自己肯定也有这个盲点，光线照到那个盲点上，就会发生奇怪现象。下一站就在图书馆的前门，北野突然打定主意，在那里下车。

走进图书馆后，他马上找了本百科辞典。"马利奥特盲点"在"眼"的条目里。书目上解释说，由于网膜视神经乳头上没有视觉细胞，即使光照到上边，也不会产生光感。所以，视觉中的这一部分就看不见物体，这个生理上的视觉缺陷部分叫作"盲点"，是埃德梅·马利奥特①发现的，一般叫马利奥特暗斑（或盲点）。盲点为椭圆形，其中心距注视点十五度左右，垂直直径约七度，横径约五度……盲点的检验办法是：在白纸上画一个小十字，在它右侧五到十厘米的地方画一个圆圈，然后闭上左眼，从十六厘米到三十五厘米的地方注视小十字，右边的小圆圈就看不见了。而视野中的"盲点"这个词，人们已转而用做设想到、没注意到的地方，或空白点、漏洞等意思了。

"没想到、没注意到的地方……"北野看着百科辞典自言自语地说。

然后，他用自己的眼睛对着百科辞典上画的黑底白色十字和圆圈试验了一下。

"咦，真的看不见了！"

圆圈果然从视野中消失了，北野惊诧不已。

"盲点原来是从这时来的呀！"北野感叹了一番之后，马利奥特的试验图和市民医院病房的光景就在他眼前重叠起来了。

病房的荧光灯是每隔五米一个，是直接安装在天花板上的，而

① 埃德梅·马利奥特（1620—1684）：法国物理学家。——译者注

唯独风见房间前的灯光特别亮，那是为什么呢？

北野跳了起来，把百科辞典送回书架，飞也似的奔回市民医院。他站在外科病房 320 号病室前面，凝视着天花板上的灯出神。一个护士正好从那儿路过，北野赶紧叫住她：

"为什么这个房间前的灯特别亮？"

护士疑心地看了看北野，见他一本正经，就回答说：

"噢！那里的电灯坏了，最近才换上。"

"什么时候换上的？"

"可能是昨天或是前天。"

"你能准确地告诉我吗？"

"那得问材料科的人才能知道。你问这个干什么？"

"啊！对不起，我是警察。材料科在哪儿？我非常想知道哪天换的灯，要为一个案子作参考。"

一看北野拿出警察证，护士马上改变了态度，把他领到另一栋房子里的材料科。医院里的所有器材都由这个材料科调配。

听到北野的询问，保管员查阅了一下出库收据，告诉他换荧光灯是昨天早晨。

"荧光灯快要烧坏的时候，会一闪一闪忽明忽暗的。你们换下的旧荧光灯也是这样吗？"

"不是，外科病房 320 号病室前的那个荧光灯已经超过了那种程度，根本不亮了。"

这正是北野想要得到的回答。

"320 号病室前面天花板上的灯的开关在哪儿呀？"

"都集中在护士室，是遥控开关。"

"那么，要想单把 320 号病室前的灯关上的话，怎么做呢？"

"那呀，只有把灯管从灯座上卸下来。"

"给您再添点儿麻烦。天黑以后，您能把外科病房 320 号病室

前天花板上的灯管给卸下来吗？不！只要让灯灭一会儿就行了，这对破案非常必要。"

北野焦急地等到太阳下了山，便开始进行"实验"。风见病房前走廊顶棚上的灯管已经卸了下来。按正规的说法，这是一种热阴极预热型荧光灯，只要稍拧一下灯管两端的卡子，就很容易拆下来。灯光一消失，走廊的这一段就暗了下来。

"这样行了吧？"

"好了。对不起，请您面对着我，站在 320 号病室前面。"

北野让材料科的管理员站在走廊上，自己从护士室前面看过去。走廊顶棚上与那个灯相隔五米的邻近的灯光照射着那一段。这个"邻近的灯光"很暗，看不清管理员的面孔。

这样，北野就明确了，出事那天的夜里，风见病室前走廊顶棚的灯管已烧坏，完全熄灭，从护士室那么远的距离，根本看不清 320 号病室前站着的人。

使他得到启发的是马利奥特盲点。当十字和圆圈并排摆着时，一注视十字，圆圈就进入暗点而消失了。若说白色黑底的十字和圆圈，圆圈应该是显得特别清晰明亮的。任何人乍一看时也不会想到，暗淡的十字会留下，而明亮的圆圈竟会消失无踪。

过于明亮就会引起注意。北野把那个亮度和风见病室前走廊顶棚上的灯结合起来，同样度数的灯，比别的灯亮，那是因为灯管是新换的。那么，旧灯是什么时候换下来的呢？在旧灯下面，走廊又该怎样呢？

马利奥特的暗点和新灯重叠在一起消失以后，牧野房子伪证的把戏就完全暴露无遗了。

而使北野得到启发的马利奥特盲点，还另有更重要的意义。

# 第十四章　走投无路的野性

## 一

味泽刚要动身去"钢盔"快餐部，昨天来过的那位警察横在他面前挡住了去路，简直就像暗中监视似的冒了出来。不！一定是在暗中监视来着，他们对味泽的怀疑根本没有解除。

"你想上哪儿去？"

一夜不见的警察们腮帮子上挂着令人作呕的笑纹。

"哦！警察先生，你们来得正好。有绑架事件，一个女学生被'飞车族'绑架了。"

是根稻草也得抓住似的味泽赶紧求救。

"绑架？到底是怎么回事？"

警察做出一副吃惊的样子。

"有个叫山田范子的女学生被'狂犬'绑架了，如不赶快营救，不知会出什么事！那伙人是一群疯子，请赶快采取措施，千万可别晚了！"

"大清早就胡诌八扯些什么！现在该采取措施的，不是'狂犬'而是你呀！来吧，跟我走，还有许多事情要问你呢！"

"让我去一趟'钢盔'快餐部吧！"

"什么？上哪儿？"

"'狂犬'的老巢！"

"不行！"

"你有逮捕证吗？"

"你要想跑，就跑好啦！"

警察的嘴角挂着一丝笑。

"这话是什么意思？"

"嘿嘿！你自己琢磨吧！"

警察说这话的时候，一阵刺耳的马达声从背后传来，一队身着皮夹克、头戴钢盔的"狂犬"开着十几辆摩托车闪电般地从他们身边掠过。那风驰电掣的气势、刺耳的怪声和音乐喇叭声就像一群印第安人发出的狂喊声。

"他们在示威，警察先生，山田范子危险了！"

"哟！你说什么呀！"

警察摆出一副倨傲的面孔把头扭向一边。

"我要去'钢盔'快餐部！"

"拒绝跟我走吗？"

"不是！我只是要先去一趟'钢盔'快餐部，看看山田范子是否安全。"

"我们认为这就是拒不跟我们走!"

"岂有此理! 爱怎么解释就怎么解释吧!"

味泽推开警察,大步走了。警察并没有阻拦。等到味泽走远后,老警察嘿嘿冷笑着对年轻的伙伴说:

"你马上同本署联系,说味泽岳史跑了,请求立即签发逮捕证。我去'钢盔'快餐部,你随后也来!"

"是!"

年轻的警察撒腿就跑,好像这下子可对拱手放走味泽、任他随便跑掉的可惜心情有了补偿的办法。


"爸爸!"

味泽的身后突然传来喊声,使他吓了一跳。

"赖子,你没去上学呀?"

为了了解范子的安危,味泽拒绝了警察的口头传讯,在去"钢盔"快餐部的路上看到了上学打扮的赖子。

"我担心爸爸。"

赖子快要哭出来了,站在道路当中瑟瑟发抖。

"你这孩子真叫人没办法! 爸爸不是说了不用担心吗?"

"可是,前些日子,爸爸差点儿被卡车轧着。"

"你是说又有卡车来轧爸爸吗?"

"不知道。不过,我总觉得不对劲儿,带我去吧!"

赖子的眼神很认真。味泽不止一次被她的直观像挽救过,于是就说:

"好吧,就今天这一次啊! 爸爸一办完事,你还是上学去,迟到了也没关系。"

"嗯,我去!"

赖子点了点头。

"钢盔"快餐部里冷冷清清，因为既是个普通的日子又是清晨，"狂犬"的队员还没有集合起来。尽管这样，店前还是停着几辆摩托车。快餐部已经开门营业了。

味泽让赖子在店外等着，自己进了店。侍者在柜台里用白眼斜楞了他一眼。这种看法叫作"蛇眼"，即头不转动，只转动眼珠子看人。味泽一看这种目光就明白，侍者已事先知道他要来。侍者也是大场成明的党羽，这个店肯定也是和大场成明串通一气的。

"我打听一下，今天早上有没有个叫山田范子的女高中生来过？"味泽彬彬有礼地问。

"什么？临时招待员不到这儿来。"侍者依旧头也不回地说。

"是女高中生，不是临时招待员。"

"不是临时招待员就更没来了。"

"大场成明或津川没来吗？"

"谁？什么人？"

侍者假装不知。

"'狂犬'的头头。津川嘛，我想是个副头头吧！"

"不要出口不逊啊！"

味泽的身后站着几个身穿"狂犬"制服的青年，也不知他们是什么时候进来的，一个个装腔作势地端着肩膀，却是满脸孩子气。不过，他们身上带有一股凶暴的气氛，这才是他们的本质。每个人好像都藏着一件凶器。

看来他们是埋伏在店里的某个地方，侍者一发暗号就走了出来。

"好极了，你们都是'狂犬'的队员吧？我要见见你们的头头。"

"见头头想干什么？"

他们的长筒靴上带着刺马针似的特殊玩意儿，在地上一挪步，就咔嗒咔嗒直响。

"请他把山田范子放回去。"

"我们不晓得。那个女人是你的什么人？"

一个"飞车族"仗着人多势众，凑到味泽跟前，用食指把他的鼻子头朝上戳了一下。

"她是我的朋友。今天早上你们头头用电话告诉我说，他把这人给扣住了。"

"哎哟哟，你们听见了吗？他说是这娘们儿的朋友，多叫人眼馋呀！"

那人有板有眼地一说，周围的人哄堂大笑起来。

"麻烦你们，让我见见你们头头，我要和他讲几句话。"

"不知道啊！"

"飞车族"又把长筒靴踩得咔嗒咔嗒乱响。

"快去告诉大场成明！他胆敢动山田范子一指头，我绝不轻饶他！"

突然，味泽的声音变得异常吓人。"飞车族"根本没把他放在眼里，像玩弄掉进陷阱的野兽似的欺负他，一见味泽突然露出凶暴的面孔，顿时傻了眼。这么一来，就要看谁是专业、谁是业余的了。曾经属于杀人专业集团、练就一身杀人本领的味泽身上散发出了可怕的杀气。在这杀气的紧逼之下，那些只能骑车到处逞强、别无本领的"飞车族"吓得个个缩成一团。

可以说他们是被味泽的威严吓倒了。

"什……什……什么？"

尽管如此，"狂犬"还是拼命硬充好汉。虽说在味泽威风凛凛的压力下不敢抬头正视，但看到他只是孤身一人，为了"狂犬"的面子，他们硬着头皮对抗味泽。

"他……他妈的！"

迎面的一个家伙跳起来，嗖地拔出刀子，想反击一下味泽显示

出的威力。经他一带头，其他的"飞车族"也鼓起勇气，个个掏出链子、木流星等随手的凶器。

"给我住手！我不是来和你们打架的，你们要干的差事只是通风报信！快去大场那里告诉他，要是动了山田范子，我可决不饶他！"

"别他妈瞎诈唬！"

长筒靴上刺马针似的玩意儿咔嗒咔嗒地响着，"飞车族"们拿着刀子。侍者不知什么时候溜掉了。

"一群不懂事的毛孩子！"

味泽咂了下舌头，刚把架势拉开，几辆警车便停到了店前。看来是没拉警笛，偃旗息鼓开来的。

"好悬！"

"飞车族"们拔腿要跑，已经晚了。警察蜂拥而至，不过，他们看也没看"飞车族"，那个已经相识的警察从警察群后面笑吟吟地挤过来。

"你是味泽岳史吧？"他装模作样慢吞吞地问。

味泽没吭气。

"以杀人嫌疑人宣布逮捕，这是逮捕证。"

他说着，手里抖着一张纸。

"逮捕证？"

"是啊！地方法院检察官发出的堂堂逮捕证。"

"等……等一下！"

"等？等什么？"

"等把山田范子从'狂犬'那里搭救出来——她被'狂犬'绑架了。"

"还在胡诌八扯呀！没有任何人报告说被绑架了，你的案子比绑架可要严重呀！"

野 性 的 证 明

"捏造！我不服从这种不正当的逮捕。"

"什么，想拒捕吗？"

好像事先想到味泽要抵抗，警察把店门堵得水泄不通。

味泽一时陷入了判断上的迷途：是应该乖乖地束手就擒，到法庭上去争辩呢，还是暂时逃走，等抓到成明再来揭穿这些无端的捏造呢？

当然，羽代署是大场的私人警察署，一旦被捕，就只好任其宰割了，就是弄到法庭上去据理力争，也绝没有胜诉的希望。

可是，要是逃走了，就会被通缉。那时，不仅要受到羽代署的通缉，还要受到所有警察的缉捕。是服从呢，还是逃走？正在举棋不定的时候，警察已缩小了包围圈。

"爸爸，上这儿来！"

突然，背后传来赖子的声音。

"你什么时候进来的？"

"这儿有后门。"

味泽不再犹豫了，跟着赖子就跑。柜台后面有个狭窄的过道，直通后门。警察还没有包抄过来。后门也停着两三辆摩托车。

其中一辆还插着钥匙。

"使劲抓住！"

味泽把赖子抱到后座上，飞身跨上了摩托车。顿时，"突突突"的排气声压倒了背后追兵的吵嚷声。


二


北野及岩手县的警察跌进了失望的深渊。好不容易才揭穿了牧野房子的伪证，而味泽却拒捕潜逃了。

这样一来，就给了想请求签发逮捕证而又缺乏关键条件的羽代

署一个求之不得的借口。味泽被通缉了，完全掉进了大场方面布置好的圈套。

在岩手县方面，味泽还处于嫌疑人阶段，没有达到请求签发逮捕证的地步。今后，就是抓住味泽，也必须先交给羽代署方面。

"我们含辛茹苦地追查到今天，到底为了什么？"愤懑和怀疑在大家的心里搅成一团。

"把味泽一交给羽代署，他就成了他们的猎物啦！"

"可是，在落到羽代署手里以前，我们怎么才能抓住他呢？"

在这个问题上，岩手县的警察深感头疼——即使知道味泽在哪里，也没有逮捕味泽的证据。

但不管怎样，反正是不想拱手交给羽代署方面。这并不是警察之间彼此争名夺利，而是羽代署巧设圈套，把本来属于岩手县的捕捉对象拦腰给抢走了。岩手县是哑巴吃黄连，有苦难说还不能公然提出抗议。味泽是岩手县追捕的对象，这一点羽代署方面却一无所知。

"现在，我们也效仿羽代署的干法，给味泽布下个圈套，巧设机关搞出一些罪证，然后把他抓起来如何？"

北野提出了一个强硬的主张。

"布下什么圈套？"

村长看了他一眼。

"味泽现在戴着一副看来值得钦佩的假面具，追踪杀他女朋友的罪犯。可是，在那副假面具之下，隐藏着凶恶的真面目。只要剥下他的这副假面具，就能把他夺回来。"

"是啊，那么怎样才能扯下他的假面具呢？"

"关于这一点，我有一个很不成熟的想法。我认为，味泽在柿树村是由于某种原因突然发起疯来的。现在，他从自卫队退了役，披上了善良市民的外衣，老老实实地待着。可是，在他身披的画皮下，掩藏着他在自卫队特种部队里养成的专门杀人的本性。如果我们把他逼进和柿树村同样的环境、同样的条件之中，他的本性不就会暴露无遗了吗？"

"和柿树村同样的环境、条件还能再有吗？"

"我觉得，现在和那时很相似。味泽正受到追捕，而且一步也走不出羽代市。现在，羽代警察和中户家把所有的出口都严密地封锁起来了吧？即使味泽从羽代市逃出来，由于受到通缉，也休想逃掉！他是为了捉拿杀害越智朋子的罪犯才拒捕潜逃的，所以，味泽也不打算离开羽代市，他一定正潜伏在羽代的某个地方。可是，他在羽代同大场作对，全市就都成了他的敌人。由于他身边还带着一个孩子，就更加惹人注目，抓住他不过是个时间问题。尽管如此，他现在之所以居然还能潜伏下来，是由于有在自卫队时练得的功夫。那种在深山老林里想法自给自足，求得生存，使体力和精神坚持到极限的训练，使得他在与全市为敌的环境中仍能生存下去。不过，他确实已被追到山穷水尽的地步。由于身边还带着赖子，味泽的负担是沉重的。从体力的耗竭可以引起精神的错乱，不知什么时候，走投无路的味泽就会像袭击柿树村时那样发起疯来。你们不认为现在的味泽正处于和屠杀柿树村时完全一样的情况吗？"

"唔，这倒也是！可是，你说让味泽发疯，难道还要让他像在柿树村那样大屠杀吗？"

村长的意思是，这虽然是个请君入瓮之法，但这个办法可不得了。

"当然，我们要在味泽再度发疯之前制止他。等我们见到了味泽的真实面目，就掌握了证据。"

"作为破案的证据嘛，"一直沉默不语的佐竹用一种不怀好意的口吻说，"一个人把风道屯加上越智美佐子一共十三个人一股脑儿干掉，这种把戏不是谁都能干得出来的。如果证明味泽身上有那种疯狂劲儿和实干的力量，不就有了证据吗？"

"这要看情况如何。让风道屯的事情重演是根本不可能的。而如果不是原原本本照样再来一次，就不能称其为证据。"

毫无收获的会议继续着。大家都觉得有一股莫名其妙的疯狂劲头把自己鼓动起来了。

他们为了抓住证据，想重演风道屯事件，纵令是一时的念头，其本身就是个发疯的想法。可是，目前大家都在眼前清清楚楚地描绘出一个味泽挥舞杀人的斧头，同羽代全市厮杀格斗的图案。这是个可怕的想象，但在想象中，风道屯和羽代完全重叠出现在图案上。

三

"让味泽跑掉啦？"

大场一成露出诧异的神色。

"是的，就要根据逮捕证抓他的前几秒钟，一转身，让他钻了空子。"羽代署署长间庭敬造把大块头的身子缩成一团，向大场报告。

旁边的中户多助乖乖地坐在那里。

"可是，既然说是跑掉了，那么是领到逮捕证啦？"

"是，我们按照您的吩咐，扣押了山田范子，乘味泽得知消息的时候，让他跟我们到警察署。他拒绝了，跑到了'钢盔'快餐部。这时，我们领到了逮捕证，正要执行的时候……"

"给他跑掉了？"

"实在对不起，我们已立即发出了通缉，所以，他逃不掉的。"

"他不会跑出羽代市吧？"

"是的，不会。"

中户和间庭一起一上一下地点了点头。

"若是那样，也无须再去通缉了嘛！只要在羽代市，就是瓮中之鳖。"

一成的情绪分外轻松，两人松了口气，放松了全身绷紧的肌肉。

"不过，通缉是委托别处的警察捉拿逮捕证上的嫌疑人，如果抓到了，还得要求把罪犯交给我们吧?"

"是这样。"

"绝对不能叫他落入别处警察之手。通缉只作为防范的措施，还是要在羽代市里把味泽抓住!"

"抓住他只是时间问题。"

"味泽这个家伙看来很狡猾，你们可不能掉以轻心!"

说完，一成一摆手，告诉间庭可以走了。间庭走了以后，一成把视线移到中户多助的脸上。

"那么，关于味泽的隐藏处——你认为他藏在哪儿?"

"味泽的目标首先是成明少爷，其次是津川。"

"津川不是让你九州的弟弟看起来了吗?"

"是的。"

"知道这事儿的人呢?"

"只有我和为数不多的干部。"

"干部中不会有人泄露出去吧?"

"绝对不会!"

"这么说，剩下的就是浦川了。"

"他的家也在严密监视之下。"

"我现在最担心的是，味泽今后在潜逃中与浦川取得联系，把杀死越智朋子的案子和羽代河滩地的问题结合起来，滋生事端。你们要严加防范，以杀害风见的罪名抓住味泽，不管三七二十一，先结果了他。浦川这个人，没有味泽就一事无成。"

"这一点也请放心。您看刚才间庭的样子也会知道，羽代署的

人已坐立不安了。重要的是不要让成明少爷随便走动，望会长多多规劝一下。味泽是个走投无路的困兽，不知会干出什么事来。"

"嗯！成明这孩子真叫我头疼。这场风波从根儿上来说，就是这小子惹起的。"

大场一成咂咂舌头。他越想越觉得可气，可就是没办法。本来，味泽这个流浪汉不过是悠悠荡荡混进"大场城"的一条野狗。这条野狗闻到井崎照夫骗取保险金而杀人的事件，就借机同越智朋子搭上了帮。他还闻到羽代河滩地的收买问题，并纠缠不休地追查杀害朋子的凶手，大大地动摇了稳如泰山的大场体制。

好不容易设下圈套，领到逮捕证，他却在千钧一发之际溜掉了。现在他还在暗处躲藏着，窥测方向，伺机反扑。

"这次抓住他，绝不能让他跑掉！"

大场在嗓子眼儿里嘟囔着。在大场王国里，他本身就是法律，任何私刑都可以随心所欲地干。


可是，味泽和赖子却杳无音信，从"钢盔"快餐部逃走以后，三天过去了，五天过去了，却仍旧像石沉大海。要是还在羽代，就不会一直潜伏下去，肯定会在某个地方掉进大场的罗网里。味泽要是单身一个人还好说，他还带着个赖子，在寒冬已经迫近的羽代市里能躲藏到哪儿去呢？他们当然也要吃饭，夜晚也不可能在野外露宿呀！

当初以为捉住味泽只是个时间问题的羽代署和大场也渐渐焦躁不安起来。

"是不是已经跑到市外去了呢？"

这种意见也出现了。

"这不可能！所有的道路都封锁了，各处都在盘查，车站也在严密的监视之下。"

"他要是截车搭上途经羽代的长途汽车，或许能逃出去。"

"那种可能性很小。我们早就布置人员捉拿带小孩的罪犯了，所有携带的行李也要检查。"

"若是潜伏在市内，也许有同情味泽的不露面的庇护者。"

"浦川悟郎、山田道子、越智朋子母亲的家都在严密监视之下，没有发现味泽的行踪。剩下的就是工作上的交往了。味泽是个外勤人员，不是公司职工。他在外勤人员之间也没有特别亲密的人，因为任何人都知道，谁要是傻瓜似的和味泽结伙，在羽代就活不下去。所以，谁都不可能窝藏味泽。这方面我们也监视了，没有发现什么。"

"他到底藏在哪儿呢？"

"我倒也想问问呢！"

凡是味泽有可能出入的地方都查遍了，可是，连他们"父女"俩的影子也没有。

这么一来，只能设想味泽有了暗中的支持者。对大场心怀不满的市民大有人在，不过，他们也都知道，羽代是靠大场繁荣起来的，自己的生活也是靠大场得到保证的。他们反抗大场的念头，毕竟只是内心的想法，不可能有人拿自己的生活作赌注，同味泽搞到一块儿去。这一点，在越智茂吉策动造反时就得到了证明。

虽然分析的结果是这样，但味泽却一直继续潜伏着，看来只好认为有个势力强大的反抗者暗中支持着味泽了。


四


"赖子，冷吗？"

味泽把赖子小小的身躯紧紧地裹在上衣里抱着。可是，这种办法不可能防御羽代快入冬的寒冷。赖子的身体一个劲儿地打着冷战。

"再忍一下，明天就能回家。"

味泽从"钢盔"快餐部逃出来以后，就躲到那个塑料温室里了。太阳已经下山，寒气袭人，应该赶快采取下一步行动。可是，现在却动弹不得。他是逮捕证下来以后断然拒捕潜逃的，整个羽代市可能早已布下了天罗地网。

味泽也弄不清那时采取的逃跑行动是否正确。他很清楚，羽代市是大场的天下，即使逃离了"钢盔"快餐部，也只能东躲西藏。可是，如果束手就擒，也就只能让大场任意宰割了。赖子促使他采取了断然行动。

在这点上，赖子突然出现，可以说再及时不过了。但是，有赖子拖累着，今后就什么也干不成了。味泽成了带着孩子的"逃犯"。

也没个地方可以安置赖子。在羽代，味泽连个可以落脚的地方也没有。浦川、山田道子的家肯定处于严密监视之下。想到这些，味泽只觉得眼前一片漆黑。

可是，即使被捕，也要想法回敬大场一拳！

在侦查杀害朋子的凶手的过程中，自己却中了敌人的圈套，报仇不成反遭陷害，真叫人死不瞑目。

难道真的没有什么办法了吗？味泽已被追到了山穷水尽的境地，仍在继续做殊死的挣扎。

"爸爸，我饿！"赖子可怜巴巴地说。

可不是嘛！自从逃出来以后，几乎水米没进肚，路上买的点心、面包早就吃光了。整天啃着温室里栽培的生茄子，这种东西是不足以满足辘辘饥肠的，而除了茄子，又没有任何可以充饥的东西。

苹果的收获季节已过，都摘光了。

"我去给你买点儿吃的来，再挺一会儿吧！"味泽安慰着赖子。可是，出去一买东西，弄不好就会被那儿的人盯上，味泽想来想去毫无办法。要是自己一个人，吃些树皮草根，怎么也能活命，可赖子却不能这样。

"这下完了！"

味泽绝望了。要是出去自首，至少赖子可以得到热乎乎的饭食和温暖的被窝。

"爸爸现在和那时一样啊！"

赖子又叫了一声味泽。

"那时？什么时候？"

"就是爸爸穿着绿制服的时候呀！"

"你说什么？！"

味泽就像中了一支暗箭似的全身都僵了。

"哎呀！您的神色真吓人！"

赖子缩了一下身子，但眼睛仍一动不动地凝视着味泽。

"赖子，你！"

"爸爸那时穿着绿制服，脸色就像现在这样吓人啊！"

"赖子，你记错了吧？"

"没错！是爸爸！我看见爸爸的脸了。"

赖子一动不动地凝视着味泽的脸。她的记忆正在恢复，那是个可怕的记忆。当记忆恢复过来以后，味泽真不知道事情将会如何。

"爸爸，你那时拿着斧子来着。"

"赖子，你在说些什么呀！"

"粘着鲜血的斧子。一抡起斧子，鲜血就往外溅。啊！我害怕！"

赖子的眼前好像又历历再现了悲惨的情景，她用手捂住了脸。

"赖子，别胡思乱想了。你是肚子饿了，所以产生了那些乱七八糟的念头。爸爸给你买好吃的东西来。"

这时，迫于饥饿的味泽想起了一户人家。目前，只有那一家也许还能庇护他们。敌人大概也不会注意到那一家。不过，那一家能

否相信味泽的话，还不敢说。味泽决定去碰碰运气。

幸而离塑料温室不远的地方有个公用电话，走几步就到。味泽抱着赖子，用一只手拨动电话，对方拿起了听筒。

味泽深深地呼了口气，说出了自己的名字。

"什么？味泽?! 是味泽岳史吗?!"

对方简直不能相信似的喊了起来。

"是我。"

"你想干什么？你现在在哪儿？"

"我在市内的某个地方，有几句话想和您说一下。"

"有什么可说的，你这个杀人犯！"

"不是我杀的，您听我讲。"

"我要马上报告警察！你在哪儿？"

"请您冷静一下。我跟您讲过，我和越智朋子已经订了婚。"

"提那个干什么？"

"您的儿子是'狂犬'的队员，在头头大场成明的手下乱搞女人。"

"不许你胡说！"

"是真的！不过，据说您的儿子总是巡风放哨，并没有强奸过人。"

"我不想听你讲这些话。"

"请不要把电话挂断，再听我说几句。在成明的魔爪下送了命的有越智朋子。"

"你说什么？"

"大场成明杀死了越智朋子，当时您的儿子也在场。"

"你杀了我儿子还不够，还要给他加上杀人的罪名吗？"

"不是，我只是追查杀死我未婚妻的坏蛋。您的儿子俊次君知道大场成明是凶手，因此，他们便杀人灭口，而凶手把杀人的罪名加在了我的头上。"

"你扯谎竟能到这般地步，可真有两下子。"

"不是扯谎。我冒着危险给您挂电话，就是最有力的证明。"

对方好像突然犹豫起来。

"听说，除了成明以外，还有个津川在场，他是汽车厂的工人。"

"津川？"

看样子终于有门了。

"如果您心疼您的儿子被人害了，就不要轻信警察那套鬼话，羽代署的警察还不都是大场雇用的？大场的儿子做的坏事，不论什么勾当都要掩饰过去，一了百了。如果让他们随意捏造出一个假凶手来，俊次君在九泉之下也不瞑目呀！"

味泽的话好像起了作用。

"你说你不是罪犯，有证据吗？"

"我也掉进圈套里了，没有直接的证据。不过，俊次死去的第二天，我曾准备同《羽代新报》原社会部的编辑浦川悟郎和被成明糟蹋过的女人山田道子一起控告成明。大场一成在收买河滩地中有极为严重的违法行为，他们为了阻止我们控告，便绑架了山田道子的妹妹。俊次君对我们来说是非常宝贵的证人，我绝不会把如此宝贵的证人杀掉。请您打电话给浦川和山田道子核实一下，就说是听我讲的。我告诉您他们的电话号码。"

为了让风见俊次的父亲核实情况，味泽暂时挂上了电话。风见的父亲有意核实情况，说明他已倾向于味泽。浦川和山田那里也许已经安上了窃听器，但也只好孤注一掷了。眼下只要多少有点儿机会，就只好去冒风险了。

隔了一会儿，味泽又一次拨了电话。这回说不定已安上电话检波器了，所以不能长谈。

"大体和你说的一样，只是说山田道子的妹妹已平安回家……"

风见父亲的语调已大大缓和下来。

"那是为了让我拒绝口头传讯，从而制造逮捕的理由而耍的花招。"

"请你不要误会，我现在还不能完全相信你。你给我打电话是为了什么？"

"请您把我藏起来。"

"藏起来？把你？"

风见的父亲大吃一惊，一时说不出话来。

"是的，我现在在羽代无处容身，如果束手就擒，不仅报不了未婚妻被杀之仇，还要遭大场私刑的折磨。在羽代，他们可以为所欲为，任意捏造罪名。我想在被捕之前，把成明拉进法网。您的儿子肯定是被大场成明害死的，所以我想和您携起手来，向他们反击！"

"你知道你这是在和谁说话吗？"

"我知道得很清楚。现在在羽代，除了您那里，我再也没有投靠的地方了。我被看作杀死俊次的最大嫌疑人，正因为这样，我才来投靠您。您要是相信我是杀人凶手，而让真正的凶手逍遥法外的话，就请您把我抓起来。不过，如果对我是凶手这件事哪怕有了一点点的疑惑，就请调查一下，直到能说服我，然后再把我交给大场、交给警察也不晚。"

"明白了。不管怎样，我要见见你，怎么办好呢？"

"堤外新开地有个塑料温室，我和孩子藏在这里，您能开车来接一下吗？"

"我二十分钟后就到，不要离开那里。"

电话挂上了。如果风见的父亲去报告警察，那就万事休矣。不过，能办的全都办了，剩下的只好听天由命。

暂时躲藏到风见家里的味泽，同风见的父亲研究着今后的对策。

"俊次君肯定是大场手下的人杀害的。声称那天夜里看见我的那个目击者，是被他们收买的。不过，他们绝不会想到我会藏到您的家里，也就是说，敌人对您还信任，相信您在痛恨杀死您儿子的我。在这一点上，我们就有了可乘之机。"

"请你不要误会。我还没有消除对你的怀疑，我只是想观察一下你。"

"我明白。所以我打算用今后的行动来打消您的疑虑。首先，我们应该这样办……我一跑掉，他们必定布置了严密的警戒。特别是成明，一定提心吊胆，生怕我随时出来进行报复。所以，我们要在一周左右按兵不动。过几天，他们就会认为我逃到市外去了，因而会解除警戒。我想乘那个时候，请您把成明叫出来。"

"叫出来？怎么叫?"

"随便编个借口。噢，对了，就说给俊次做法事怎么样?"

"做法事就得请亲友，我不愿意兴师动众。"

"说做法事，成明也可能不来，总之是他下手杀害的嘛！他是俊次君的好友，说分赠遗物怎么样?"

"那样好。"

"先把成明叫出来，由我来让他交代。再让浦川先生把新闻记者召集来，让他在记者面前供认，搞一个罪犯的记者招待会。如果说大场的儿子自供是杀人犯，新闻界都会来。这是对俊次君亡灵的最好祭奠。"

"要知道对方可是大场，若能进行得顺利，当然好了。"

"放心吧！一定能顺利。"味泽坚定地说。

其实，他也不是信心十足。不过，在这种时刻，不能让自己唯一的庇护者有丝毫的不安。

## 五

味泽毫无生息的潜伏使北野焦躁起来。可是，他绝不认为味泽会丢下杀害朋子的凶手，自己负着一身罪名乖乖地溜走。即使他逃离羽代市，也会跌进通缉的天罗地网。反正是要被捕，他肯定会死死地待在羽代市同大场斗争到底。

北野觉得有些可怕，味泽一定是在销声匿迹的同时又阴谋策划着什么勾当。

味泽想要干什么呢？其实他已完全被大场困住，一动也不能动，但北野总觉得味泽一声不响地蜷缩在暗处是在窥伺着时机。

七天过去了，味泽依然毫无动静。大场方面的警戒开始有了松动。

"味泽逃出羽代了吧！"

这种意见重又占了上风。

好像就等着这一时刻，大场成明那里接到了一个电话。电话是已死的风见俊次的母亲打来的，保镖也放松了警惕，让大场成明接了电话。成明见过风见的母亲两三次。风见的母亲对心怀鬼胎的成明说：

"我整理俊次的遗物时，发现了一封写给您的信，想交给您。"

"给我的信？里面写了些什么？"成明内心的不安一下涌到了心头。

"封着哪！不知道写了些什么。俊次还有好多遗物，放到家里只能勾起我们的伤心，所以想分给他的好友，请您务必来一趟。"

那些遗物，成明根本不想要。但那封"遗书"却使他放心不下："俊次那家伙到底给我写了些什么？他要是写了些不三不四的事情，让别人看见可就糟啦！"

可是，俊次死的时候并没有意识到要被弄死呀！就是在死前的一刹那间意识到了，那时还能写下什么呢？

"没关系！那不是杀人的检举信。"成明对自己说，但还是提心吊胆。

总之，一看到信就明白了。

"可以，我去拜访。"

成明答应按对方指定的时间去取信。


这时，北野在羽代市用作根据地的某旅馆来了一位来访者——浦川悟郎。他对北野说，可能有人在他身后盯梢。北野不露声色地看看外边，觉得没有监视的动静。

监视人的地点，侦探一般都能一看便知。那些地点看来并没有人监视，所以姑且可以放下心来。

浦川曾准备和味泽、朋子一起把羽代河滩地的违法事件交给新闻界揭发出去。但是，他们的主事人味泽成了被通缉的罪犯，他自己也被大场严密监视起来，所以弄得寸步难行。不过，若是放过大场的胡作非为，他那新闻记者的灵魂又不能允许。

"所以，我来求您一下。虽然这事不属于您的管辖范围，但它牵扯到建设省的一件大规模不法行为。能否请您动员县里的搜查二科或警视厅前来调查一下？"

说着，他就把事件的全部资料交给了北野。这不是北野目前追查的案子，却是味泽以前侦查来的资料。

北野答应下来。既然是这么事关重大的案件，满可以动员起检察官来。村长已经给县警察本部搜查二科透露了风声，估计他们已经派出密探开始进行侦查了。

浦川很满意，打算回去，可刚要出门，猛然又想起了什么，说：

"您这么一说，我也想起来了。前天有人莫名其妙地向我打听过一件事。"

"莫名其妙地打听？谁呀？打听了什么？"北野赶紧问。

"那人没报名字，只是一口咬定是从味泽先生那里听来的。他问我，听说我和味泽先生要携起手来揭露大场的丑闻，是不是真的。"

"您是怎么回答的？"

"因为我不了解对方的身份，所以心里正在盘算怎么回答才好。那人又说，说实在的，他自己的儿子是被大场给弄死的，如果那些事属实，他想帮味泽先生一把。"

"他说怀疑儿子是被大场给弄死的吗？"

"是的，听起来不像说谎，所以我就告诉他，都是真的。即使是大场方面玩弄的诡计——还能把我再盯得怎样？也不过如此呗！"

"是风见！风见的父亲！"

"啊！您说什么？"

"味泽……先生，在风见的父母家里藏着哪！对了，没有想到会在风见家里，真是个漏洞。"

"风见？前些天死的？味泽先生被怀疑是罪犯……不会吧！"

"是的！绝不会错！您想想，味泽一直是个被栽赃诬陷的罪犯，连风见的父亲也没有天真地相信味泽是凶手，因此，味泽接近他们，说服了他们。风见的父亲为了核实味泽的话，才向您打听情况的。没错！没错！味泽就在风见家里。"

北野忘记了对味泽加上尊称。

"果然是在风见家里呀！"

"他可真找到了一个极妙的隐藏处！若是在那里，大场方面也绝想不到。任何人做梦也不会想到，儿子被杀，老子反而窝藏那个罪犯。可是，一经发现那个罪犯是捏造的，他的父母为了寻找真正

的罪犯，就会庇护假罪犯，帮助假罪犯。看来羽代最恨味泽的是风
见家，现在却成了味泽唯一最可靠的伙伴。"

"味泽先生想得真妙。可是，以前我也一直担心过，您究竟是
因为什么对味泽先生感兴趣呀?"

"这一点嘛，我想不久会有机会告诉您。"

北野心想，现在说出来也没关系。不过，他不想说破味泽是个
空前大屠杀案件的嫌疑人，免得打击看来对味泽怀有好感的浦川。
而且，现在正处于必须同他合作，想方设法帮助味泽的立场上。眼
下还不能抛开同情味泽的浦川的支持。

"是与杀害越智美佐子的事件有关吗?"

尽管北野不说，浦川却猜得八九不离十。

"等真相大白之后再告诉您吧!"

"如果是搜查上的秘密，那么我也不便过问。不过，如果味泽
先生在这个案子中沾上了什么嫌疑，我觉得那一定是出自某种原
因。他那个人正义感很强，是个疾恶如仇的人，绝不会杀人，而且
被杀者又是他未婚妻的姐姐。"

"当时他们还不认识。不! 总之，眼下必须使味泽渡过难关。"

北野差一点儿没说走嘴，赶紧把话岔开，叮嘱浦川说:

"还有，味泽潜伏在风见家里的事，请您可千万不要泄露出去。
事情弄不好的话，说不定味泽也会被干掉。"

## 六

护城河内区的大场家离中街的风见家很近。护城河内是原羽代
城下高级武士的住宅区，中街是下级武士的住宅区，因此，成明连
保镖也没带，随随便便地离开了家。

其实，步行去也不远，但不管多么近，步行去就会有失大场少爷的身份。成明开着一辆最近才买来的 GT 牌进口赛车。这辆车是所谓的超级赛车，车价超过了一千万日元，日本目前没进口几辆。这辆车在羽代市当然是独一无二了。除了小组活动日以外，他从不开单人摩托车。

超级赛车的强大功率还没有开始发挥，眨眼之间就已开到了风见的家门口。风见的父母正在门口恭恭敬敬地迎接。成明宛如来到家臣的家里一样，大摇大摆地被引到了里面。

他进房间后稍稍等了一会儿，又走进来一个男人。成明抬头一看那个人，就惊叫一声抬腿要跑。

"咱们初次见面，你好像认得我？"

味泽嘴唇上挂着一丝微笑，站到成明面前，咄咄逼人的威严把成明吓得缩成一团。这是成明充作头头的"狂犬"里的小流氓们所绝没有的凛凛威风。

"骗……骗人！"

他脸上硬充好汉，骨子里却吓酥了。

"到底骗了你什么啦？"

成明不打自招，说不出下一句话了。

"我……我只是来取信。"

"信嘛，在这儿！"

味泽哗啦哗啦地抖着一封信。

"给我！"

"当然可以，本来就是写给你的。"

味泽痛快地把信递给了成明。

成明手里拿着信，在味泽面前不知如何是好。

"怎么啦，不看信吗？还是吓得看不下去啦？"味泽挑战似的盯着他的脸说。

"有什么可怕的！"

成明极力摆出不在乎的样子。

"是吗？那好呀，我对俊次君的遗书也感兴趣，如果无妨的话，让我看一看吧！"

成明在味泽面前拆开了信封，里面装着一张信纸，上面写着两三行字。

成明的目光一落到那几行字上，脸上立刻失去了血色。

"上面写着什么哪？"

味泽催促着，成明一声也吭不出来。

"念！念出声来！"

味泽一步步逼近成明。他身上发出一股凛凛逼人的凶暴杀气。那种一触即发的凶狠架势，就像内含着可怕火力的枪口一样，紧紧地顶在他的胸口上。

"瞎说！这里写的都是胡说八道！"

成明招架着扑来的杀气，勉勉强强吭出一声。他的额上密密麻麻地沁满了汗珠。

"要是胡说八道，你为什么满头大汗呢？怎么，不会念了吗？要是不会念，我来替你念？"

"你这么搞，到底想干什么？你把我当谁了？我是大场成明！"

成明想借发出的声音壮胆子，但往常能发挥巨大效力的恫吓，今天却丝毫不起作用了。

"你是大场的混账崽子，也是杀死俊次君的真正凶手！信上写着凶手是你！"

"瞎说！"

"不是瞎说！不仅如此，你还强奸杀害了越智朋子！"

"信口开河！你有证据吗？"

"俊次君都对我说了。"

"他的话不能成为证据，俊次已经死啦！"

"还有别的证据！"

"别的证据？不可能！要有你拿给我看看！"

成明定定神，耸了耸肩膀。

"你看这个！"

味泽把一个白的、像是石头碎渣似的东西摆在成明眼前，仔细一看，是颗牙齿。那好像是颗门牙，扁平的牙冠从牙根上断了。看样子不是自然脱落，而是外力把牙弄断的。

成明惊疑地抬起眼皮。

"不记得了吗？那是你的牙！"

"我的牙?!"

"对！没错！就是你的牙。你要是忘了，我来给你提个醒！你以前和津川、俊次君合伙拦劫过越智朋子，在眼看就要达到目的时，有人搅了你们。那个人就是我。那时我的拳头打中了那个头头的脸，这就是打掉的牙。为了日后作证，我一直珍重地保存着。万没想到就是你的牙！"

"我不认得那颗牙！"

"事到如今，你还想装傻吗？你是请谁给你镶的牙？"

成明了解到牙齿所具有的重大证据价值了。

"你是请俊次的父亲给你镶上的被我打掉的牙齿，真是冤家路窄呀！这颗牙和你的牙型完全一样。那时，由于我来打搅，你没有达到目的，后来一直继续追踪越智朋子，终于惨无人道地杀害了她。而为了把知道你干坏事的俊次君的嘴堵死，你又指使别人把他杀死了。怎么样，你还有啥可说的？"

在味泽连珠炮似的逼问下，成明一下子垂下了头。"半截牙"固然不能直接成为杀死越智朋子和风见俊次的证据，但在接连不断的逼问下，他头脑混乱了，失去了抗争的能力。

这时，在隔壁观看动静的风见夫妇冲进屋来：

"原来是你害死的俊次呀！"

俊次的父亲两眼喷火，盯着成明。

"刽子手！"

失去儿子的母亲把满腔的怨恨一齐发泄出来。她又推又搡，又顶又撞，再也说不出话来。

"过来！"

味泽一把抓住成明的胸口，把他扯了起来。

"把他带到警察那儿去吗？"风见的父亲问道。

他知道，到了警察那里，如果成明矢口否认，那半截牙的作用是无力的。

"不！还有点儿事要办！"

味泽脸上堆着淡淡的冷笑，笑里包含着残忍。风见的父亲一见，立即有了一种不祥的预感。但是，这时的味泽，身上似乎发出了任何力量也阻挡不住的可怕杀气。

味泽的那种凶狠气焰，就像一触动就要燃起的熊熊烈火，把成明吓坏了。他像掉了魂的偶人，乖乖地跟着味泽，来到停在风见家门口的成明自己的赛车旁边。味泽一扬下巴，命令他上去。

"带……带我上哪儿？"成明这才从恐惧中清醒过来，上牙打下牙地轻声问道。

"让你吃茄子！"

味泽说出一句古怪的话。

"茄子？"

"对啦！开车！"味泽声色俱厉地说，吓得成明慌慌张张地打开了点火开关。

七

竹村伤心透了。他给井崎照夫开了事故证明，等到井崎明美的尸体一出现，他便有了参与图财害命的嫌疑，遭到了免职。虽然基本弄清了他与杀人无关，但同井崎的密切关系却暴露了，因此，升官发财的希望算是破灭了。

间庭署长曾对他说，大场一成不久就会对他有所安排，眼下要为羽代署忍辱负重。可是，打那时起已经过了快三个月了，还是音信皆无。这么看来，竹村势必成了羽代署的替罪羔羊，成了丢在路边的死狗。

羽代署的同僚们也都远远地躲开了竹村。他在任时，不论走到市里的哪个角落，都让人肃然起敬，而一离职（还是以极不光彩的形式），社会上的风顿时变得冷冰冰的了。

"一朝失势，猪狗不如呀！"

竹村咒骂着人世间的势利眼，但他又没有决心从羽代拂袖而去。

以前，他一直是大场的看家狗，忠心耿耿，所以他丢不掉幻想，总希望大场会伸手拉他一把。如今他把靠着大场得以吃香喝辣的滋味丢到脑后了。

只要离开羽代一步，从前对大场的一贯忠诚反而成了他这个警官不光彩的记录，成了历史上的污点。只要身在羽代，尽管当官时的威风没有了，好歹还活得下去，不至于被人飞石子。

竹村失了业后才由衷地体会到，警官的权威以及警官这个职务所带来的各种有形无形的好处是多么巨大。

蹲在家里无聊得很，他整天到繁华的布店街去，玩弹子度日。

这位曾在羽代署耀武扬威、不可一世的搜查科长，曾几何时竟落得无所事事，大白天靠玩弹子消磨时间，也真够可怜的了。

就说弹子吧，在当警官的时候——当然很少来玩——尽管没弹进去，球却咕噜噜地滚出一大堆来，因为幕后有人操纵机关，为他提供让球大量滚出的"特别服务"。

而现在，连弹子机也背弃了他，球总是弹不准。竹村看到自己把手中的球全弹偏了之后又去捡落在地上的球，不禁觉得自己太可悲了。

可是，他又不肯把捡起来的球扔掉。

最后，他连在弹子房玩儿的兴趣也没了，于是就离开弹子房出来闲逛，可又没个去处。回家去吧，老婆哭丧着脸。竹村在闹市上踱来踱去，心里盘算着，要是碰到中户家的干部，也许看在往日的情面上，能给个三元两角的。

他一脑子这种卑鄙得可怜的想法。可是，中户家的人好像也知道一遇上竹村就要遭到勒索似的，躲避着他，小流氓们一个也遇不上。

竹村的情绪越来越差。他咬牙抑制着憎恨自己的心情，最后觉得只好回家，别无去处。正在这时，从和他擦肩而过的行人中，他偶然认出一个熟人。那个人是原《羽代新报》的浦川悟郎。据说，他因为策划造大场的反而被革职或停止工作了。

以前彼此是敌人，而现在却是流浪街头的伙伴啦！

"为了维护大场体制，那个家伙也跟着倒了霉呀！"竹村这么一想，心里突然涌上一股兔死狐悲的奇妙感觉。他刚想上去搭话，又出于本能控制住了。浦川虽然是个流浪汉，但看来却仍然步伐坚定，目不斜视，大步流星地走着。所以，虽和竹村擦肩而过，但他却没认出来竹村。

"这家伙到底往哪儿去呢？"竹村多年干警察养成的兴趣又冒了

出来。而且，尽管同是流浪汉，他自己是漫无目的地瞎溜达，而浦川却那样步伐坚定地有目的地走路，对此他不免有些忌妒。

竹村立即拉开架势跟踪下去。对跟踪盯梢这套把戏，他通过实地工作，一向训练有素。浦川并不知道有人跟踪上了，他从布店街穿过手艺人街、寺院街，一步步地走向高岗那边。从这里再往上走，就是羽代氏时代的高级武士、中级武士居住的护城河内区和中街了。

竹村越来越觉得奇怪，便继续跟踪下去。浦川在中街一家挂着"风见牙科医院"招牌的门口停了下来。门前停着一辆漂亮的红色赛车。

"原来他是来治牙的呀！"

竹村一下子泄了气，但转念一想，路上有许多牙科医生，干吗偏偏要到高岗来呢？他决定再观察一会儿。

浦川并没有马上走进风见牙科医院，而是站在门口探头探脑地窥视里面的动静，好像还没拿定主意进还是不进。

"他究竟想干什么呀？"

竹村正兴致勃勃地盯着观看时，从风见牙科医院里走出两个男人来。竹村定睛一看，不禁吓得"啊"了一声——那两个人是大场成明和味泽岳史。

味泽是个杀人嫌疑人，正在通缉捉拿，而他为什么和大场成明在一起呢？在不容思索的刹那间，两个人就坐上了停在那里的GT赛车。这时，浦川跑了过去，好像喊了一声味泽，但声音却被那辆高性能赛车轰轰隆隆的排气声给淹没了。马达越转越快，排气声越来越大，突然，轮胎刺耳地尖叫了一声，赛车就像被弹出去似的飞驰而去。后边，浦川呆呆地站在飞尘和排出气体的烟雾中。

竹村到底比浦川脑筋快。他只扫一眼，就从两个人的情形上感到情况不对头，好像味泽在逼着大场成明驾驶赛车。

若不是这样，味泽和成明不可能乘一辆赛车。竹村一回过味儿来，便立即采取行动。他抄起近旁的公用电话，拨通110，报告了红色 GT 赛车的车号并说明通缉中的味泽正坐在那辆车上。

这并不是出于警察行道的本能，他是想向大场一成表示一番忠诚，用来加快自己的"东山再起"。

味泽专选僻静的道路，逼着成明来驾驶那辆很招人耳目的 GT 赛车。如果途中遇到警察盘问，他就打算硬冲过去。

不一会儿，他们来到了岔路上。从高岗下的中街到羽代河，走岔路可以抄近。一到岔路上，味泽就夺过了方向盘。

"到底上哪儿呀？"成明提心吊胆地问。

"我不是让你吃茄子嘛！你休想跑掉！"

味泽咬着牙冷笑着，踩下赛车的离合器，以三千转速挂上挡，赛车飞也似的跑起来，宽轮胎舒适地啃着柏油路面。他把一挡的转速开到极限，然后又干脆麻利地换到了二挡。

二挡的时速达到七十公里。每次换挡，轮胎都要在柏油路上尖叫一声。油门的反应非常灵敏，一脚踩下去，强大的马力就使后轮空转起来。

味泽又升一挡，换上了四挡三千五百转，有一百二十公里的时速。

这时，反光镜上照出了三辆摩托车，穿着黑制服、戴着黑色钢盔的"狂犬"队员追了上来。

他们看到味泽开着成明的赛车大为不解，便围到 GT 赛车前面和左右喊道：

"头头，到哪儿去兜风？"

"那个家伙就是常到'钢盔'快餐部转的保险商呀！"

成明一见到伙伴，也顾不得什么羞耻和面子了，扯着嗓子喊：

"救命啊！"

"狂犬"队员们听到成明绝望的哀鸣，立即露出了凶狠的本性。

"混蛋！你要把我们头头带到哪儿去？"

接着，摩托车便和 GT 赛车开始了一场竞赛。从这一带起道路变宽了，柏油路笔直地延伸下去，平坦的路一侧就可以并排跑开两辆汽车。这是"狂犬"喜好兜风的一条路线，外地也常有"飞车族"聚集到这里来，相互逞能，炫耀势力。

这三个"狂犬"队员开的都是 250CC 的轻量级车。味泽毫不介意，任其纠缠。他先把前面那辆妨碍前进的车骗到线外，然后迅速打轮回到线内，把速度换到三挡，油门一踩到底。他身体好似增添了重量，后背深深陷进了靠背里。"狂犬"的三辆摩托车，不一会儿就像被强大的磁力吸回去似的远远地被抛在了后面。在猛然超过挡在超车线上的那辆摩托车时，那辆摩托被强大的气流吹得东倒西歪，差一点儿撞到分隔快慢车的路障上。

不到三秒钟的工夫，车速就超过了二百公里，"狂犬"队员们只好目瞪口呆地眼望着 GT 赛车像一道红光似的飞驶而去，他们已经没有比赛的劲头了。

这辆赛车就像一匹狂奔的钢铁野兽，挡泥板包着前后巨大的 P7 型轮胎，车前面装有大型的扰流板，造型神气活现，就像一辆不断地向高速度挑战的重型坦克。

发动机是 MCV 型，八个气缸，顶置双凸轮轴驱动气门，最大输出功率 255 马力/7，700 转/分。变速器是波歇型，五个挡位：四轮独立主柱式悬挂，装有通风型盘式制动器。据说最高时速可达三百公里以上。

这辆车很难驾驶，很难使它发挥出性能来，沉重的方向盘、笨涩的脚踏板，操纵起来需要相当大的臂力。驾驶室就像处在发动机刺耳咆哮的旋涡中一样。

然而，味泽很快就驯服了这匹"烈马"，使赛车的性能发挥到了顶峰。

　　成明开这辆车时，总是提心吊胆，顺着它的脾气凑合，而味泽却完全控制了它，使它重又变成一个与人密切配合、具有新的生命的机体，做着最大限度飞跃的尝试。

　　成明唯有瞠目而视。

# 第十五章　野性的证明

## 一

送走浦川以后，北野心里还是充满了一种忐忑不安的预感。虽说知道了味泽的栖身之地，却不知是否应该立即采取行动。当然，他丝毫也不想通知羽代署。

现在，留在羽代的只有北野一人，村长他们已返回岩手县了。即使请示村长也毫无用处。北野他们现在对味泽是束手无策。如果说动手采取行动，也只有逮捕味泽，再把他交给羽代署。而事到如今，他很不愿意把自己的猎物奉送给别人。

在北野举棋不定的时候，刚才把味泽的消息告诉给他的浦川又

339

打来了电话。浦川声音急切地说：

"喂！是北野先生吗？您在可太好了。"

"究竟出了什么事？"

"咳！是这么回事：刚才我从您那儿出来，马上就到风见牙科医院来了。我自作主张，很对不起。我是想来看看味泽先生的情况。可是，一到门口，味泽先生就和成明从里面走了出来，坐上门前停放的汽车跑了。"

"味泽和成明在一起！"

这两个人竟能待在一起，真奇怪。北野一时困惑不解。

"看样子，成明是在味泽先生威胁之下被迫坐上汽车的。"

"是被迫呀，怪不得，这就明白啦。因为风见俊次是成明的喽啰，所以就把成明骗了出来。您知道他们上哪儿去了吗？"

"不知道，车往南开去了。当时味泽先生的样子很反常，所以我放心不下，告诉您一声。"

"反常？怎么个反常法？"

"我和他打了招呼，可是他头也不回，就像下了什么坚定的决心，拖着成明就走。但愿不是对成明擅施私刑。"

"那种可能性很大。味泽对成明恨之入骨，必须预防他施加私刑。您向他打招呼的时候，他一句话也没说吗？"

味泽要是私自惩治成明，北野他们就再也没有出场的机会了。北野慌了神。就在这短短的时间里，味泽正在一步步走出北野的行动范围。

"您这么一说，我想起来了。他好像说了一句话，但并不是对我说的。他说是要让成明吃茄子。"

"茄子？是植物的茄子吗？"

"我想是，但不敢肯定，因为隔着一段距离。"

"是塑料温室！"

"啊?"

"谢谢您告诉了我。我已经知道味泽的去向了。为了防止他擅施私刑,我要马上赶到那儿去。"

尽管浦川还想问些什么,但北野已挂上电话行动起来。北野按照味泽的足迹追踪过。他从农业技术研究所的酒田博士那里得知,有个"茄子"来自焰火基地附近的塑料温室。

那个塑料温室的具体地点他还没弄清楚,但是,若说是焰火基地附近,那范围就限定了。

来得及还好,若是来不及,以前的所有苦心都将归为泡影,味泽将成为羽代署的肥肉。

绝不能让他这样!

"有了。把它带上吧!"

于是,北野把那个作为追踪味泽的武器——从柿树村拿来的"物证"带在了身边。这个举动说明北野本人也许有几分发疯了。

北野叫住一辆出租车,命令司机开往羽代河滩。这时,警笛齐鸣,警车一辆接一辆飞驰而过,好像整个羽代市的警车都集合起来了。北野察觉到这是味泽闯到警戒线上了。也许他正在紧急布置下的天罗地网中像一只走投无路的困兽绝望地四处乱窜,也许已经落了网。

"给我朝巡逻警车那边开!"

北野改变了命令。

二

"下去!"

在堤外新开地搭起的塑料温室前,味泽刹住车,使劲一推成明。在刚才和"飞车族"的拼命竞赛中,成明差点儿背过气去。

"干……干……干什么?"

成明勉强从车上下来,双膝颤抖,已经几乎撑不住身子了。

恐怖使他的声带不听使唤了。

"到塑料温室里去!"

"饶了我吧!"

"赶快给我进去!"

虽说味泽手无寸铁,但整个身子好像变成了凶器,充满了令人毛骨悚然的气势,凝聚着无人敢正视的杀气,谁敢触动,谁就会被彻底摧垮。成明被赶进了塑料温室。

"好! 站在那儿,摘茄子!"

"茄子?"

"对啦! 摘!"

成明无奈,只好摘了一个温室栽培的茄子。

"吃!"

"啊?"

"我不是说让你吃茄子吗? 给我吃! 吃!"

在味泽的威逼之下,成明赶紧把生茄子塞进嘴里,勉强咽了下去。

"再摘一个!"

"再也吃不下啦!"成明哭哭唧唧地说。

刚从秧上摘下的茄子,没有一点儿滋味,多吃不了。

"吃!"

这吼声充满了杀气。成明为了从这种杀气中摆脱出来,又勉勉强强吃下一个生茄子。

"再去摘!"味泽眼看成明勉强把第二个茄子咽到肚里,又无情地命令道。

"再也吃不下了,说什么也吃不下去了。我长这么大从没吃过

生茄子。"

成明真的哭了出来。

"吃！你要把塑料温室里的茄子，全给我吃光！"

"那……那太过分了。"

"你用这里的茄子污辱了越智朋子，然后又把她弄死。为了补偿你的罪孽，你要把茄子全部吃掉！"

"饶了我吧，我错了！让我干什么都行。对了，我给你钱吧！我跟我爸爸一说，要多少给多少。你若想要工作，我给你介绍一个好工作。"

"你要说的只是这些吗？"

"让你在我爸爸的某一个公司里当董事。不！当经理也行。你知道吧，在羽代要是让大场一家盯上了就休想活命。要是你能开恩，绝不叫你吃亏！"

"给我吃茄子！"

成明终于明白了，不论是多么诱人的香饵，即使是大场家族的势力，对面前这个人也毫无用处。他一边哭着一边把第四个茄子塞进嗓子眼儿里。在吃第四个时，他脸上淌满了痛苦的泪水。吃第五个时，他吐了起来，把刚才吃下的茄子全都吐了出来。

"这次吃这个！"

味泽指着温室地上吐得狼藉不堪的污物。

"这些东西，实在吃不下呀！"

"那是从自己肚子里吐出来的，不用再嚼，岂不更好！"

正说到这里，传来了摩托车的排气声，在塑料温室前停了下来。

"有了！他在这里！"

"头头也在这儿呢！"

可能是被味泽甩得远远的"飞车族"为搭救成明，终于赶到了。他们是成明的卫队，在"狂犬"中最凶猛。

　　一直哭哭唧唧的成明一下子振作起来。他赶快跑进卫队里说：

　　"味泽！吃吐在地上的东西的该是你了！你连落到这般地步也不知道，一个劲儿地说大话！全都给我收拾干净！赶快吃我吐的茄子！"

　　成明方才被折磨得不堪忍受，现在却乐得手舞足蹈——畏缩到恐惧背后的残忍，一逃进安全圈里便又抬起头来。

　　但味泽毫不畏惧，岂止不畏惧，根本就没有把面前的十几个"飞车族"放在眼里。他向成明招了招手。

　　"过来！到这儿来！"

　　"你还不知道你自己处在什么境地吗？"

　　"好啦！好啦！趁着你皮肉还没疼，过来！"

　　"他妈的！还敢放屁！"

　　藐视，激起了他们更大的怒火。他们一个个掏出了锁链、铅头棍棒、木流星、木刀等自己随手的武器，把味泽团团围了起来。而味泽则完全是赤手空拳。

　　"哈哈，你们要动手吗？"

　　味泽的眼睛炯炯发光。这时，成明以及自诩占压倒优势的"狂犬"派最强大的队员都感到有一股令人毛骨悚然的阴风从头吹到脚。事实上，他们浑身都在起鸡皮疙瘩。他们感到，他们要对付的不是人，而是一个魔鬼。

　　"这儿施展不开，到外边去！"

　　味泽的话就像天上掉下来的一道赦令，要不是你盯着我，我盯着你，"狂犬"队员早就想借此机会跑掉了。

　　"上呀！"

　　为了掩饰自己的胆怯，"狂犬"们一声呐喊扑了上来。对手不过是孤身一人，又是赤手空拳，在这种情况下要是被他吓倒了，就丢了"狂犬"的脸。

塑料温室前尘土飞扬，人影闪动。不一会儿，两个人便倒在地上疼得哼哼起来。卫队中特别勇敢、特别凶暴的两个人，转眼间就被打翻在地，一下子丧失了战斗力。

不知道味泽是怎么打的，也不知道击中了那两个人的哪个部位。味泽的手法使得"狂犬"们以为眼前被打倒的那两个人是在装蒜。

不过，虽说打倒了两个，但压倒的优势并没有改变。

"对手就一个人，赶快干掉他！"

成明一声令下，一个厮打的场面又出现了。倒在地上的人多到了四个，不过，味泽也有些气喘吁吁了。不知什么凶器划破了他的脸，血从面颊上一滴一滴地淌下来。看来伤势还不只是脸上，动作也显然迟钝了。

"那个家伙快完蛋了，都冲上去把他揍趴下！"

成明在卫队后边指挥着，他自己却连个指头也不动。

就在这时，羽代署的一队警察赶到了。因为他们是接到竹村的报告之后，为寻找成明汽车的去向才赶来的，所以比直接尾随的"飞车族"晚到了一步。

由于味泽与"狂犬"的厮打非常激烈，警察还不能马上靠近。

警察里勇敢的先锋队员跃跃欲试，刚想冲上去，却被担任指挥的长谷川侦探长拦住了。

"为什么？"

长谷川对心急如焚的青年警察说：

"你没看见那儿吗？"

他指着倒在地上的"飞车族"说。

"他只是一个人，又是赤手空拳，就把四个人揍趴下了。味泽这个家伙可不是个窝囊废。这样强行逮捕，我们会吃亏的。"

"可是，这样下去的话，'狂犬'就要……"

"让他们厮打下去好啦,反正那是一群乌合之众。让他们和味泽斗下去,消耗一下他们的体力。等味泽完蛋的时候,我们再伸手,岂不是一箭双雕嘛!"

长谷川抽动嘴角微微一笑。警察远远地拉开包围圈,圈里在继续鏖战。倒在地上的"飞车族"增加到了六个,而味泽也付出了相应的代价,累得精疲力竭,肩膀一耸一耸地喘着气,流出的血和汗水遮住了视线。"飞车族"抓住这一时机,把呼啸着的链子、木刀劈头盖脸地打了过来。

"味泽要被揍死了!"

"好,到时候了!"

在长谷川刚要下命令的时候,一个人影闪到了味泽身边。

"味泽!用这个!"

说着,他把一件东西递给了味泽,味泽接到了手里。这时,一个"飞车族"抡起木刀扑了上来。味泽并不躲闪飞来的木刀,而是把刚接到手的那个东西横着抡了过去。随着一声惨叫,众人看到一道红色的飞沫从那里飞迸出来。

原来,味泽手里的东西是把斧子。一个"狂犬"分子腹部最柔软的地方被味泽的斧子砍了一下,立即倒在血泊中,满地打滚。味泽也被溅了一身血,看起来就像从他自己粗大的动脉里流出来的血似的。

看到味泽手握杀戮的凶器,"狂犬"们慌了,拔腿要跑。味泽赤手空拳打倒了六个人,现在又有了一看就吓人的斧子,事情可真不知会弄到什么地步。趁着对方一时畏缩的瞬间,味泽开始了反攻。

味泽一抡开大斧,链子、木流星、木刀就全部飞了起来,折成了几截儿或被砍成了碎片。"飞车族"们有的头被砍掉、胸被劈开,有的缺了胳膊、断了腿。味泽自己也完全浸泡在血泊之中。

一个"飞车族"滑倒在同伴的血泊中，另一个绊在那人身上，身子失去了平衡。这时，味泽的大斧竟以无法躲避、不可抵挡的势头落在他的身上。那个人就像劈柴棍儿一样，被轻而易举地砍成了两半。

一把斧子拿在味泽手里，使他像一只狰狞的猛兽一般疯狂起来。

"救命啊！"

一个"飞车族"吓得朝着警察的方向逃去，但味泽并不放过，一个箭步追赶上去，"咔嚓"一声，斧子飞到了那人的脊梁骨上。

"不好！快制止住！"

面对悲剧的发展，长谷川吓得瞠目结舌，赶紧下达命令。这时，警察们已经吓得想要逃跑啦。

"他疯了！"

"是个魔鬼！"

一阵杀戮的狂飙把警察们吓得心惊胆战，一个个只想让自己躲过这场风暴。

然而，却有一双眼睛正在冷酷地看着这场血雨腥风。

"终于看到你的庐山真面目了，这就是你的本性，就是你在专事杀人的部队里培养出来的野性！你现在拿着的斧子，就是在柿树村屠杀了十三个人时使用的那把斧子。为了再现一次风道屯的场面，我从本部借来的东西发挥了作用。你可能正渴望着抡起这把斧子吧！长期以来，你披着画皮，好不容易忍耐到今天呀！我早就想到，一旦把你逼进和柿树村完全相同的环境和条件中去，你就一定会剥掉画皮。你剥得很好！你把斧子使得多么熟练，这样熟练地使用斧子的能有几人？对啦！你就是这样把柿树村的村民全杀害了：砍掉脑袋，劈开胸膛，砍断手脚，砸断脊梁骨。对啦！就是这个样子。杀吧！一个一个地全部杀光吧！现在，你杀死的每一个人，都会是柿树村杀人案的佐证！杀吧！不许你住手，一个也别留下，都杀了吧！"

三

味泽现在正处于大屠杀风暴的中心，他脑海中清晰地浮现出一幕景象：当自卫队训练学校在岩手县的山里进行秘密训练时，他偶然遇到了越智美佐子。

在连续几天的训练中，味泽已经把粮食吃光了，处在又饥又渴的状况中。虽然想做到自给自足，但周围连野果子、草根也没有，小动物更休想抓到。

正当精力枯竭的时候，他遇见了美佐子。刚一照面，美佐子就被吓跑了。味泽追上前去向她一解释，美佐子大大方方地分给了他吃的和喝的。味泽感到死里逃生了。

当和美佐子道别的时候，味泽看到了一只头被砸得稀烂的死狗。味泽的伙伴正在山里参加演习，味泽以为这是他的伙伴想要拿狗充饥而杀的。

味泽想到，美佐子若是在山里遇见自己的伙伴，他们又饥又渴，已经神经错乱，说不定会干出什么事来。

要是美佐子拒绝给他食物，就连味泽自己也可能会杀掉她而抢劫食物的，何况美佐子又是一位很有魅力的姑娘。秘密训练中的队员像疯狗似的在山中乱窜，绝不能让她待在山里。

味泽把情况告诉了美佐子，劝她或是中止旅行回去，或是在柿树村住上一两天，等工作队过去再走。

美佐子接受了他的劝告，折回了村里。他虽然和美佐子分手了，但她的容貌已深深地刻印在他的脑海中。虽然和她只处了片刻时间，但在他又饥又渴的时候，这个女人突然从树林里走出来，惠赐给他饮食，他觉得她活像个林中精灵。味泽还想见到她，说什么

也想再见到她一次。

在想再见到她的同时，他又觉得有些放心不下。美佐子在返回柿树村的途中，说不定会遇到他的伙伴，他干吗不把她护送到村子里呢？这么一想，味泽就迫不及待地去追美佐子了。放心不下也成了想要和她见面的一个借口。

但是，味泽在风道屯遇上了一场正在进行的骇人听闻的事件——村里的一个疯子在挥舞大斧屠杀全屯的居民。

味泽并不知道为什么会发生那种事情。疯子可能在吃饭时突然精神病发作，先把自己的家人砍死，然后又把屯里人一个一个地全砍死了。

味泽赶到风道屯的时候，屠杀的风暴已经接近尾声。而且，越智美佐子也受到牵连，一块儿送了命。

味泽茫然地站在人口稀疏、已化为一个大屠杀场的村子边。不过，看来已被杀得一干二净的屯子里还有一个幸存者，那就是长井赖子。她一见到有个人突然像发疯似的抢起斧子杀人，吓得晕倒了，杀人犯从她身上走了过去。

当屠杀的风暴把屯子席卷过去，村民全被杀光，疯子正在喘口气的时候，赖子苏醒过来。疯子满以为赖子死了，一看她还活着，便抢起血淋淋的斧子追了上来。看样子，这疯子不吞噬完最后一个活人的鲜血誓不罢休。

味泽恰在这时赶来了。赖子逃到了味泽的身后。

一见有新的猎物挺身站在自己要砍死的猎物前面，疯子立时更加凶猛起来。不杀死这个杀人犯，自己就会被他杀死。越智美佐子被杀的怒火一下子激起了味泽进行自卫战的意志。

受专门杀人训练时学到的技术，弥补了他原已消耗的体力，使味泽同神经病人的搏斗势均力敌。你死我活的搏斗一直持续了三十分钟。

味泽年轻的体力和专业的技术，终于战胜了疯狂。他夺过疯子的斧子，朝他身上砍去。这时，赖子紧紧抱住味泽说："别杀他!"但他

## 野性的证明

把赖子甩开，朝着疯子接二连三地砍去，终于结果了那个人的性命。与此同时，赖子的记忆力被压抑住了。原来，发疯的杀人犯是赖子的父亲长井孙市。眼睁睁看着自己的生身父亲被人砍死，这种可怕的情景是她年幼天真的心灵无法承受的。在这以前，她还亲眼看到了妈妈、姐姐被爸爸砍死的情景。味泽的这一行动，成了让她失去记忆的致命打击。

杀死狗的原来是长井孙市。由于事件发生之后屯子里来了成群的野狗，把尸体咬得乱七八糟，那个被狗咬伤了的右手的中指也就看不出来了。

可能在长井杀死狗的时候，发疯的导火线已经点燃。

死尸狼藉的村子里，只剩下了赖子和味泽。赖子寸步不离地跟在味泽身后，不管怎样叫她回去，她也不走。味泽不忍心丢弃她。闻到血腥味的野狗成群地蹿到屯子里，要是把赖子丢下，等到案件被人发现时，她会被狗吃掉的。

不管怎样也要把她带到有人家的地方。味泽领着赖子离开了屯子。但由于惊吓一时迷了路，两人一起在山里转了好几天，好不容易才走到一个小村子旁边。于是，味泽趁赖子睡着的时候，把她留下走了。风道屯的事件不久便传开了。要是和赖子一起露面，很明显，自己就会被当作那个屠杀全村的罪犯。味泽是用同一件凶器砍死长井孙市的，所以要说是正当防卫，恐怕讲不过去。这事还会把自卫队的秘密训练暴露出去，而这是绝对不能泄露的机密。

不管怎样，味泽还是急急忙忙赶到训练集合营地，向上级作了报告。听到味泽的报告，学校很为难，不知如何是好。所有的情况都说明味泽是罪犯，社会上岂能不怀疑他是罪犯？作为第二个"山美事件"①，新闻界肯定要大肆宣传，这是很明显的。这件事对自

---

① 指一九六八年三月十六日，侵越美军在越南广义县山美乡屠杀了五百多名居民一事。——译者注

350

卫队来说是个致命的问题。

幸而谁也不知道有味泽这个人。自卫队决定把事件隐匿下来。总而言之，这个事件与自卫队没有任何关系。味泽从未到过风道屯，学校也没在那里进行过秘密训练——自卫队就这样一口咬定与事件没有任何关系。

可是，越智美佐子的容貌和惨绝人寰的现场情景已深深地印在味泽的脑海里，再也磨灭不掉。那时，如果味泽不劝越智美佐子回村去，她就不至于一下子送了命。

还有，当砍死长井孙市的时候，虽说那是自卫，赖子却一边哭喊着"别杀他"，一边死死地抱住味泽的胳膊。赖子这个手臂的力量，成了永久压在他心上的负担。斧头落到长井孙市身上时，鲜血飞溅到赖子的眼睛上，遮住了她的视线。赖子就在此刻失去了记忆。他认为照顾赖子的一生应该是自己的义务。

于是，他辞去了自卫队的工作，带着赖子来到了美佐子的妹妹朋子居住的羽代，寻求新的生活。可是，在羽代，朋子又被杀害了，为了侦缉罪犯，他陷入了以羽代全市为敌的境地。这莫非是命中注定的吗？

现在，味泽趁着杀戮的风暴，以不可抵挡的势头横冲直撞。他心里觉得，长井洗劫柿树村的那种疯狂劲头已转移到了自己身上。

对了！长井孙市的灵魂现在附到自己身上了，使那种疯狂劲头又卷土重来。

为了再砍倒一个而举起斧头时，越智朋子的面容浮现在他眼前，又立即和越智美佐子的面容重叠在一起。


你已化为幽灵。

被人忘记，

却在我的眼前，

若即若离。
当那陌生的土地上,
苹果花飘香时节,
你在那遥远的夜空下,
上面星光熠熠。

也许那里的春夏,
不会匆匆交替,
——你不曾为我,
嫣然一笑,
——也不曾和我,
窃窃低语。
你悄悄地生病,静静地死去,
宛如在睡梦中吟着小曲。

你为今宵的悲哀,
拨亮了灯芯。
我为你献上几枝,
欲谢的玫瑰。
这就是我为你守夜,
和那残月的月光一起。

也许你的脑海里,
没有我的影子,
也不接受我的,

这番悲戚。

但愿你在结满绿苹果的树下，

永远得到安息。

　　他想起了学生时代曾经吟咏不休的立原道造的那首《献给死去的美人》一诗。

　　越智美佐子、越智朋子都离开了这个世界。味泽立志保卫祖国参加了自卫队，而他耗尽心血学来的本领，难道竟是为此日此时的杀戮吗？

　　他自己明白，美佐子和朋子都不喜欢他这么干。她们一定含着悲伤，摇头表示反对。可是，他停不下手来，这种疯狂是从更深的地方爆发出来的。

　　"他就是砍死我爸爸的人！"

　　这时，传来了赖子的声音。也许是为了劝阻味泽，有人把赖子领来的吧。赖子的身影出现在警察群里。

　　"赖子！"

　　味泽不由自主地向赖子走去。赖子却笔直地用手指着味泽，斩钉截铁地说：

　　"他就是杀我爸爸的杀人犯！"赖子的眼神再也不像往常那样遥望着远方，而是清清楚楚地盯着味泽，并充满了对味泽的刻骨仇恨。

　　味泽醒悟到，赖子的记忆力完全恢复了。味泽挥动斧子的姿态和风道屯的悲惨情景重叠在一起，使她失去的记忆完全恢复了。

　　在记忆恢复的同时，赖子就把以前和味泽共同生活的经历都忘了。现在，对她来说，味泽既不是义父也不是保护者，而是杀害她父亲的不共戴天的仇敌。

　　味泽明确了这一点，眼前顿时一片漆黑。

# 第十六章  植物造成的野性

　　精疲力竭地被警察抓住的味泽，由于出现了神经错乱的症状，被送到神经科进行了周密的检查，结果发现味泽颅内长了肿瘤，埃尔维尼亚菌已从脑肿瘤中分泌出来。

　　埃尔维尼亚菌是造成白菜、圆白菜发生软腐病的病原菌。人和动物的体温大大高于植物，动物的病原菌和植物的病原菌的生存条件完全不同，所以，人们都认为植物的病原菌不会在人体或动物体内滋生。

　　可是，研究报告认为，有一种埃尔维尼亚菌也会侵入人体或动物体内，造成病态性变化。

　　专科医生认为，味泽岳史在柿树村作案时，该村的圆白菜正好发生了软腐病，因此，他可能感染上了埃尔维尼亚菌。可是，医生却没有用同样的推理想到该村的居民——包括长井孙市在内——也

会受到埃尔维尼亚菌的感染。

警察确认，味泽岳史杀人时，是由于精神失常，处于不能辨别事物能力的状态中，或者是在行动不受大脑支配的状态中。根据刑法第三十九条，不追究其责任，按精神卫生法第二十九条送进精神病院。

但是，味泽发疯真的就是埃尔维尼亚菌造成的吗？他在自卫队训练学校时，学校向他灌输了根本没有用场、只是专事杀人的各种技术，把他培训成杀人专家，整个身体都化为一部效率极高的凶器。尽管如此，从现在的情况来看，难道可以说发挥杀人技术的那一天已经来到了吗？那毫无意义的杀人专长，还要求必须拼命学习掌握，味泽觉得这种技术荒诞、愚蠢、空洞、无聊，便离开了自卫队。

可是，离开了自卫队，那种杀人技巧和野性并没有因此去掉，而是在他身上扎下了根。为了有朝一日大显身手，这些技术和野性就像入鞘的钢刀、关上保险的枪支一样，在善良的小市民的外衣下暂时沉睡下来。

如果这些技术一次也不应用，白白衰老死去的话，耗尽自己全部青春的火花而掌握的本领，岂非白辛苦一场了吗?! 他体内的野性在不停地蠢动翻滚，跃跃欲试地反复冲击着他。

在太平盛世中培训杀人魔鬼，有组织地训练，助长每个人都有的野性，而且，还把这种野性死死地禁锢起来。味泽的结局，不是证明了这些人必然的悲惨下场吗？

不管怎样，埃尔维尼亚菌对人体的影响，医学上还没有探讨清楚。

驾驭味泽的疯狂，到底是埃尔维尼亚菌，还是属于野性的爆发，或是两者兼而有之，本文就无须再去证实了。

成了味泽牺牲品的"飞车族"，死亡六名，重伤八名，轻伤三名，健全无伤者竟无一人。

另外，人们认为把凶器交给味泽的宫古署北野探员的行动也很反常，经专科医生诊断，证明他的血液和骨髓里也有和味泽一样的埃尔维尼亚菌。

破案大军中唯独北野感染上了病菌，恐怕只好说是命中注定了。

柿树村大屠杀案的真相，随着味泽的发疯而永远被埋藏在黑暗世界之中。味泽的背后隐藏着真正的凶手，味泽却背上了"野性"的十字架，事实真相成了马利奥特盲点。从那以后，再也没人知道赖子的行踪了。羽代河滩地非法行为大白于天下，是大约半年以后的事情了。

# 野性の証明

森村誠一

本书译自日本角川书店2004年版

SHINSOBAN YASEI NO SHOMEI

© Seiichi MORIMURA 1978，2004

First published in Japan in 2004 by KADOKAWA CORPORA-TION，Tokyo.

Simplified Chinese translation rights arranged with KADOKA-WA CORPORATION，Tokyo through Copyright Protection Center of China.